*Страсти
женского
рода*

саша КАНЕС

МОЯ СУДЬБА

ЭКСМО

МОСКВА

2012

УДК 82-3
ББК 84(2Рос-Рус)6-4
К 19

Оформление серии *С. Власова*

Канес С.

К 19   Моя судьба / Саша Канес. — М. : Эксмо, 2012. — 352 с. — (Страсти женского рода. Проза Саши Канес).

ISBN 978-5-699-57989-1

Судьба этой женщины необычна, но на ее месте могла бы оказаться каждая.

Судьба этой женщины как открытая книга, но в ней великое множество тайн и загадок.

Судьба этой женщины невероятно драматична, но это счастливая судьба.

Этой женщине довелось пережить столько, что хватит на несколько жизней, но никому не известно, далеко ли до финала.

УДК 82-3
ББК 84(2Рос-Рус)6-4

ISBN 978-5-699-57989-1

МОИ ДЕТИ

КО КАНУЙ
и не только

Мое сознание часто изменяет мне и будто плавает в тумане. Порой я не до конца понимаю, что вокруг происходит. Живот продолжает болеть, тянут швы. Но я помню: главное мною сделано! Я подала все сигналы, какие могла! Мне что-то капают в вену, видимо, успокаивающее, и я на какое-то время теряю ощущение этой дурацкой объективной реальности, будь она неладна. Лекарства помогают спать. Когда я задремываю, передо мной возникают лица самых родных моих людей. Обидно открывать глаза и понимать, что пока это только сон. Но я знаю себя! Энергия первых часов борьбы не исчерпана! Просто мне надо прийти в себя, и силы непременно вернутся! Мой ребенок. Вот о ком я должна сейчас думать. Моя задача — сделать все, что возможно и даже невозможно для него, для себя и для... Впрочем, для него и для себя — этого достаточно!

Рядом кто-то шебуршится. Пока слышно только тихое кряхтение, но скоро оно перейдет в плач. Я должна приподняться на подушках и покормить. Должна, должна, должна... Мне еще есть чем кормить? Вроде да...

Время устроено очень странно. Его то совершенно не хватает, то, наоборот, оказывается слишком много, и нет никаких сил дождаться, когда оно наконец пройдет. Тут нет ничего оригинального или необычного, но в моих обстоятельствах не так уж важно быть оригинальной.

Я была уверена, что у меня будет сын! Я обожаю свою дочь Дашу, но от любимого человека я мечтала произвести на свет мальчика, который вырастет и станет настоящим мужчиной. Настоящим, то есть не таким, каких много, а таким, каких почти нет. В этом мире есть немало настоящих женщин, хороших и плохих, добрых и не очень, но, по крайней мере, личностей. А среди сильного пола, похоже, личностей почти нет. Не добавляю слово «сейчас», потому что не уверена, водились ли хоть когда-нибудь в изобилии настоящие мужчины...

Я провела здесь чуть меньше двух месяцев. Перед родами должна была прибыть «группа поддержки» — мама с Дашей и, разумеется, с Ромой. Куда же деться от Ромы! А потом я ждала Леню. Для Лени это должно было стать сюрпризом. Я надеялась, самым замечательным сюрпризом в его жизни. Главное было обеспечить его приезд точно в срок. Пока же считалось, что я в длительной командировке. Но судьба распорядилась иначе...

Я сразу сказала на фирме о предстоящем декретном отпуске и пообещала, что практически все четыре месяца, которые планирую уделить своему ребенку и себе самой, все равно буду на связи и не прекращу работу на своем направлении. Понятное дело, что коллегам ничего не оставалось, как принять это как данность.

Встал вопрос о том, где мне рожать. В Москве и вообще в России рожать второго ребенка я не была готова. С Дашей в свое время все получилось удачно, но отнюдь не «благодаря», а «вопреки». К тому же тогда я была моложе, и мое природное здоровье перебороло дикую родовспомогательную систему. Но повторять этот опыт не хотелось. Разумеется, теперь появилась возможность рожать, как это по-идиотски называется, «на коммерческой основе». Но те мои знакомые, что прошли через коммерческие акушерские услуги, не были в особом восторге. Цена вопроса для меня никакого значения не имела — я была абсолютно свободна в выборе места на Земле, где моему ребенку предстояло появиться на свет. Но в какую страну ехать? Передовой в этом плане Израиль по понятным причинам не подходил. Германию я не очень любила. И вот я подыскала одно из самых спокойных на земле мест.

Про поселок вегетарианцев и натуропатов, где действует еще и прекрасный родильный дом, я узнала от одного из своих бизнес-знакомых, Аркадия Аркадьевича Шевчука. Честно говоря, настоящего бизнеса Аркадий Аркадьевич со мной никогда не вел. Как, думаю, не вел он бизнеса и ни с кем другим. Нас познакомил один банкир на какой-то дурацкой презентации еще в «старые компьютерные времена». Что там тогда презентовали, я, убей бог, не помню. Однако с тех пор мы с господином Шевчуком время от времени общались. Он немало развлекал меня своими весьма специфическими, но забавными манерами, а кроме того, некоторое время укреплял мой оптимистический взгляд на окружающую действительность. Очевидно, успокаивала я себя, в тяжелые времена никто не помрет в Москве от голода и холода, пока у «деловых людей» типа Аркадия Аркадьевича есть крыша над головой и кусок хлеба во рту. Правда, через некоторое время после нашего знакомства я узнала, что истинным источником его материального благополучия была дача в Переделкине. Огромный кирпичный особняк, стоящий на участке площадью семьдесят соток, построил еще дед-композитор, лауреат Сталинской премии. Дом этот у Аркадия Аркадьевича снимало какое-то иностранное представительство, и арендная плата вполне обеспечивала ему, мягко говоря, сносное существование. Но ему почему-то было неловко ощущать себя рантье, и он регулярно обращался ко мне и к другим знакомым с бизнес-предложениями. Они всегда оказывались в итоге бессмысленными и бессодержательными, и, что особенно любопытно, в их ценность он и сам не верил ни на грош. Аркадия Аркадьевича, как я уже давно поняла, устраивал только такой бизнес, который не требовал от него никаких усилий — чтобы ему лично ничего не делать, никуда не ходить и никого не принимать у себя. Единственное усилие, на которое господин Шевчук мог согласиться, — самостоятельно открыть дверь посыльному и забрать у него деньги в конвертике. Разумеется, приносить деньги следовало не рано утром, не поздно вечером и не в то время, когда Аркадий Аркадьевич пребывает на отдыхе. А на отдыхе Аркадий Аркадьевич находился как минимум десять месяцев в году. В этом-то он знал толк! И я решила сделать то, что до меня не удавалось, думаю, никому — использовать Аркадия Аркадьевича с пользой для себя, причем по истинному его назначению. Как-то я услышала о том, что его двоюродная сестра, состоящая в браке с английским журналистом, донашивала и рожала младенца в каком-то райском местечке в Таиланде. Там же она и вскармливала это счастливое дитя первые несколько месяцев.

И после очередного визита к гинекологу, подтвердившему, что все в полном порядке и беременность развивается по плану, я позвонила господину Шевчуку и спросила, не хочет ли он заглянуть при случае ко мне в офис на чашечку кофе.

— Кофе я теперь не пью! — ответил мне в трубку вальяжный баритон. — Берегу здоровье! Годы, дорогая моя, годы! Необходимо помнить о них! Перешел, знаете ли, на японский чай. Я как раз рядом, и у меня есть с собой упаковочка — специально для вас. И именно о вас и о фирме вашей славной я сейчас думал. Ведь знаю, что ваша компания в чае — корифей, можно сказать. Так что если не побрезгуете отпить, то ваш секретарь сможет его заварить для нас. В соответствии с моими инструкциями, разумеется.

— Я вас жду, Аркадий Аркадьевич! — ответила я и попросила секретаршу Иру поставить чайник.

Господин Шевчук явился буквально через десять минут. Как всегда, одет он был чрезвычайно импозантно: в роскошный светло-кремовый костюм от Армани, на голове красовался колониальный английский шлем, головной убор, весьма нетипичный для окрестностей Курского вокзала, где находился мой офис. Освободив подбородок от кожаного ремешка, он снял шлем и церемонно поклонился.

— Приобрел тут, знаете ли, автомобиль. По случаю, можно сказать. У неких знакомых приобрел. Хорошая вроде бы колымажка, но без нормальной крыши. — Он махнул рукой в направлении окна.

Я выглянула на улицу и увидела небрежно припаркованный поперек тротуара «Порше»-кабриолет.

— Дешево купил, надо сказать, — задумчиво продолжил мой визитер. — Относительно, разумеется, дешево! — хихикнул он. — Но, знаете, под съемной крышей ездить вовсе не так приятно, как можно было бы ожидать! Тряпочка какая-то неуютная. Как ни крути, тот же брезент. Не то, не то! Ну а если ехать в открытом, так сказать, положении, так вообще ужас! Тут у нас не Монако, я извиняюсь, не Канн! Тут не бризом средиземноморским, а холодным отечественным воздухом дует! И дует, знаете ли... прямо в голову! То есть в рабочий, сами понимаете, орган дует! — Для большей убедительности он похлопал ладонью по шевелюре, чуть-чуть обрызганной благородным серебром ранней седины. — Там внутри — мозг! — он улыбнулся своему остроумию.

Затем Аркадий Аркадьевич пригладил слегка встревоженную прическу и костяшками пальцев той же руки гулко постучал по пробковому шлему.

— Вот шапочка меня и выручает. Из тропиков как сувенир привез, а оказалось к месту! — Он бережно протянул «шапочку» Ирине, чтобы та пристроила ее на вешалке.

Господин Шевчук проследовал в мой кабинет. Удобно развалившись в гостевом кресле, он вынул из кармана маленький зеленый пакет, испещренный иероглифами.

— Чай японский, зеленый — «кокейча», кажется, или, может, как ее... «гайманча». Не запоминаю я всего этого, уж простите. И так мозг всегда в авральном режиме работает! Упаковочка — двести граммов, извольте убедиться. Вес, слава тебе господи, они там, в Японии, на радость нам обычными цифирьками обозначают. Вы очень вовремя позвонили. Я как раз размышлял, кому бы бизнес с этим чаем предложить? Проношусь, так сказать, из одного конца нашей столицы в другой конец и размышляю. Я порой просто так раскатываю. Вам это, наверное, покажется странным, но на ходу, в движении, так сказать, мне думать как-то сподручнее. И хорошо, что вы мне позвонили. Судьба, может быть! Сама судьба! Ведь бизнес-то прекрасный может быть, красивый может быть бизнес! — Он распечатал чай и протянул мне понюхать. Зеленая масса пахла подгнивающими водорослями. Увидев мою реакцию, Аркадий Аркадьевич проворковал: — Не правда ли, пахнет омерзительно, тухлятиной морской пахнет, — он убедился, что я согласно кивнула. — Но, знаете ли, я вот притерпелся к вонище этой, и теперь мне прямо-таки хочется нюхать и нюхать! Так с сырами некоторыми тоже бывает!

— Не знаю, — я пожала плечами, — пусть Ира заварит. Может, не так мерзко получится...

— Да, да! Ирочка, голубушка! Вот здесь, на бочку, инструкция на английском языке — вы ведь знаете английский? — Он дождался, пока Ира кивнет. — Так вот, соблюдайте строго, Ира! Иначе улетучится ценный аромат, вызвавший сейчас столь сильное, как бы это сказать... да! аромат, вызвавший столь сильное омерзение у вашей начальницы, что ли... или, нет, как это правильно сказать... В общем, у вашего босса!

Ира пошла заваривать чай, а мы расположились друг против друга в креслах.

— Так в чем же заключается ваше бизнес-предложение, Аркадий Аркадьевич? — Я решила вначале выслушать гостя.

— Все элементарно. Мой друг знает производителя в Осаке. И у оного производителя на его фабричке такая вот упаковочка такого вот чая — а это очень дорогой, даже там, надо сказать, очень дорогой чай — стоит тридцать долларов. А здесь, в Москве, его вообще можно приобрести только в одном-единственном специализированном магазине за восемьдесят долларов США. Предложение следующее: я даю вам телефон моего друга в Осаке. Вы звоните ему, договариваетесь с ним и вместе покупаете в Японии несколько контейнеров по тридцать долларов упаковочка. Здесь вы все это распродаете по шестьдесят долларов, хорошо зарабатываете, а мне даете по десять долларов с пакетика. И все! Все довольны!

Гладко выбритое румяное лицо господина Шевчука преисполнилось счастливой, прямо-таки маниловской мечтательностью.

— Что вы как специалист по колониальным товарам, как бизнесвумен, так сказать, по этому поводу думаете? — обратился он ко мне.

— Боюсь, — ответила я, — что очень немного найдется здесь ценителей зеленого тухлого чая даже по шестьдесят долларов за двести граммов. И не скоро мы с вашим другом даже первый контейнер продадим!

Аркадий Аркадьевич помрачнел.

— Печально! Но, честно говоря, я боюсь, что вы правы, правы! Народ у нас дикий, дремучий, вкусы примитивные — цейлонский черный так называемый чай пьют! Или вообще индийский со слоном! Я все это знаю, знаю! А те сто человек в Москве, что по шестьдесят долларов купили бы, они и сейчас по восемьдесят берут. Вы тоже так думаете?

Я согласно кивнула. Ирина принесла чашки с чаем. Запахло морским берегом после шторма. В чае и впрямь что-то было. Аркадий Аркадьевич блаженно приложился к напитку.

— Чудесно заварили, Иринушка! Божественно! С истинно японским, можно так сказать, мастерством! Хоть в кимоно вас наряжай!

— Как начальство прикажет! — усмехнулась Ирина. Она относилась к Шевчуку с плохо скрываемым пренебрежением.

Аркадий Аркадьевич вернулся к своим грустным мыслям.

— Ну, вот видите, как тяжело все идет! Бизнес просто вытягивает из меня всю энергию. Я должен отправиться отдохнуть. Отправиться, так сказать, чтоб оправиться! Наверное, на Занзибар поеду. Этот чайный проект очень меня напряг. Разочарование опять-таки! Тяжело, тяжело жить в отечестве нашем, хоть и трудимся мы с вами не покладая, так сказать, рук, и добываем хлеб для пропитания в поте лица своего! — Хихикнув, он извлек из кармашка изящный надушенный платок и провел им по лбу. — Что можно ждать от народа, который воспитывался на грузинском чае и жигулевском пиве! Ужасно! Три дня назад из Таиланда прилетел — расслаблялся там, как мог, знаете ли: массаж, целебные обертывания, медитация! А сегодня сил уже опять никаких! Вот и думаю — надо попробовать съездить для приведения себя в чувство на Занзибар! Я там не был, но народ очень хвалит! Да, да, на Занзибар!

Он хотел было подняться, но я его остановила.

Ира долила нам чаю и вышла из кабинета, притворив за собой дверь.

— У меня к вам есть дело личного свойства, дорогой Аркадий Аркадьевич! — обратилась я к нему в его же манере.

На лице гостя изобразилось предельное внимание.

— Если вы еще не заметили некоторые изменения в моей фигуре, то докладываю вам, что я беременна.

Надо сказать, что я уже несколько недель как перешла на форму одежды, позволяющую, насколько возможно, скрывать уже вполне объемистое пузо. Я взяла паузу и с наслаждением понаблюдала за тем, как брови Аркадия Аркадьевича ползут вверх. Молчание было долгим.

— Что ж, — ответил он, промолчав не менее чем целую минуту. — Я очень рад! Это большое счастье, гм... Но, как бы это правильно сказать, я не припомню, честно говоря, чтобы мы с вами когда бы то ни было совершали соответствующие действия, или, как их еще называют, гм... телодвижения, способные привести вас к такому, безусловно, замечательному состоянию или, можно еще сказать, к положению...

От хохота я чуть не свалилась с кресла. А густые брови господина Шевчука тем временем продолжали свое движение в направлении затылка.

— Аркадий Аркадьевич! Простите, что не сделала упор на это сразу — я беременна не от вас!

Мой смех вызвал и у него некоторое подобие сдержанной улыбки. Допив чай, он поставил чашку на стеклянный столик.

— Я, признаться, так и предполагал, — промолвил он рассудительно. — Но посчитал, так сказать, оправданным шагом внести некоторую дополнительную определенность. В нашей жизни ничего нельзя знать до конца! — Улыбка господина Шевчука из сдержанной стала лучезарной.

Дальнейшая беседа, как я и предполагала, оказалась продолжительной и очень подробной, ибо затрагивала именно ту область, в которой Аркадий Аркадьевич был истинным знатоком. Я объяснила, что хочу взять у своих партнеров и у себя самой большой отпуск по беременности и родам. Мне необходимо не только произвести на свет здорового ребенка, но и на некоторое время отключиться от суеты этого мира. Уже сама моя идея отключиться от всего вызвала у господина Шевчука восторг.

— Таиланд и только Таиланд! — возопил он. — И не просто Таиланд, дорогая моя, а именно Ко Кануй! Там я отдыхаю душой и телом! И не только я так считаю — моя кузина Элен полностью со мной согласна! А ведь она рожала там почти в сорок лет — в пору, так сказать, уже чрезмерной зрелости.

Я попросила Аркадия Аркадьевича подробнее рассказать про божественный остров, вызвавший такой восторг у него и его кузины.

— Так как же иначе? Где еще вы найдете такой сладостный покой и сочетание европейского комфорта с истинным сервисом? Ну какой, к черту, сервис в Европе? Одни только пустые слова! В Европе любой официант считает себя в первую очередь полноправным членом их этого, с позволения сказать, демократического общества. Быть официантом для него — лишь одна из социальных функций, проходное, можно сказать, место на рынке труда... Сегодня он, назовем все своими словами, работник общепита, а завтра, может быть, — депутат Европарламента. Но все не так на Дальнем Востоке, не на наших гунявых окраинах, разумеется, а на настоящем Дальнем Востоке.

Аркадий Аркадьевич поставил чашку и потянул себя указательными пальцами за уголки глаз — так он и впрямь стал похож на преуспевающего мандарина.

— Там, на правильном Дальнем Востоке, — продолжал он, — каждый официант просто растворяется в вас. Для вас это — всего лишь ужин или, может быть, обед. А для него — высший смысл существования. Он не просто выполняет ваши желания — он предугадывает их! На Ко Кануй существует несколько деревенек для европейцев, для тех, кто желает наслаждаться чистейшим морским воздухом, вкушать истинно благотворную пищу, рожать и растить детей в покое и, не побоюсь этого слова, в неге! Для каждой тайской акушерки ваш ребенок дороже ее собственных детей. Это ментальность! Туда и только туда! Вы снимете себе домик возле самой полосы прибоя, и счастье охватит вас. Я лично, как вы понимаете, никого нигде и никогда не рожал, но это мое любимое место отдыха. Я повторяю, оное мнение не является только моим личным! Вы, кстати, непременно повстречаете там и моего доброго знакомого, Космонавта. Он всегда там... Этот по-своему, надо сказать, обаятельный и в известной степени милый человек вообще не намерен возвращаться в этот смог, в эту суету, в этот московский ад.

— А как же Звездный городок? Его там не ждут?

— Какой еще Звездный городок? — удивился Аркадий Аркадьевич.

— Ну, как же, ведь вы сказали, что ваш друг — космонавт! А значит, ему самое место или в Звездном городке, или на Байконуре, или на орбите, в конце концов.

Аркадий Аркадьевич негромко, я бы даже сказала, как-то особо вежливо рассмеялся.

— Что вы, что вы! Кто ж его с его комплекцией на орбиту-то выведет? Да и зачем? Мой друг Космонавт, в миру просто Алексей, никакого отношения к реальным небесным сферам не имеет. Он в прошлом весьма успешный штангист-тяжеловес, но после перестройки подался в коммерцию — продавал оптом китайские пуховые куртки и сапоги-луноходы. При этом у него самого была большая проблема приобрести для себя хоть какую-нибудь одежду подходящих размеров. Кроме старого тренировочного костюма и кроссовок, этот достойнейший из достойных много лет ничего не носил. А тут сразу два образца оной продукции оказались равно и огромного размера, и неимоверного, можно даже сказать невообразимого, серебристого цвета. Алексей в серебристой куртке и в серебристых же дутых сапогах выглядел, как бы это поточнее высказаться, футуристически, что ли... И вот тогда среди высшего общества, простите за иронию, московских оптовых рынков за ним закрепилось это прозвище, творческий псевдоним, так сказать, — Космонавт. Кроме меня никто, уже и не помнит, что родители назвали его при рождении Алексеем Степановичем.

— Как чудесно! А что он в Таиланде-то делает, на этом чудном острове?

Аркадий Аркадьевич просиял:

— Медитирует и еще продюсирует эзотерическую музыку!

— Какую музыку? — не поняла я.

— Эзотерическую. Он, во всяком случае, ее именует именно так! Вы, как приедете на Кануй, так сами все и увидите. Сказать откровенно, боюсь, что действительно вы не токмо увидите Алексея Степановича, но и услышите оные мелодии и песнопения, порожденные при его финансовом участии. Кстати, «Ко» на тайском языке и есть собственно «остров», а Кануй — его собственное название.

— Пожалуй, мне все же неудобно будет тревожить вашего друга только из одной склонности к меломании! Думаю, что там и так разобраться во всем не очень сложно...

— Нет, нет! Дорогая моя, вы непременно с ним встретитесь. Он уже три года как на Кануе проживает. Много любопытного и, смею утверждать, полезного вы через него узнаете. А Космонавту только в радость будет помочь вам добрым советом. Он ведь там даже веру новую основал — кришнохристианством называется. Религия Добра и Терпения. Пишет сейчас богодухновенную книгу, чтобы создать теологическую основу, так сказать. Предлагал мне редактировать оное бессмертное произведение. Но для меня это, увы, нереально! Вы же знаете, я все время занят! — Аркадий Аркадьевич сам же хихикнул, произнеся эти слова. — Но, несмотря ни на что, я всячески сочувствую новому учению и душой своей, так сказать, стремлюсь в эфирные выси и в астральные сферы...

Решение об отъезде на Ко Кануй я приняла быстро и с легким сердцем. Мой гинеколог, к моему немалому удивлению, полностью одобрил эту идею и даже пообещал связаться со своим коллегой в Таиланде, чтобы дополнительно застраховать меня от всяческих неожиданностей. Как выяснилось, я отнюдь не единственная его пациентка, решившая выносить и родить своего ребенка среди пальм на берегу океана.

В соответствии со своим планом я оставила офис, приобрела билеты, забронировала отдельный домик и в срок прибыла на остров. Со здоровьем у меня, слава богу, все было в полном порядке, и два перелета продолжительностью в общей сложности тринадцать часов почти не утомили ни меня, ни того, кто располагался в моем уже весьма солидном животе. Поселок любителей здорового образа жизни и впрямь оказался весьма неплох. Покоя и свежего воздуха хоть отбавляй. Я не стала разбирать вещи, надела заранее заготовленный купальник и направилась на пляж. В нескольких десятках метров от моего домика теплое ласковое море неспешно накатывалось на золотой песок и манило уставшее в долгой дороге тело. Я помню, с каким наслаждением вошла тогда в воду. Как прекрасна казалась жизнь! А ведь еще и двух лет не прошло с того момента, когда переводчик сообщил мне, что суд приговорил меня к пожизненному заключению.

ПОСОЛ
и не только

В тюрьме Ха'Шарон мне все же пришлось просидеть два месяца. Честно говоря, я рассчитывала и на больший срок, но голова моя была настолько занята мыслями о моем Лене Ильине и ожиданием сведений о его здоровье, что я даже не могла сформулировать, что чувствую и чего жду. Несколько раз меня осматривали врачи. Особенно много внимания моей персоне уделил психиатр, приятный пятидесятилетний дядька родом из Львова. В отличие от прочих, этот доктор не искал во мне никаких чудовищных наклонностей, которые, по мнению его израильских коллег, должны присутствовать в женщине-детоубийце. Напротив, он высказал понимание моих преступных действий и приложил, видимо, немалые усилия для того, чтобы облегчить режим содержания в узилище. Главное, я получила в свое пользование компьютер. Психиатр весьма прозрачно намекнул на готовность бескорыстно помогать и впредь, но не рекомендовал, во всяком случае пока, притворяться психически больной. Врачебная комиссия на этапе следствия признала меня вменяемой в момент совершения преступления, и в том случае, если я решу в будущем это оспорить, вовсе не обязательно кричать сегодня, что я Елизавета Первая и Мария Стюарт в одном лице.

Мама, разумеется, примчалась сразу, как только все случилось. Но пребывала она в совершенно растерзанном состоянии, все время плакала, и я попросила ее не изводить меня своим присутствием, а вернуться в Москву, к Даше и несчастному Роме. Я знала, что помощь должна прийти в первую очередь от Семена, однако ни о нем, ни об Игоре Борисовиче, ни о ситуации на нашей фирме мне ничего не было известно. Но судя по тому, что уже на следующий день после случившегося ко мне прибыл один из лучших местных адвокатов, Ави Руденецкий, можно было надеяться, что я не брошена. Господин Руденецкий в ответ на вопрос о гонораре покачал головой.

— У вас хорошие друзья! — сказал он со значением. — И вы мне ничего не должны.

Пришел он не один, а со своим слегка приторможенным коллегой по имени Рами Мучник. Рами был молодым, не подающим никаких надежд юристом, работающим в его адвокатской конторе.

— Ну что вы сможете для меня сделать? — спросила я.

Тогда я еще была в состоянии аффекта и воспринимала свое положение как совершенно ужасное и безнадежное. Перед тем как мне ответить, Ави попросил господина Мучника оставить нас и отправил его в контору заняться подготовкой каких-то важных документов.

— Понимаете ли, дорогая моя, — усмехнулся он, глядя на мои дрожащие пальцы, — защищать вас будет вначале господин Мучник. Он, поверьте мне, неплохой, но очень тупой парень и, несомненно, провалит дело. Вы получите по полной катушке.

— Спасибо! Это вы серьезно?! — только и смогла я сказать в ответ.

— Надеюсь, вы хорошо понимаете, что получить и отсидеть — это две большие разницы! Примерно так же, как пообещать взять в жены и в самом деле жениться. Разумеется, плагиат, и вы наверняка сто раз слышали эту шутку. Но я родился в Одессе, где так говорили, и я вам тоже так сказал!

Я кивнула.

— Раз так, то поясню. Для здешних левых очень важно, чтобы вы получили по максимуму. Разумеется, это очень важно и для арабов, для которых вы теперь — кровный враг, а значит, мишень. России как таковой ваша судьба, разумеется, безразлична. Вы это, я думаю, осознаете. Но из соображений престижа Родина постарается вас — своего гражданина, гражданочку, так сказать, — отправить для отсидки домой. Местные власти противиться также не будут, так как на вас им плевать. Суровость к убийце арабских детей будет проявлена, но им важно продемонстрировать и России свою гибкость и доброжелательность. После неизбежного завала вашего дела господином Мучником подключусь я и еще несколько весьма профессиональных людей. Мы не можем стереть из истории сам факт убийства арабского подростка, но укажем на вопиющие ошибки в ведении вашего дела, которые, несомненно, будут допущены в ходе судебного разбирательства и уже допускаются в ходе следствия. И российские власти, ознакомившись с этими материалами, смогут просто выпустить вас, объяснив международным проверяющим организациям, что суд, не разобравшись в сути случившегося, принял, очевидно, неверное решение и незачем держать за решеткой человека, в отношении которого в ходе следствия и судебного производства было допущено множество нарушений.

Мне нечего было ему возразить...

После вынесения вердикта о пожизненном заключении прошло не более двух недель, когда ко мне в камеру вместе с какими-то высокими местными чинами вошел очень полный, одышливый человек, знакомый мне по телевизионным репортажам. Я знала, что несколько лет назад он ушел из журналистики на дипломатическую работу. Нас оставили один на один, и он тяжело опустился на единственный в камере стул. Потом вынул из полиэтиленового пакета коробку зефира в шоколаде, положил на стол и пододвинул в мою сторону. Я при этом продолжала сидеть на своей койке.

— Вот, ваши друзья велели вам передать... — проговорил он с характерным астматическим присвистом. — С приветом вместе передать велели.

— Спасибо вам! — только и смогла я выдавить из себя.

Он кивнул.

— Что ж это вы, голубушка, проблемы нам создаете? А? Думаете, здесь, на Ближнем Востоке, нам, российским дипломатам, нечем себя занять? Напрасно... А вы приехали, и давай арабских подростков мочить почем зря! Нехорошо, дорогая моя!

— Но вы же наверняка знаете, как все произошло... — попыталась я возразить.

— Знаю, знаю! Ваш любимый человек истекает кровью из-за дикой выходки арабского пацана-террориста, а полицейский этот, гуманист недоделанный, кидается оказывать медицинскую помощь виновнику происшествия — малолетнему преступнику. Он, видите ли, голову себе разбил, убегая с места преступления! Вы просто сократили очередь за первой помощью!

— Ну вот видите, вы действительно все знаете!

— Все я знаю! — Он обреченно махнул рукой. — А толку, что знаю? Я здесь не вас и даже не себя самого представляю, а государство Российское. Поэтому и говорю то, что говорить обязан. Впрочем, ваши дела, дорогая моя, не так уж плохи. Вы-то, я думаю, знаете, кто за вами стоит. Послы просто так по тюрьмам не шляются. Здесь, в представительстве, еще люди есть, а тут я прямую инструкцию получил...

Я попыталась совершенно искренне возразить и объяснить, что не понимаю, о каких таких людях, стоящих за моей спиной, идет речь. Семен с Игорем Борисовичем, как мне казалось, все же не тянули на тот уровень, на который намекал одышливый посол. Но он даже не стал меня слушать.

— Давайте не будем, дорогая моя! Я вас ни о чем не спрашиваю, а вы, в свою очередь, не должны напрягаться, чтобы мне врать!

— Я не вру!

Он опять отмахнулся.

— Моя обязанность сказать вам, что ваш вопрос решается и, видимо, вы будете отправлены для отбывания наказания на родину. Вы поняли, что я сейчас сказал?

— Да!

— Я обязан поинтересоваться, не притесняют ли вас в тюрьме? Не подвергаетесь ли вы пыткам? Не совершаются ли в отношении вас действия, унижающие ваше человеческое и национальное достоинство?

— А как, простите, можно унизить мое национальное достоинство — растоптать при мне блин с икрой, вылить водку на пол и разбить о стену балалайку?

— Не приведи господи! — Рассмеявшись, он поднялся. — По вашему ответу я понял, что тюрьма вам нравится! Что ж! Для человека, схлопотавшего пожизненный срок, это большая удача! И еще: я обязан поинтересоваться, как вас здесь кормят.

— Зефира с фабрики «Большевичка» мне не дают — так что, если бы не вы...

— Я же сказал уже — это не от меня! Просто ваши друзья знают, что вы любите именно этот зефир и еще неравнодушны к виски «Бомо», но виски сюда не пронесешь!

«Если речь зашла о «Бомо», то это уже точно Семен!» — подумала я, и на душе потеплело.

— Знаете, — сказала я своему визитеру. — Мне здесь два раза подавали потрясающе приготовленный хумус!

Гость удивительным образом оживился.

— Интересно, как же это можно потрясающе приготовить хумус, да еще в тюрьме?

— Похоже, это был какой-то мусульманский праздник, — припомнила я. — А здесь к арабам проявляют вообще какие-то чудеса внимательности. Но и мне перепало. А делается все очень просто — берется самый обычный хумус и раскладывается по тарелкам так, чтобы в середине каждой порции была ямка. В глубокой сковороде тем временем кипит оливковое масло, в которое погружают кедровые орешки...

— Ливанские орешки! Здесь они ливанскими называются! — почти сладострастно подсказал мне посол.

— Отлично — значит, ливанские! И вот, когда орешки подрумяниваются, их вместе с кипящим маслом распределяют по тарелкам, заполняя кипящей смесью хумусовые ямки. Вкус...

— Спис-с-с-сфический! — процитировал мой гость и сглотнул слюну.

С кулинарной темы мы уже не свернули.

— А я, признаться, больше всего люблю заливное! — проворковал высокопоставленный дипломат. — Из свиных ножек, не на Ближнем Востоке будь сказано, и рыбное — из семги! И обязательно с шампанским! О господи! Грешен аз есмь!

Он ушел, а я съела сразу две зефирины и продолжила работу на компьютере. На самом деле это очень правильно — однажды остановиться и подвести итог прожитой до сего дня жизни. И тюрьма — едва ли не самое лучшее для этого место. Я старалась написать все совершенно откровенно, ничего не округляя и не сглаживая. Когда я стану благообразной старушенцией, пусть хоть что-то напоминает мне не только о событиях, в которых я участвовала, но и об испытанных мной чувствах. Я надеюсь, что та ветхая бабулька из непредставимого пока будущего вспомнит запах московской хрущевки, в которой выросла, и брызги на порогах бесчисленных российских рек, по которым сплавлялась на старенькой байдарке с обожаемым отцом. И пусть в ее ушах зазвенит вновь отцовская гитара и вновь раздастся его волшебный хрипловатый голос. Пусть она вспомнит, что чувствовала, когда встретила свою первую и единственную любовь, и как потом по глупости лишилась невинности с безразличным ей придурком. Пусть она вновь ощутит ту боль, которая парализовала меня и маму, когда нас бросил отец, внезапно превратившийся из благородного гранда в вульгарного нового русского. Как это было горько! Но еще ужаснее осознание того, что она сама предала любимого человека, поверив грязной клевете! Я надеюсь, что на склоне лет та старуха потеряет все, что угодно: зубы, волосы, но только не здравый рассудок. Ибо я никогда не буду готова к встрече с дядюшкой Альцгеймером! И я буду сильной, пока буду помнить, как боролась за свое место под солнцем! Брошенный институт, полный риска бизнес, рожденная хрен знает от кого дочь и проклятый рэкет! И снова короткая встреча все с тем же любимым человеком! А потом выстрелы, мои выстрелы в несовершеннолетнего террориста, попытавшегося убить нас в ту минуту, когда мы наконец снова встретились на этой земле! И вот, наконец, тюрьма. Мне еще нет и тридцати! Меня можно ненавидеть и даже презирать! Меня можно обзывать и убийцей, и блядью! Но я — боец! И я верю, что, даже дожив до старости, останусь собой! Старое сердце будет биться сильнее, вспоминая то, от чего билось в молодости, и продолжит гнать по-прежнему горячую кровь по моим старым жилам!

Следующий посетитель, а вернее, посетительница, появился на следующий день. Я сразу узнала сестру моего Лени, Ольгу, и страшно заволновалась, увидев ее, красивую молодую блондинку, в убогой камере. Совсем недавно я была преуспевающей бизнесвумен, а она всего-навсего училась на какой-то там ступени малоизвестного университета. И при том, что и я еще отнюдь не старуха, разница в возрасте позволяла бы мне ощущать преимущество в момент нашего возможного знакомства. Сейчас все переменилось: юная прекрасная девушка навещала арестантку. Хуже позиции для знакомства с сестрой любимого человека придумать невозможно. Я была, честно говоря, напряжена.

Ольга неуверенно вошла в камеру в сопровождении здоровенного, смуглого охранника, судя по всему, бухарца.

— Я могу вас оставить вдвоем? — спросил он, обращаясь к нам обеим по-русски, но с чудовищным акцентом.

Мы кивнули, и он, объявив, что в нашем распоряжении час, вышел из камеры.

— Спасибо вам! — сказала Ольга вместо приветствия. Голос у нее был на удивление низкий, грудной. — Спасибо от всех нас!

— Вы шутите? — Я инстинктивно поднялась ей навстречу.

Сидеть в присутствии стоящей гостьи было невежливо. К тому же положение, при котором собеседник намного выше тебя, опять-таки крайне невыгодно. Впрочем, даже стоя я сильно проигрывала в росте и именно поэтому предложила девушке сесть на свою койку, а сама расположилась на стуле напротив нее. Теперь я почувствовала себя несколько увереннее и спокойнее.

— Я не шучу. Если бы не вы, Лени бы уже не было. Вы пожертвовали своей свободой ради моего брата. А мы все хорошо помним, что такое тюрьма. Леня оказался там из-за...

— Я знаю... — Я замешкалась. — Но если бы не я, он, может быть, не попал бы вообще в эту аварию... Проскочил бы...

— О чем вы говорите! — вздохнула она. — Вся страна уже попала в эту аварию... А мы — только пассажиры!

— Но пассажиры могут отобрать руль у водителя и поехать другим путем!

— Так вы примерно таким образом и поступили... Ладно, мы с вами не о том говорим. Странно даже. Меня Ольгой зовут, я Ленина сестра.

Я, как могла весело, улыбнулась девушке.

— Я знаю. Леня рассказывал. Я даже один раз видела вас вместе.

— Где? Когда? — искренне удивилась Оля.

— В Шарме, возле старого порта. Вы там отдыхали с друзьями... и я тоже отдыхала.

Мне было стыдно вспоминать все происходившее тогда в Египте, но... После этого отдыха на свет появилась моя Даша, и если бы я не вела там себя как полная дура и последняя шлюха, то Даши, именно моей Даши, не было бы. А представить это я бы никогда не смогла.

— Почему же вы не подошли к нам?

— Я подумала, что вы ему не сестра, а девушка. Не посмела мешать!

— Леня всегда очень ждал вас. Он не понимал, почему вы ему ни разу даже не написали. Он не верил, что безразличен вам, не хотел в это верить. Он пытался найти вас, но вы уехали куда-то из Москвы... Найти вас оказалось практически невозможно... Он пробовал.

Я кивнула. Ни разу с момента ареста мне не пришлось плакать, а сейчас глаза были на мокром месте.

— Вы выглядели такой красивой парой, — всхлипнула я. — А я, кто я такая? У меня ничего не вышло с Леней, и я сама во всем виновата! Я не стала мешать!

— Какая глупость! — вырвалось у Лениной сестры. — Он бы так обрадовался!

— После той поездки у меня родилась дочка, Даша!

Оля постаралась не показывать мне, что напряглась.

— Вы были замужем?

Я отрицательно покачала головой:

— Я не хочу, не могу об этом. Я очень люблю Дашу! Она только моя, и это — все! Ладно?

Девушка кивнула.

— Как Леня? Мне о его состоянии рассказывает мой адвокат, но очень немного. Господин Руденецкий, наверное, с вами иногда общается? Да?

— С Леней, честно говоря, все не очень хорошо! Ключица и даже голова — куда ни шло, но при ударе пострадал позвоночник, в том числе шейный отдел. Он уже немного говорит, но ему очень больно, и он стесняется такой своей речи. И ходить нормально не может... и сможет ли когда-нибудь двигаться без костылей, я не знаю. Никто не знает!

Кровь прилила к моей голове, и я, размазывая по лицу не просохшие еще слезы, не сказала, нет, выкрикнула:

— Он будет ходить! Я подниму его! Мне ничего от него не нужно! Я ни на что — слышите? — ни на что не претендую! Но я должна поднять его на ноги, и я сделаю это! И никакая долбаная тюрьма меня не удержит!

Ольга взяла меня за руку, и я вздрогнула от ее прикосновения. Она пыталась успокоить меня, но мое тело сотрясал озноб. Я отдернула руку, и она не поняла, в чем дело. А мне было просто мерзко от самой себя! Как я ненавижу липкое и безнадежное ощущение стыда! Знаю, знаю — я предала ее брата! Поверила не ему и не своему сердцу, как это ни пошло звучит! Я поверила сволочам из этого блядского советского судилища и долбоебоменту из районного отделения! Господи! Я же такая хорошая внутри, такая сильная, умная и добрая! Почему же, почему я все время оказываюсь в этой жизни тупой шлюхой?!

Не знаю, поняла ли Ольга, что творится внутри меня, но во взгляде ее появилась явная опасливость.

— Не обращайте внимания на мою реакцию, пожалуйста! — я попыталась улыбнуться. — Слава богу, вы не очень представляете, как чувствуют себя на моем месте!

— Да, да, конечно! Извините меня, прошу вас, я действительно совсем забыла, где мы находимся и что вы пережили...

— Вы про тюрьму? — я нервно засмеялась. — Да хрен с ней, с тюрьмой, хрен с этим ублюдком, мозги которого я размазала по асфальту!

При этих словах Ольга снова вздрогнула.

— Я только про Леню! — продолжала я. — Поверьте, ваш брат единственный человек, которого я в жизни любила, простите, люблю!

Произнеся эту тираду, я поняла, что сделала это зря, и догадалась, к чему мы сейчас придем.

— Позволите неделикатный вопрос?

Так и есть! Но что делать? Вопрос последовал:

— А зачем же вы спали с другим?.. Или с другими...

Как бы далеко я послала с таким вопросом любого! Любого... кроме этой девочки! Но от прямого ответа я все равно ушла. Впрочем, прямого ответа не было и у меня самой.

— У вас есть любимый человек? — ответила я вопросом на вопрос.

На меня спокойно смотрели большие карие глаза.

— Нет. Нет, мне нравились, конечно... некоторые... очень нравились! Но это не была, наверное, любовь. Во всяком случае, я ни с кем не готова связать свою жизнь!

— Но с кем-то из них вы все-таки спали?

Она отрицательно покачала головой.

— Нет, ни с кем.

Я обалдела.

— Сколько же вам лет?

— Двадцать один. А какое это имеет значение?

— Извините, но целок в таком возрасте не бывает!

При слове «целка» ее передернуло, и я вновь пожалела, что не придержала язык за зубами.

— Я не хочу ломать свою жизнь и жизнь любимого человека! — ответила Ольга весьма твердо. — У мужчины всегда будет тяжелый осадок на душе, если его жена отдавалась другому!

— Но это же старомодная чушь! — возмутилась я. — Есть сколько угодно исключений!

Не прекращая смотреть мне прямо в глаза, она грустно усмехнулась:

— Я профессиональный психолог, обучаюсь на второй ступени именно по этой теме. А потому скажу вам правду — исключений нет!

Она говорила очень тихо, но каждое слово отпечатывалось в моем несчастном воспаленном мозгу. Я почему-то не могла не верить этой девушке. Меня вновь охватила тоска — никогда уже я не буду достойной ее брата!

— А если у мужчины кто-то был до... ну, в общем, до его главной женщины — это тоже крест на всей жизни?

— Нет, — она улыбнулась почти безмятежно. — Это не так!

— Но где же тут равенство?! — воскликнула я.

Ольга ответила сразу, так же тихо и так же твердо, с полной уверенностью в своей правоте:

— А равенства тут нет! Равенства в этом вопросе никогда не было и никогда, поверьте, никогда не будет!

Я все же пыталась сопротивляться и применила не совсем честный прием:

— Оля! Вам сейчас двадцать один год. А что будет, если вам уже никогда не встретится мужчина всей вашей жизни? Вы так и не расстанетесь со своей драгоценной невинностью? Останетесь без семьи, без детей?

Ольга не пришла в бешенство или хотя бы в раздражение, как можно было ожидать. Вместо этого она опять мягко и осторожно взяла мою руку в свою теплую ладонь.

— Дай бог, чтобы мне не пришлось отвечать на этот ваш вопрос. Но... если все же придется ответить, я предпочту взять на размышление еще несколько лет.

— А скажите, — думаю, голос мой изрядно дрожал, — Леня, ваш брат, он тоже так думает? Ему тоже важно, чтобы у своей женщины он был первым?

Она посмотрела на меня с явной жалостью.

— Я никогда не говорила с ним на эту тему. Зачем? Для него я никакой не психолог. Для него я — сестра, младшая сестра. Но думаю, что в этом вопросе он такой же, как все. Я не хочу вас огорчать и тем более делать вам больно. Но поверьте, исключений нет! И равенства нет. Я никому раньше не говорила об этом, но однажды мне пришлось побеседовать на эту тему с собственной мамой. У нее до отца был мужчина, и она, познакомившись с отцом и приняв его предложение, рассказала ему об этом. Она даже взялась доказывать ему, что имеет право продолжать по-приятельски общаться со своим прежним любовником, что между мужчиной и женщиной существует равенство, в том числе и в этом вопросе.

— И что?

— Доказала, разумеется! Отец спорить не стал, но... спит в отдельной постели... Нас с Леней они родили, конечно, но вообще-то... папа с мамой у нас... дружат.

Я задумалась... Зачем все-таки Ленина сестра столь упорно развивает эту тему? Ответ очевиден: она просто не хочет, чтобы я, отвязная девица, а по ее мнению, просто падшая женщина, имела что-то общее с ее обожаемым братом! И именно ради этого на самом деле она пришла «навестить» меня и проявить тем самым свое «благородство». Мутная волна злобы вскипела в моей душе.

Но я поняла, что должна сдержаться, — ведь, выплеснув свою боль и обиду, я еще дальше отброшу себя от Лени.

— Знаете, Оля, я очень благодарна вам за предоставленную информацию, но предпочитаю остаться при своем мнении. К тому же я не особо верю в психологию — уж больно много спекуляций допускает эта наука. Психиатрия мне понятнее, чем ваша специальность, но я пока еще не клиент этих врачей... Я вас ничем не обидела, Оля?

Похоже, я опять ударила в воздух. Девушка мягко улыбнулась.

— Мне показалось, вы считаете, будто я призываю вас отказаться от моего брата. Поверьте, это совсем не так! Ваш адвокат действительно уверял нас, что вам недолго осталось здесь мучиться... — Она улыбнулась. — В хорошем смысле этого слова, разумеется! Вся моя семья будет рада вашему избавлению. Ни одна настоящая сестра в мире не пожелает, чтобы от ее брата, так пострадавшего и потерявшего здоровье, отказалась любящая его женщина. А в вашем отношении к Лене у меня нет никаких оснований сомневаться. В особенности после сегодняшней встречи. Он несколько лет назад уже сделал вам предложение, и я знаю, что ничто на свете не заставит его отказаться от своих слов.

Ольга постоянно оказывалась и умнее, и лучше, чем мне казалось еще минуту назад.

— Я вылечу его и спасу! Я найду для Лениного лечения любые, вы слышите, Оля, любые средства!

В замке щелкнул ключ. Время нашего свидания истекло. Моя гостья поднялась с койки. Она продолжала держать мою руку в своей и при этом неотрывно смотрела в мои глаза.

— Я знаю, что это действительно так! — сказала Ольга, перед тем как скрыться за дверью. — Спасибо вам!

Бог с ней, с моей психологией! По поводу того, что мы с вами обсуждали, я, честное слово, мечтаю оказаться неправой. Просто будьте готовы к тому, что такая проблема в природе существует... и в принципе существует... и реально...

Перед тем как выйти из камеры, она положила мне на стол лист с телефонами и адресами всего их семейства.

— Каждый из нас ждет вашего звонка в любой день и в любое время. Когда уйдете отсюда, то не забудьте сообщить нам свои номера.

Я не забыла!

АНИТА
и не только

Как странно устроен этот мир! Я испытала необыкновенную радость, когда на моих запястьях защелкнулись наручники. Для меня этот щелчок означал не что иное, как близкую свободу. Я так и не увидела страны, в которую два с небольшим месяца назад прилетела на недельку отдохнуть. До самого трапа меня провожали незнакомый мне охранник в темных, почти непроницаемых для света очках, сонный сотрудник российского консульства и Ави Руденецкий. Я поинтересовалась у Ави относительно своего официального защитника Рами Мучника. Ави засмеялся и поведал мне, что явный идиотизм его подчиненного произвел, судя по всему, очень приятное впечатление на руководство одной из политических партий левого толка, и теперь господин Мучник начал политическую карьеру.

— Скоро он станет парламентарием! — уверил меня господин Руденецкий. — Помяните мое слово! В политике идиоты и бездельники чувствуют себя на своем месте!

Пассажиры самолета, направляющегося из аэропорта Бен-Гурион во Внуково, с нервным любопытством смотрели на мои «браслеты», когда я в сопровождении двух крепких парней в штатском проследовала в салон бизнес-класса. Никого, кроме нас, в этом отгороженном пространстве повышенного комфорта не наблюдалось. Мы летели здесь втроем, и мои сопровождающие с тоской следили, как их подопечная нагружается роскошным французским коньяком в ожидании встречи с родиной. Им-то пить было нельзя, бедолагам!

Встреча во Внукове меня разочаровала. Мама о моем приезде не была уведомлена вовсе. Семена тоже не было, а Игорь Борисович Чертков всем своим видом показывал, насколько неприятно и обременительно для него это мероприятие. Он лишь холодно кивнул мне и сразу же отвернулся. Я понимала, что создала массу проблем для своих друзей и коллег, но надеялась все же, что хоть кто-то здесь порадуется моему появлению. При этом я пока не понимала, в каком качестве здесь присутствует господин Чертков. После выполнения пограничных и таможенных формальностей с меня сняли импортные наручники, но тут же надели отечественные. Особой разницы я, надо сказать, не ощутила. Всякая радость по поводу возвращения у меня прошла, стало грустно и даже страшно.

Вместо нормальной машины меня вместе с побитым жизнью ментом-охранником усадили в зарешеченный «уазик» и без каких бы то ни было объяснений повезли в неизвестном направлении. Уже на выезде с огороженной территории аэродрома я увидела нескольких фотокорреспондентов, вооруженных камерами с огромными телеобъективами.

Стерегущий меня старый сержант указал пальцем на буквально прилипших к проволочному ограждению людей и, широко улыбнувшись во весь щербатый рот, промолвил:

— Папарацци!

Я пожала плечами.

Через сорок минут мы въехали на малогостеприимную территорию одной из московских тюрем. Сержант распахнул дверь маленького автозака и даже помог мне вылезти наружу. Я переминалась с ноги на ногу на сером асфальте в самом центре большого бетонного мешка и не понимала, что со мной будет дальше. Задавать вопросы было некому. Но прошло несколько минут, и железные ворота, через которые мы попали сюда, распахнулись. Внутрь въехал черный «Мерседес» Черткова. Теперь все было по-другому! Игорь Борисович подошел ко мне с самой очаровательной улыбкой, на которую вообще был способен. Способен, как обычно, не очень, но существенного значения это не имело. Вслед за ним из машины вышел толстый прокурор в генеральских погонах. На его красном пропитом лице уж вовсе никакой улыбки не было, зато в его руке блеснул ключ, и через мгновение мои руки были свободны.

— Добро пожаловать на родину! — Игорь Борисович обвел рукой бетонные строения, окружавшие тюремный двор.

— Здесь теперь будет мой дом? — как могла иронично проговорила я.

Разумеется, я ожидала немедленного опровержения, но мой компаньон утвердительно кивнул, а прокурор ответил мне просто-таки иронически:

— Именно! Существуют международные организации, которые тщательнейшим образом проверяют, как содержатся лица, перемещенные для исполнения наказания в страну постоянного проживания. А ваша персона, скорее всего, интересует еще и представительство Палестинской автономии в Москве. Вы для них ненавистная детоубийца.

— Но ведь дело мое уже пересматривается!

Мне не ответили и указали на тяжелую железную дверь в одном из ограничивающих тюремный двор зданий. Открывшись изнутри, она пропустила нас в сырой, пропахший масляной краской коридор. Мне стало по-настоящему страшно. Но прокурорский генерал отстал, скрывшись за одной из боковых дверей, а нас с Игорем Борисовичем охранник препроводил в большую неуютную комнатку без окон, с одной голой лампочкой на высоком потолке. Посередине комнаты находились намертво вделанные в бетонный пол стол и два табурета. Другой мебели здесь не было, и мы с Игорем Борисовичем сели друг напротив друга.

— Вот теперь мы с тобой и поговорим! — обратился ко мне Чертков. — Будешь теперь слушаться старших и прекратишь шляться, куда не просят?

В его голосе слышалась не то чтобы угроза, но свойственная этому человеку не всегда добрая ирония.

— Если бы я не оказалась в том месте в ту самую минуту, любимый мой человек погиб бы! А это прекрасный человек, поверьте! Вне зависимости от моего к нему отношения...

— А застреленного тобой мальца тебе не жалко?

Я только развела руками:

— Аллах дал — Аллах взял! Зачем жалеть — он же шахид, по-ихнему! Его сейчас умело ласкают семьдесят две девственницы, не так ли?

Игорь Борисович отрицательно покачал головой и вновь жутковато ухмыльнулся:

— Нет, не так! Ты опять ошиблась! Его сейчас на небесах если кто и ласкает, так это семьдесят два девственника! У меня есть достоверные сведения — пацан был голубой! Поэтому и пытался быть самым бойким, чтобы обелить себя среди друзей-товарищей. У них это, в отличие от российского телевидения, пока в моду не вошло.

Я не стала спрашивать, откуда у Игоря Борисовича столь достоверные сведения о сексуальной ориентации моей жертвы. Признаться, мне было плевать на теологические перспективы сексуальной жизни голубых шахидов в царстве теней.

— А где Семен? Где Даша с мамой и Ромой?

Лицо Игоря Борисовича посерьезнело.

— Отвечаю по порядку: Семена с нами больше нет...

— Как?! — вскричала я в ужасе.

— Успокойся — он жив, здоров и на свободе. Пока... Как и все мы... — Он кивнул в мою сторону. — Тебя я в виду не имею. Ему есть что есть, что пить и где спать... и даже, наверное, с кем...

При последних словах он пристально посмотрел мне в глаза. Я выдержала этот взгляд. До сих пор я была уверена, что никто, кроме нас с Семеном, ничего не знает о том, что между нами случилось после разборки «У Иссы». Я, разумеется, молчала об этом, а насчет Семена я была уверена еще больше, чем насчет себя самой.

— Семена больше нет на нашей фирме. Он вынужден был уехать. Деньги свои он частично забрал, частично получит после. — Чертков в очередной раз неприятно ухмыльнулся и добавил: — Если вы с ним будете умницами.

— Он тоже помогал меня вытащить?

Взгляд Черткова стал очень жестким.

— Тебе никто не помогал! Все произошло своим путем, по закону и на основании действующих международных соглашений!

— А вы, Игорь Борисович, сейчас со мной — тоже на основании международных соглашений?

Мой собеседник вынул из внутреннего кармана красную книжечку и сунул ее мне в лицо. Разумеется, я даже не пыталась в ней что-то прочитать.

— Беседа с тобой входит в мои обязанности. Это нормальная процедура при моей должности и при твоих обстоятельствах. Понятно?

Я кивнула.

— И проходит эта беседа в соответствующем месте!

— У Семена действительно все в порядке?

— Все в порядке только у того, кого уже закопали! У тебя есть хороший шанс в недалеком будущем его услышать, а может быть, и увидеть. Он сейчас в Европе. Живет там, ездит по миру. Но по миру не пошел! Все, на сегодня эту тему мы закрыли!

— Что с моими домашними?

— Твоя дочь, мать и этот, как его... Рома в Москве сейчас не живут...

— Почему?

— Потому! Или тебе еще раз объяснить, что тебя, может быть, не все в этом мире любят? До сих пор не дошло?

До меня и впрямь только начало доходить, что обложена я, похоже, со всех сторон.

— У тебя теперь вместо квартиры дом в поселке. Как раз неподалеку от аэропорта. Разумеется, все под охраной.

— А как к этому отнеслась мама?

— Мать твою спрашивать не стали, сказали, что для твоего блага. Дом купили на твои же деньги, отремонтировали и обставили. Дарья здорова, ничем, кроме соплей, за все это время не болела. Пруд там какой-то есть, сосняк вокруг. Пусть воздухом дышат!

— Спасибо, Игорь Борисович! Я очень вам благодарна!

Он холодно кивнул.

— Теперь ты должна кое с кем познакомиться. — С этими словами он поднялся, и мы направились к двери, которую уже открывала нам мрачная толстая дама в форме.

— Все готово? — спросил ее Чертков.

— Так точно!

— Старший следователь прокуратуры Кеменкова, — вроде бы представил мне прокуроршу Игорь Борисович.

На мое «очень приятно» никто не отреагировал. Выпустив нас в коридор, следовательница подозвала стоя-

щую в пяти шагах охранницу, и та с характерным ляз-
ганьем затворила за нами дверь. Мы двинулись по коридору.

Я была уверена, что, пока дело мое не будет пересмотрено по месту совершения преступления, мне предстоит провести в стенах этой тюрьмы не один месяц. Но
это не так тревожило меня, как полное отсутствие связи
с Леней и его семьей. Однако я решила все же не подни-
мать этот важнейший для меня вопрос прямо сейчас, а
выбрать более подходящий момент.

— И с кем же я должна сейчас познакомиться? С па-
ханшей?

— Я вижу, ты тщательно готовишься к новой отсид-
ке — слова учишь! — хмыкнул Игорь Борисович.

— Обижаете, начальник!

— Ты идешь знакомиться с собой, дорогая, с самой
собой!

— Меня переводят в психушку?

Чертков не посчитал нужным отвечать. Мы несколько
раз повернули и оказались, очевидно, в женском отделении этого чудесного учреждения. К сопровождающей нас
тетке присоединилась вторая, весьма крупная женщина с
грубо выбеленными перекисью водорода стрижеными
волосами. Судя по всему — охранница. Я не поняла —
считалось ли, что они меня конвоируют, или я уже шла
сама? Мы подошли к одной из камер, и все сопровождающие по очереди приложились к глазку. После Игоря
Борисовича настала моя очередь. Эта камера тоже явно
предназначалась для допросов. Размером она была меньше предыдущей, но стульев возле стола было не два, а
три. На одном из них сидела молодая, одетая в тюремную
робу женщина и неподвижно смотрела перед собой. На
запястьях ее красовались такие же наручники, с какими
я рассталась меньше часа назад.

— Ну как тебе... ты? — негромко поинтересовался Игорь Борисович практически мне на ухо. — Похожа?

— Не знаю... Через глазок не разберу...

— Что ж, зайдем в гости? — то ли спросил, то ли приказал Чертков теткам.

Дверь в камеру была немедленно открыта.

— Только поосторожнее с ней! — предупредила нас охранница. — Она у нас девушка с норовом! — И тут же рявкнула, обращаясь к заключенной: — Встать!

Женщина медленно поднялась. Не будь у нее такого тяжелого, мрачного взгляда, ее можно было бы назвать красавицей. Игорь Борисович не шутил — сходство со мной и впрямь имело место. Она была лишь немного смуглее меня. В камеру мы вошли втроем: Чертков, следовательница прокуратуры и охранница.

Прозвучала команда «Садись!», и женщина, так же нехотя, как и встала, опустилась на свой стул.

— Знакомься с собой! — еще раз произнес Чертков, и я поняла наконец, что это не шутка.

— Здравствуйте! Очень приятно! — произнесла я и протянула заключенной свою ладонь, но стоящая рядом следовательница прокуратуры резко отбросила мою руку.

Незнакомка повернулась ко мне, и взгляд, и все выражение ее лица мгновенно переменились. Она улыбнулась мне ослепительной улыбкой.

— Извините, дорогая! К сожалению, я не имею возможности поприветствовать вас достойным образом! Сами видите мои обстоятельства! — Она подняла вверх руки, чтобы продемонстрировать, что запястья ее скованы.

Речь женщины совсем не соответствовала моим представлениям о грубых и опустившихся узницах российских тюрем. Тембр голоса ее также был очень приятен, хотя и несколько высоковат. Она повернула голову в сторону наших с Игорем Борисовичем спутниц.

— Я извиняюсь, гражданочки! Хочу напомнить вам, что пропустила сегодня и завтрак, и обед, а при моих известных вам печеночных проблемах очень опасно нарушать режим питания! Мне было обещано, что меня накормят!

— Через пять минут тебе все принесут, — раздраженно ответила охранница.

— О, благодарю вас!

— Ну, — обратился к заключенной Игорь Борисович. — Может, представишься?

— Разумеется! С удовольствием! — Продолжая улыбаться, она выпалила без запинки мое имя, отчество и фамилию, дату и место моего рождения, после чего осведомилась: — Все правильно, я надеюсь?

— Да, конечно! — пробормотала я.

— Насколько я понимаю, именно под вашим именем я буду иметь счастье провести немало времени в гостеприимных стенах учреждений Главного управления исполнения наказаний Министерства юстиции Российской Федерации, не правда ли?

Я повернула голову в сторону Игоря Борисовича.

— Совершенно точно! — ответил он женщине. — И при этом вам гарантируются условия, соответствующие самым высоким нормам содержания заключенных, принятым в Европе.

— Замечательно! — проговорила она то ли в ответ на реплику Черткова, то ли отреагировав на появление в камере еще одной пожилой толстой тетки, одетой в некогда белый, а теперь грязно-серый халат. Она несла узнице обед в металлической миске.

— Потом! — прикрикнула работница прокуратуры.

— Потом, простите, простынет! — ответила ей заключенная. — Может быть, мне все-таки позволят быстро поесть? Как было сказано в одном любимом нами всеми фильме Эльдара Рязанова: «Женщину надо вначале накормить, а потом уже... все остальное!» Героиня Татьяны Догилевой это произносила, вспоминаете?

— Ну что, давать ей еду? — спросила тетка в халате.

Игорь Борисович пожал плечами. Мне же стало стыдно, что мы обсуждаем сейчас, можно ли накормить голодную, закованную в наручники женщину. Лично я за всю свою тюремную эпопею не голодала ни единой минуты.

В итоге миска все же оказалась на столе, и наша собеседница, извинившись, приступила к еде. Держать ложку ей было крайне неудобно, и я не понимала, почему здесь, в закрытом тюремном помещении, с нее не сняли наручники. Однако мое собственное положение не позволяло задавать лишние вопросы.

— Значит, теперь у меня будет пожизненное заключение? — задумчиво проговорила она, прихлебывая дымящийся суп.

— Для тебя-то уж любое будет пожизненное! — вставила Кеменкова.

В глазах заключенной блеснула злоба.

— Пожизненное, по законодательству страны, где состоялся суд, — это шестнадцать лет! — сказал ей Чертков.

— О, как это мило! — воскликнула женщина. — Всего шестнадцать лет!

— Но на вас сейчас висит двадцатка! С вами все это уже обсуждали. Не вижу смысла тратить на это время! К тому же есть определенная уверенность, что дело будет пересмотрено.

— Разумеется! Простите, ради бога! Я все забываю, что это я такая счастливая!

После каждой своей реплики заключенная прихлебывала неаппетитно пахнущий суп.

— Да, а если меня будут содержать по европейским, как вы сказали только что, нормам, могу ли я рассчитывать на улучшение качества питания и медицинского обслуживания?

— Рассчитывать можешь! — мрачно ответила ей прокурорша.

По лицу заключенной вновь пробежала тень. Она наверняка хорошо знала эту жутковатую даму в форме и не любила ее.

— Разумеется, — спокойно проговорил Игорь Борисович. — Все наши договоренности будут соблюдаться. При этом еще раз напоминаю, что есть большой шанс на успех пересмотра дела. Будем надеяться, что в результате этого пересмотра срок будет сильно сокращен. Если вы будете вести себя разумно и в соответствии с нашими договоренностями, то...

— Смогу, может быть, выйти на свободу еще до наступления климакса? Я правильно вас поняла?

— Климакс тебе, скорее всего, не светит с твоей печенкой — сама знаешь! — прокурорша, очевидно, лично недолюбливала нашу собеседницу и не прекращала встревать в разговор.

Чертков повернулся в сторону назойливой дамы с чрезвычайно мрачным выражением на лице — той явно стоило заткнуться. Заключенная, наоборот, доела свой обед и взглянула на Черткова с ангельской улыбкой. Игорь Борисович залез во внутренний карман своего пиджака и извлек из него несколько листков бумаги.

— У нас к вам еще несколько вопросов.

Заключенная внимательно смотрела на нас с ним, крутя в руках пустую миску. Она продолжала улыбаться, но при этом было очевидно, как она устала и напряжена. Я была совершенно уверена, что источником напряженности являются выступления следовательницы из прокуратуры.

— Я внимательно слушаю и постараюсь дать несколько ответов на ваши несколько вопросов! — ответила заключенная.

— Нам важно узнать кое-что о татуировках на вашем теле, хорошо?

Женщина молчала. Очевидно, тема ей не понравилась.

— Здесь все сфотографировано и описано. — Игорь Борисович вынул два листка из своей пачки. — На левой груди у вас имеется портрет одного мужчины, а на правой — другого. Эти татуировки что-то обозначают? Это портретные изображения каких-то конкретных лиц или...

— Изображения конкретных лиц!

Она дернула себя скованными руками за ворот, и несколько пластмассовых пуговиц запрыгало по столу. Наружу вывалилась роскошная грудь, немного больше моей, смуглая и упругая. Она, наверное, в отличие от меня никогда не выкармливала своим молоком ребенка. Игорь Борисович никак не отреагировал на спонтанный стриптиз, а вот дамы напряглись. Но заключенная пока еще не потеряла полностью самообладания и продолжала улыбаться, но милой эта улыбка уже не была.

— Слева у меня товарищ Луис Корвалан, некогда генеральный секретарь ЦК Чилийской компартии, мой родственник, кстати...

— Знаю, что родственник! — кивнул Игорь Борисович. — Только на груди он тебе на хрена? Этот горбоносый уже лет двадцать никого не возбуждает!

Замечание было проигнорировано.

— А на правой груди, — продолжала заключенная, — генерал Аугусто Пиночет! Ведь мир наш — это единство и борьба противоположностей! Не так ли?

«Она все-таки сумасшедшая!» — подумала я, с сожалением глядя на роскошные сиськи, испохабленные колотыми рисунками.

— Так, конечно, так! — отозвался Игорь Борисович. — Запишите, пожалуйста, даты, когда это все было наколото. Примерно, разумеется.

— Зачем вы это сделали? — все-таки не удержалась я.

— Дура была молодая! Выпендриться хотела! Ни у кого такой херни нет, а у меня — есть! — Она черкнула что-то на листе бумаги и протянула его Черткову.

— Хорошо, проверим. И теперь вот еще. Трусы можете не снимать — на пояснице у вас букет роз и надпись «Congratulations» — что это значит?

— «Congratulations» — это по-английски «поздравления». В данном случае обозначает просто «поздравляю».

— И к чему это «поздравляю» относится? — продолжал любопытствовать Чертков.

Заключенной, очевидно, все окончательно надоело, и, подавшись всем телом вперед, она произнесла:

— Это сюрприз — поздравление мужчине, который будет иметь счастье это прочитать. Я же не всем даю! — Она посмотрела исподлобья на следовательницу. — Так что его будет с чем поздравить! Хотя после того, как меня осчастливили гепатитом С, приходится проявлять благородную осторожность.

Гепатит С! Несчастная! Немногим лучше СПИДа! Теперь наконец я хоть что-то поняла!

— Потерпи! Может, выйдешь когда-нибудь, авось тебя с голодухи кто-нибудь через гондон и трахнет! — хохотнула ненавистная уже и мне следовательница прокуратуры.

— Все! — прорвало заключенную. — Достала! С-с-ука!

Я не успела глазом моргнуть, как наша собеседница с удивительной силой и ловкостью метнула металлическую миску двумя закованными в браслеты руками. Броска не ожидал никто. Попадание получилось исключительно точным — кровь из разбитого носа прокурорши залила китель. Ретивая блюстительница закона прижала обе ладони к лицу и зашаталась. Теперь я поняла, зачем на руки такой милой и обходительной женщине перед встречей надели наручники. Влетевшие в камеру люди мгновенно схватили метательницу и выволокли ее из камеры. Потом вышли в коридор и мы с Игорем Чертковым.

— Что с ней теперь будет? — уже в коридоре спросила я Игоря Борисовича.

— Думаю, вообще ничего! — ухмыльнулся тот. — Она теперь исключительно в нашем распоряжении — ее придется по любому требованию предъявлять иностранным комиссиям, так что ни бить, ни голодом морить ее нельзя. А Кеменкова сама довыделывалась. Впрочем, ее рыло сломанным носом не испортишь. Она, говорят, из розовых и домогалась Аниту во время следствия. Судя по всему, безуспешно.

— Господи! Я почему-то, честно говоря, всегда думала, что все эти рассказы про гомиков и лесбиянок — просто дурацкие фантазии.

— Отнюдь! Это такие же страсти! Еще сильнее нормальных страстей. А страсти правят миром ничуть не в меньшей степени, чем голод, страх и алчность!

Я промолчала.

— А за что ей срок дали? — спасающая меня от нар женщина уже по определению вызывала у меня симпатию и интерес.

— Любопытная она девка! — проговорил Чертков задумчиво. — Только долбанутая на всю голову!

Мы уже подходили к тому помещению, где начинали нашу беседу.

— Знаешь, какое ее настоящее полное имя? — вновь ухмыльнулся он.

— Откуда мне знать? Она уже мной представлялась.

— Анита Хулиевна Вердагер.

— С латиноамериканскими корнями?!

— Отец — чилийский коммунист, соратник Луиса Корвалана и Володи Тотельбойма, Хулио Вердагер. На самом деле — просто бандит. Он сгинул у себя на родине, когда отправился туда со своим дальним родственником

Корваланом — бороться за то, чтобы там сегодня стало, как никогда, а завтра — гораздо еще!

Таким говорливым Игоря Борисовича Черткова я даже представить себе раньше не могла.

— Мамина фамилия — Шаховская, говорят, с примесью благородных кровей. Мать много лет не вылезает из психушки — шизофрения. Дед, профессор, от «любви» к зятю быстро помер. Воспитывала ее бабушка. Учителей ей нанимали отличных, деньги от деда оставались, а вниманию родительскому взяться неоткуда! Да и бабушка была в вечной прострации — писала мемуары про своих сгинувших дворянских предков. Вот и выросла смесь бульдога с мотоциклом — может и стаканы грызть, и Шиллера читать без словаря. А села она за гаишника. Он остановил ее выпившей и предложил вместо составления протокола у него отсосать. Она сразу согласилась. Сказала, что машину свою на обочину переставит и исполнит в лучшем виде. Села за руль, развернулась и со всех газов впечатала мента в его же патрульный «Форд-Краун-Виктория». Потом отъехала назад и повторила маневр. И так — три раза.

Мы вновь оказались в комнате с двумя прикрученными к полу стульями. На столе нас ждала объемистая папка с документами. Как выяснилось, все они были для меня.

— Вот твой внутренний паспорт, права, свидетельство о собственности на дом и так далее и так далее. Заграничный паспорт будет готов только через пару недель. Сама понимаешь, все это не очень просто.

— Да меня пока за границу и не тянет! Хочу чуть-чуть дома побыть.

— А это уж, прости, не тебе решать! Когда надо будет, тогда и поедешь! Документы — наша проблема!

— У меня к вам один только вопрос, Игорь Борисович!

— Ну?

— Зачем вы со мной столько возитесь? Это немыслимо! Неужели только из-за вложенных в фирму моих денег? Или из-за моей подписи в банке?

Он захохотал.

— Я не альтруист! Деньги твои уже в деле, и договоренность о том, что они на самом деле твои, держится, как тебе известно, исключительно на моем честном слове. Так что тебя, дорогая, можно было слать куда подальше, оставить нищей и голой и бросить в тюряге рядом с арабской шелупонью. И всегда об этом помни! Но давай не будем разводить соплей о дружбе. Будь спокойна — к тебе есть интерес в нашем новом деле. Бизнес мы несколько переориентировали. И кое-что удобнее делать с твоим участием. Понятно?

— Честно говоря, не очень.

— И тем не менее на сегодня все. У моего сослуживца юбилей. Мне пора.

— А мне что делать? — Я с тревогой осмотрела пустые, окрашенные масляной краской стены.

— Дуй домой! Машина ждет. Вот пропуск. Впрочем, все равно через проходную пойдем вместе!

МОЙ ДОМ
и не только

Какое это счастье ощутить себя вновь на свободе! Описывать бессмысленно: во-первых, это уже неоднократно делалось до меня, а во-вторых... Во-вторых, это нужно ощутить самому! Хотя, конечно, все равно лучше не оказываться в клетке, как бы ни сладостно было потом из нее вырваться! Все произошло неимоверно быстро. Через два часа водитель по имени Леша мчал меня в черном «Мерседесе» по загородному шоссе к Даше с мамой, а заодно и к себе самой.

Можайское шоссе, как всегда, стояло в пробках, и приехали мы уже в сумерках. Мой новый дом располагался на южной окраине элитного дачного поселка, на улице, носящей имя не ведомого сегодня никому писателя Гусева. Участок составлял не меньше половины гектара. По сути, это была отгороженная от посторонних часть старого хвойного леса. Мы въехали в открывшиеся автоматически ворота и остановились на покрытой щебнем площадке между большой крытой стеклом теплицей и маленьким деревянным домиком. В темноте этот флигель был плохо виден, но я поняла, что это, по-видимому, сооружение преимущественно технического назначения. При необходимости здесь мог жить кто-то из персонала, обслуживающего дом и участок. Честно говоря, прежде я даже представить себе не могла, как можно жить с прислугой. Сама мысль о наличии рядом постороннего человека меня напрягала, поэтому, несмотря на наличие денег, я никогда не стремилась серьезно увеличивать свою жилплощадь. Со слишком большой квартирой мама не справилась бы одна — о себе я вообще не говорю! А тут — здоровенный загородный дом! Наверняка придется кого-нибудь нанимать, если это еще не сделали за меня.

Я вышла из машины и отпустила Лешу. Он сообщил, что приедет за мной в понедельник. Была пятница, и у меня оставалось два дня законных выходных, чтобы прийти в себя.

Трехэтажный дом находился метрах в тридцати от парковки. В темноте его очертания едва угадывались за разросшимися соснами и елями. Часть окон ярко светилась, и я с радостно колотящимся сердцем помчалась по тускло освещаемой тропинке к входной двери. Какой сейчас будет сюрприз для моих родных!

Мама даже не подозревала, что я появлюсь сегодня. Все происходящее по всему периметру ограды проецировалось на монитор в прихожей. Но она, разумеется, не только не смотрела на монитор, но даже, как выяснилось, не обращала внимания на мелодичную трель, раздававшуюся всякий раз, когда во двор въезжал с улицы автомобиль. Надо знать мою маму!

Я отворила не запертую на замок дверь и, как могла тихо, проникла в прихожую. Повсюду горел свет, и я без труда нашла гостиную на первом этаже, где мама с Дашей и Ромой смотрели детскую передачу. Дети, видимо, только что поужинали, и Даша, развалившаяся поперек огромного кожаного кресла, уже засыпала. Рома же, не мигая, таращился в занимающий полстены плазменный экран. На экране кривлялся и пищал плюшевый поросенок. Никем не замеченная, я минуту простояла в дверях, но потом не выдержала и обратилась к ним:

— А гостей вы не ждете?!

Мама вскрикнула и, опрокинув стул, бросилась ко мне. Не говоря ни слова, она заключила меня в объятия. Сонная Даша сползла с кресла, подбежала и ухватила меня за руку. Вклинившись между мной и мамой, она начала карабкаться вверх. Я подхватила ее на руки, и вот она уже обхватила мою шею и зашептала мне на ухо:

— Мама, мамочка! А бабушка говорила, ты только завтра приедешь!

— Так мне что, пока уйти прикажешь?

— Дура! — со счастьем в голосе проговорила мама.

Даша, поняв, что это взрослые шутят, хихикнула и поудобнее пристроилась у меня на руках. Глаза ее закрывались. Здоровому ребенку никакие потрясения не помешают заснуть вовремя.

— Куда ее тащить, показывай! — прошептала я маме. Ведь я не знала, как расположены комнаты в доме!

Мама повела меня в отдельную Дашину спальню, первую собственную комнату в жизни моего ребенка, но вначале успела гордо проговорить:

— У нас Рома заговорил!

Как ни тихо она это произнесла, Рома, несчастный неполноценный сын моего отца, всего на три года старше моей Даши, оторвался от телевизионного экрана и проговорил, глядя на меня мутноватым взором:

— Я — Йома! Я выясту и стану...

— Космонавтом! — вздохнула я, вспоминая целую серию анекдотов об интернатах для УО — умственно отсталых.

Но Роминых амбиций я недооценила.

— Я стану пьезидентом! — Из правого уголка Роминого разляпистого рта побежала струйка слюны. Впрочем, взгляд сводного братца впервые показался мне довольно осмысленным.

У меня не было сил тщательно осматривать весь наш большой дом. Я даже не изучила подробно свою новую

спальню. Какая разница, какая она — еще сегодня утром я просыпалась в тюремной камере в другой стране!
Я валилась с ног от усталости, но все равно в первую очередь кинулась в ванную комнату. Какое это счастье —
иметь свой собственный толчок, раковину и душ! А ван-
ная с джакузи — это уже немыслимая, запредельная
роскошь. И у меня теперь снова все это есть. Насладив-
шись обрушившимся на меня мощным потоком воды, я
все же несколько огорчилась, что конструкция душа не
позволяет легко и быстро открутить головку распылите-
ля. Скажу откровенно, невозможность направлять на
низ своего живота плотную и упругую горячую струю несколько ограничивала меня в получении неких удоволь-
ствий интимного характера. «Ну и хрен с ним, с души-
ком!» — я, разумеется, осознавала, что заменить хотя
бы даже всю сантехнику в доме будет намного проще,
чем вырваться из тюрьмы!

Выскочив из ванной комнаты, я с разбегу прыгнула в
кровать и мгновенно заснула без тревог и сновидений.

Проснулась я «по режиму», когда на часах еще не было и шести утра. Возможно, сон покинул меня еще и потому, что в комнате было жарковато. Я не стала возиться
с термостатом, просто подошла к окну и распахнула его.
Меня обдало утренней свежестью. Я осмотрелась. Кроме сосен и елей, вокруг ничего не было видно. Прямо подо мной находились теплица и флигель, возле которого я
высадилась вчера из машины. «Кто же за всем этим ухаживает? Маминых сил даже близко на все это хозяйство
хватить не может!» Стоило мне так подумать, как я увидела, что в теплице кто-то есть. Присмотревшись сквозь
бликующий стеклянный потолок, я увидела, что голый
мужчина аскетического телосложения трахает кого-то в
самой середине строения. Секс осуществлялся в миссио-
нерской позиции, бурно и с полной самоотдачей. Любопытство взяло у меня верх над стыдливостью. Конвуль-

сии бурного оргазма не заставили себя долго ждать. Разрядившись в невидимую мне партнершу, мужчина перестал упираться руками и повалился вниз, по-прежнему закрывая предмет своей страсти от моих глаз собственным телом. Полежав пару минут в изнеможении, любовник медленно поднялся на ноги и, как был голый, побрел, покачиваясь, из теплицы в примыкающий домик. Вида мужичок был еще более странного, чем мне показалось вначале: редкая в наше время стрижка «под горшок» гармонично сочеталась со здоровенной рыжей и клочковатой бородищей. Его женщины я при этом так и не увидела — теплица после ухода мужчины показалась мне пустой! Одни только растения на ровных грядках. Как и куда она успела ускользнуть? Впрочем, теоретически я могла чего-то и не заметить, подглядывая через стекло теплицы. Но упустить целую женщину... вряд ли...

Дети еще не встали, когда я спустилась к завтраку. Мама этой ночью почти не спала. Ей, разумеется, очень хотелось пообщаться со мной, но, понимая, как я устала, она боялась потревожить мой сон. Мы долго сидели за остывающим кофе. Я рассказывала о своих мытарствах, стараясь не сгущать краски и обратить в смех то, что еще вчера казалось таким страшным и неопределенным. Единственное, что не могло вызывать во мне ничего, кроме слез, — это судьба Лени и туманные перспективы его выздоровления.

— Кстати, мама! Кто у нас живет во флигеле?

— А! Это Евпатий!

— Кто, кто?

О существовании имени «Евпатий» я помнила только из школьной программы по истории Древней Руси. Была там такая полулегендарная личность — витязь Евпатий Коловрат. Славен был он тем, что могуч был и крушил все, что под руку попадется. В реальной жизни я ни одного Евпатия не встречала.

— Это какой-нибудь очередной церковно-приходской псих?

— Да нет, что ты! — Мама покраснела: она не любила вспоминать своих серпуховских «товарок». — Евпатий достался нам от предыдущих владельцев дома. Присматривает за хозяйством. Он и сантехник, и садовник. Смотри, какие огурцы и помидоры у него вырастают. — Мама протянула мне миску со свежесобранными черно-фиолетовыми помидорами и светло-зелеными пупырчатыми огурцами. — Попробуй! Я совсем забыла их к яичнице подать.

Овощи и впрямь были потрясающе вкусными. Несмотря на то что была сыта, я съела здоровенный сладкий помидор и два неимоверно хрустких огурца.

— А жена у него кто?

— У него нет жены. Он одинокий, — с грустью ответила мама. — И вообще, — добавила она, — Евпатий — язычник!

— Что?! — Я подавилась третьим огурцом.

После завтрака я пошла осматривать новые владения. Ощущать себя чуть ли не помещицей было здорово и непривычно. Несмотря на доставшееся мне от отца наследство, я никогда не мечтала о собственном доме. Я женщина городская и до хозяйственной деятельности ленивая. У меня и в квартире всегда кавардак. И если бы не мама, я наверняка была бы завалена падающими на меня отовсюду вещами. Как поддерживать порядок в новых условиях, я себе не представляла. А потому меня, безусловно, обрадовало наличие «уже готового» работника, но при этом несколько беспокоили как его необычные религиозные воззрения, так и странная половая жизнь.

Я прошла по периметру бетонного четырехметрового забора, осмотрела автоматические ворота, которые вчера с помощью дистанционного пульта открыл водитель Алексей. Затем направилась к теплице и к флигелю. И сразу же налетела на Евпатия. Он был уже не голый, на нем имелась чистая льняная рубаха и короткие льняные штаны, подвязанные на поясе веревкой. Язычник примостился на пластмассовом садовом стуле и... плел лапти. Завидев меня, он отложил свою работу на низенький столик, встал и церемонно поклонился:

— Здравствуйте, хозяюшка!

— Добрый день! — ответила я. — Мама мне про вас рассказывала, Евпатий...

— Микулович! — подсказал он. — Вообще-то батюшку моего Михаилом величали, равно как и меня нарекли при рождении Евгением. Но я имена все в загсе поменял, дабы не отрываться от исконных корней.

Я не знала, как реагировать на его откровенность, и перешла на более прозаическую тему:

— А огурцы с помидорами у вас замечательные уродились. Я утром пробовала. Не оторваться.

Как у всех рыжих, кожа у него была тонкая, и он буквально на глазах краснел то ли от смущения, то ли от удовольствия.

— Благо дарю! — Он произнес именно раздельно: не «благодарю», а «благо дарю», и в пояс поклонился. — Но огурец — это не исконный наш продукт, равно как и помидор. Вы вот попробуйте взращенную мною репу! Не побрезгуете ли, хозяюшка, пройти в мое обиталище?

Честно говоря, помня увиденное утром, я немного замешкалась у входа во флигель. Однако, осознав, что ничего мне угрожать не может, прошла. Могло показаться, что я попала в краеведческий музей: куча каких-то деревянных орудий труда и неведомых мне приспособлений, глиняные горшки, ухваты и расшитые льняные тряпочки и салфетки.

Евпатий протянул мне деревянную миску, наполненную нарезанной соломкой желтой репой с луком, солью, подсолнечным маслом и разнообразной зеленью. Я зачерпнула этот салат здоровенной деревянной ложкой и попробовала. Было вкусно.

— И кваску попейте моего, — Евпатий протянул мне деревянную кружку и наполнил ее из кувшина приятно пахнущей влагой. — Квасок-то у меня не простой, а на меду! Русскому человеку вообще сахар белый ни к чему — испокон веков наши предки бортничали, и от меда все сладости и пития русские шли.

Напиток действительно был замечательным. Я совершенно искренне похвалила и квас и репу.

— Репа сейчас редкость, — вздохнул он. — Все на картошку индейскую перешли. А она нашему исконному корнеплоду не ровня! И витамин в ней, в картошке, не тот! Редька да репа — вот то, что нам надобно! И никаких там докторов Аткинсов заморских почитать ни к чему. Питались бы, как русским людям испокон положено, так не нужно было бы по докторам, по диетологам всяким шляться — животы бы не росли, да и не болели бы!

Я вспомнила, как выглядело сверху его голое костистое тело.

— А сами вы ничем не болеете? — поинтересовалась я у Евпатия.

— Я плохой пример, — грустно ответил он. — Меня сколько по тюрьмам мучили за правдивое мое слово... Понятное дело, что здоровья это не прибавило.

— Так вы диссидентом были?

Он тоскливо взглянул на меня:

— А как вы думаете, хозяюшка, как называли и куда отправляли думающего человека, имеющего к тому же твердые убеждения?

— Простите, Евпатий Микулович, я пока так и не поняла, какие у вас, собственно, убеждения? Вы националист?

— Да охрани меня Ярило! — воскликнул он. — Я за то, чтоб каждый народ в своей природной вере жил. И немчура католическая да лютеранская, и магометане, ежели мирная, и китайцы всякие там буддийские...

— А вы сами какую религию исповедуете, Евпатий?

— А я ничего не исповедую! Я поклоняюсь! Всему, чему русский человек испокон веков поклонялся: Земле-матушке-кормилице, Ярилу-солнышку, Даждь-богу — дождю и ветру. Вы обратите внимание, разве православие ваше привилось русскому человеку?

— Да, в общем-то, не мое оно!

— А вы к словам не придирайтесь, хозяюшка! — чувствовалось, что он волнуется. — Я образно сказал! Вы у любой старухи в церкви спросите, читала ли она Библию, Новый Завет, Псалтирь — все те книги, которыми ее заклинают? Отвечу — нет, не читала! Зато от матери и от бабки собственной все приметы знает: и с какой ноги вставать, и как в зеркала глядеться, когда воротилась. И про бабу с пустыми ведрами знает, голубушка. А что это, как не корневая наша языческая вера! И в ней хорошо наш народ жил до князя-крестителя. И земля родила, и мир со всеми народами был.

Евпатий в очередной раз тяжко вздохнул.

— Да, вам, наверное, все это скучно, хозяюшка... Заболтал я вас!

— Напротив! Вы очень заинтриговали меня вашими религиозными воззрениями. Расскажите, пожалуйста, подробнее о своем, так сказать, жизненном пути!

— Вам действительно интересно?

— Очень!

Евпатий устроился удобнее и устремил взор к небесам. «Только гуслей ему не хватает!» — подумала я про себя.

— Все было у меня, как у всех в семидесятые годы, — начал он. — После школы поступил на исторический факультет пединститута имени Ленина. И, будучи человеком убежденным и увлеченным своими воззрениями, сразу начал собирать вокруг себя молодых людей, призывал их совместно бороться за возрождение древних обычаев. Был я, кстати, тогда еще комсомольцем, как все, и с властью конфликтовать не собирался. Наоборот — помочь хотел! Тогда советское руководство разработало Продовольственную программу, чтобы справиться с дефицитом продуктов питания в стране. А я незадолго до того вступил в группу последователей старца Порфирия Иванова и узнал от старших товарищей о древнерусском обычае перед посевом оплодотворять землю. Посоветовавшись со учителем, собрал я небольшую группу прогрессивно настроенных единомышленников, чтобы совершить этот древний обряд перед посевной.

— А в чем этот обряд заключается?

Евпатий снова густо покраснел.

— Мне, конечно, вам, как даме, неудобно несколько...

— Да ладно вам! Я женщина взрослая, и нервы у меня хоть куда!

— Хорошо! — решился продолжать Евпатий. — В общем, так! Все очень просто. На поле, уже вспаханное, но покуда еще не засеянное, выходит ватага голых мужиков и вступает в интимный контакт с матерью сырой землей.

— Как вступает в контакт?! — опешила я.

— Самым натуральным образом, извините, конечно! Как, извините, муж с женой!

Суть утренней сцены мне начала проясняться.

— Ложишься в пашню — и вперед! Главное, чтобы баб поблизости никаких не проходило, а то очень ревнивая она, земля-матушка!

— Какой ужас! — вырвалось у меня невольно.

Он чуть ли не рассердился:

— Это только предрассудки в вас говорят и снобизм ваш, не в обиду вам будет сказано! А что для истинно русского человека слаще, чем соитие с родной землей, скажите на милость?! Это вам не в церкви перед иконой поклоны бить!

— Это уж точно!

— Вот видите! Вы уже стали меня понимать! Так вот, нас, единомышленников, тогда собралось всего пять человек. Двое с исторического факультета, химик, математик и еще биолог один, здоровенный такой детина, мордвин. Понятное дело, я был лидером, и мой авторитет оставался непререкаемым. Если бы не милиция наша родная, что всех нас, как известно, бережет, мы провели бы наш обряд уже в восьмидесятом году. И тогда по нашему примеру все мужики в стране вместо того, чтобы на политинформациях штаны просиживать, может, этим делом занялись. Может, и с продовольствием бы все решилось, через одиннадцать лет и Советскому Союзу распадаться не пришлось...

— А при чем здесь милиция?

Глаза Евпатия затуманились. Я заметила, что в них стояли самые настоящие слезы.

— Я был задержан нарядом милиции в Филевском парке в тридцатиградусный мороз в январе тысяча девятьсот восьмидесятого года. В этот день я принял решение провести на самом себе очень важный эксперимент. Оставалось всего два месяца до посевной, и меня, понятное дело, мучило беспокойство — смогу ли я в ответственный момент не оплошать и достойно совокупиться с едва оттаявшей после зимних холодов пашней. Разумеется, мне не хотелось в этой ситуации стать посмешищем для небольшой, но сплоченной группки своих сторонников, признавших во мне лидера. Эксперимент этот я решил провести тайно, чтобы по завершении ознакомить сотоварищей с результатом и дать рекомендации, которые мне еще только предстояло для них сформулировать. Я тогда был еще молодым максималистом и решил попытаться возбудиться, извиняюсь, в сексуальном плане, сидя по горло в проруби!

— И вам это удалось?!

— Подождите. Скоро сказка сказывается, да не скоро дело делается! Я понимал, что для достижения необходимого сексуального возбуждения мне может не хватить одного лишь текста Продовольственной программы, незадолго до того принятой Центральным Комитетом Коммунистической партии совместно с Верховным Советом и Советом министров СССР. Поэтому, вы можете, конечно, осудить меня, но я прибег, так сказать, вроде как к допингу — решил смотреть на фотографию, изображающую обнаженное женское тело. Никаких «Плейбоев», понятное дело, в Москве тогда было не достать, и я купил у глухонемого в пригородной электричке набор маленьких скрепленных между собой нитками черно-белых фотографий. Вы меня осуждаете?

Я все время стискивала зубами край кружки, чтобы не захохотать в голос. Мой собеседник, однако, был столь увлечен собственными воспоминаниями, что реакции моей поначалу не замечал. Сдерживаясь изо всех сил, я просипела:

— Да что вы, Евпатий Микулович! Какое тут может быть осуждение! Ведь это вы все не для удовольствия делали!

— Ну, разумеется! Какое в таком деле удовольствие?! Набор этот стоил рубль, как два обеда в нашей институтской столовой, а в нем находилось всего пять фотографий, шесть на девять сантиметров каждая: на двух из них были изображены обнаженные женщины, довольно толстые, но в откровенных, так сказать, позах. На третьей — Сталин в военной форме. Еще на одной — царь Николай Второй. На последней фотке — очень темная иконка с молитвой.

— И как вы действовали после приобретения фотографий?

— Я прямо с утра пошел в Филевский парк и нашел там на Москве-реке старого рыбака, лет семидесяти пяти, наверное. Я дал ему заранее припасенную мной бутылку водки за то, чтобы он расширил свою лунку до размеров проруби и подержал бы у меня перед глазами фотографию с голой девицей, пока я буду в этой проруби сидеть.

— Ну и как все прошло?

Евпатий тяжко вздохнул:

— Я же вам говорил, что меня задержали...

— Да, конечно, вы говорили, что вас тогда милиция забрала. Но при чем тут она и вообще, откуда она там взялась?

— Скажу все начистоту — ни хрена, извиняюсь, хорошего у меня тогда не получилось. Дед этот, пока лед долбил, всю поллитру выхлестал. Когда я разделся до трусов и полез в прорубь, он уже еле на ногах держался. Не мог даже чуток нагнуться, чтобы фотографию эту с голой теткой держать перед моими глазами. Я минут пятнадцать просидел по горло в проклятой проруби, но, как ни задирал голову, кроме грязных валенок и заштопанного вонючего тулупа, ничего не видел. А все это даже по молодости, честно говоря, никаких сексуальных желаний у меня вызывать не могло! И, признаюсь, не токмо в минус тридцать по Цельсию, но и при более благоприятных погодных условиях, почитай, любой юноша оказался бы столь же бессилен! Вы меня понимаете, я надеюсь?

— Конечно, понимаю! Честно говоря, я счастлива, что подобных испытаний лично у меня в жизни не было! Но давайте все-таки про милицию! Мне не терпится узнать!

Во взгляде Евпатия я читала грусть и осуждение моей легкомысленности, но сделать с собой ничего не могла и беспрестанно хрюкала в кружку.

— С чего этот милицейский наряд там появился, я не знаю. До сих пор для меня это тайна. Хотя тогда олимпийский год был. В Москве шагу без милиции было не ступить. В общем, выскочили они втроем прямо на лед и безо всяких там разговоров забрали нас с дедком. В протоколе, в отделении уже составленном, записали, что этот мой эксперимент с участием старика-рыболова есть якобы не что иное, как групповые развратные действия в общественном месте, которым является Филевский парк культуры и отдыха трудящихся.

— А вы пытались им объяснить мотивы ваших действий?

— Конечно, пытался! Поэтому мне пристегнули еще и диссидентскую семидесятую статью. И фотографии у них тоже в дело пошли: девки голые — по разврату и порнографическим материалам, а Николашка с иконкой — как раз по антисоветчине.

— А Иосиф Виссарионович что? Его фотку как вам пристегнули?

— А он куда-то пропал и в деле не фигурировал. Я думаю, его портрет дед вырвал и стырил!

— Ну, а как дальше вы жили? Обрядов языческих вы, наверное, много разных проводили или пытались проводить, по крайней мере?

— Конечно! И на Ивана Купалу организовал празднество важное, и про Масленицу народу разъяснял, что исконные наши блины попы для своих нужд приспособили, а на самом деле — они Ярилины, блины-то. Бог Солнца наш — Ярило! Но обряд на посевную, скажу я вам, хозяюшка моя, — он все же самый важный. Я сколько лет уже живу мечтой, что в одну прекрасную весну весь наш русский народ, мужская его часть, выйдет на межу и... — вперед! Представляете — вся страна огромная!!! От юношей до старцев! Каково, а?!

Из глаз моих текли слезы. Подавленный смех перешел в икоту. Представить себе всенародную реализацию Евпатьевого плана и не умереть при этом от смеха было невозможно.

— Честно говоря, дух захватывает! — выдавила я из себя.

Теперь я уже точно понимала, свидетельницей чего оказалась ранним утром.

— И недостатка тогда никому уже ни в чем не будет! — пророчески вещал Евпатий, впавший в состояние восторга и экстаза. — Но за мечту бороться надо, а порой и страдать. В советское время, как сами понимаете, я уже из-под надзора органов не выходил! То лагерь, то ссылка. В психушку даже два раза меня отправляли на принудиловку. Но, слава Яриле, настали новые времена! Я давно уже свободен и собственным примером отстаиваю свое правое дело.

— Я чем-нибудь могу вам в этом помочь?

— Добрым словом, хозяюшка моя, добрым словом помогайте. Да со двора не гоните. Я при прошлых хозяевах поообжился тут. Лучше меня, чтобы дом в порядке держать, вы не сыщете. И пожелайте мне хороших урожаев! Ведь все мои труды все равно вам пойдут. Урожай, он всех кормит без разбору. Мне принцип важен, а вы огурчики да капустку на своем столе увидите. Я уж утром принес вашей матушке только что уродившихся помидоров и огурцов. Так что теплица ваша — это первая земля, что я оплодотворил после того, как здесь поселился!

Собираю на два килограмма с квадратного аршина больше, чем все соседи! — Он выудил из большой плетеной корзины такой же огурец, что давала мне мама. — Вы только посмотрите, какой красавец! На зубах хрустит, а во рту тает! Такой огурец огурцам с неоплодотворенной земли не чета!

Я вспомнила замечательный вкус съеденных мной после завтрака овощей. Потом еще раз оглядела рыжебородого «осеменителя» полей и огородов. Смех почему-то сам собой прошел, и меня слегка затошнило.

НОВОЕ НАСЛЕДСТВО
и не только

В понедельник ранним утром меня разбудил телефонный звонок. На часах было пять утра, и я, решив, что случилось что-нибудь ужасное, схватила трубку. В ней трещало и хрюкало.

— Я слушаю, слушаю! — завопила я срывающимся от волнения голосом. — Кто вы? Что случилось?

Сквозь несмолкающий шум я услышала бодрый голос Семена:

— Это я, привет! Извини, что так рано! Я в Эфиопии сейчас. Отсюда очень тяжело дозвониться.

— Семен! Шимон! Как я рада вас... тебя слышать!

— Я тебя поздравляю! Как говорится, на свободу с чистой совестью! — Он захохотал где-то в своей африканской дали.

— Спасибо! Спасибо тебе! Я знаю, что это ты меня вытащил!

— Не преувеличивай — не я один!

— Да знаю я! Но какая разница — один, не один! Всем спасибо!

— Я по делу! Давай без лирики — связь может в любой момент прерваться!

— Слушаю тебя! — Я собрала подушки в горку и приняла почти вертикальное положение.

— Сегодня у тебя беседа с Игорем. Ничему не удивляйся. Я в курсе дела и во всем участвую. Это главное. Ну, и не будь дурой! Это как обычно! — Голос Семена перешел в бульканье, и в трубке завыло. Я была оглушена невесть откуда прорвавшейся струнно-духовой какофонией. Разговор прервался.

Леша приехал за мной к девяти утра, и мы не менее трех часов ползли в наш новый офис, расположенный в центре, в Лялином переулке. Как многие персональные водители, Леша был весьма разговорчив. По дороге он проинформировал меня, что ремонт уже полностью закончен, что-то даже перепланировано внутри, а само помещение офиса мы теперь выкупаем.

Игорь Борисович был крайне раздражен моим опозданием, но он понимал, разумеется, что мы с Лешей в нем не виноваты.

— Давайте начинать в семь утра, — предложила я. — Лучше встать раньше, чем так мучиться в дороге.

Чертков хмыкнул:

— Это хорошо, что в тюрьме тебя приучили рано вставать! Давай попробуем.

— Я иногда могу даже ночевать в своей старой квартире, если будет много работы... — предположила я и такую возможность.

— Не можешь! — резко парировал он. — Я же говорил — есть проблемы. Как ни крути, но кое у кого есть основания связывать твою персону с пожаром «У Иссы». И уж если для всех правозащитников ты сидишь в тюрьме, то для них и продолжай там находиться.

— Но меня можно на работе найти, в офисе.

— Вряд ли... — заметил Игорь Борисович. — И дело не в охране. Тебя самой здесь больше нет. Направление бизнеса мы изменили. Старые контакты твои без надобности. Вот полюбуйся на свой кабинет.

Мы прошли несколько шагов по коридору и остановились перед темно-коричневой массивной дверью, на которой висела табличка: «Директор по международным связям». И все — ни имени, ни фамилии.

— Вот документы твоего двойника. Пусть у тебя хранятся... пока. — Он вручил мне пакет с какими-то бумагами и «корочками». Я не стала в них разбираться. Главное, что бросилось мне в глаза, — это справка об освобождении.

— Как видишь, вышло тебе, то есть ей, президентское помилование.

— Так это же ей! Я, получается, украла ее свободу!

— Да ты что?! Кто бы ей самой это помилование устроил?! Но гражданке Вердагер, может быть, тоже повезет, если удовлетворят апелляцию твоих адвокатов. И выйдет она под твоим именем, как ты вышла по ее помилованию. Да, и сидит она сейчас не в тех условиях, как ей светило.

— Так, может быть, мне вообще жить под ее именем?

— Приключенческих романов начиталась?

— Да нет. Но росла я, разумеется, под «Семнадцать мгновений весны».

— Так вот, я не Штирлиц! И не Юлиан Семенов! Ты что, готова объяснить родной маме, что теперь ты поменяла и имя, и фамилию, и отчество?! На хрена?! Москва — большой город, и наверняка у тебя найдется несколько тезок и однофамилиц. Несмотря на то что ты и не Марья Ивановна Степанова. Те, кто хочет свести с тобой счеты, не будут тебя искать вне тюрьмы.

— Так что? Они могут расправиться с этой Анитой Хулиевной?

— Руки коротки! Не преувеличивай возможностей всей этой швали. Да и ты, прости, не настолько им нужна, чтобы из-за тебя жопу рвать. Но все равно не нарывайся на общение со старыми друзьями и любовниками.

Рекомендую открыть новую страницу в жизни и, как перед очередным замужеством, избавиться от своего блядского прошлого.

Я не знала даже, как мне реагировать на это хамство. Любая реакция была бы глупой.

— Спасибо на добром слове! — единственное, что я смогла ответить.

— На здоровье!

Игорь Борисович открыл дверь, и мы оказались в моей приемной. За секретарским столом сидела миловидная молодая женщина в строгом синем костюме.

— Твой секретарь — Ирина. Английский, французский, испанский, португальский и суахили. Умеет молчать. С мужиками не спит, предпочитает дам. Ирина Евгеньевна, я нигде не ошибся?

Ирина улыбнулась.

— Не понравится или будет плохо работать — можешь уволить в любой момент!

При этих словах своего коллеги я изо всех сил улыбнулась своей будущей подчиненной. Ответная улыбка была ослепительной и лучезарной. Похоже, она могла без всякой видимой реакции выслушивать все, что угодно. Впрочем, и я тоже проглотила деликатное замечание касательно своего прошлого. Мы зашли непосредственно в мой кабинет, просторный и чрезвычайно удобный. Но подробно ознакомиться со своей новой обителью мне не дали.

— А теперь пошли ко мне. Обсудим наши дела, — приказным тоном сказал Чертков, и мы направились в противоположный конец коридора.

Новым секретарем Чертков взял себе молодого парня по имени Антон. Выражение на лице и выправка однозначно свидетельствовали о том, что он из «органов». Его «не штатское происхождение» не мог скрыть даже пригнанный по фигуре дорогой фирменный костюм.

Игорь Борисович попросил Антона сделать для нас кофе покрепче, и мы уединились в его кабинете.

— Значит, так! — начал Чертков. — Для тебя есть новости. Можно сказать, все хорошие. Хотя некоторая неоднозначность, как сама понимаешь, тоже всегда остается. Давай по порядку. Во-первых, твой отец оставил тебе еще наследство — пятьдесят один процент акций некоей компании, открытой им незадолго до смерти в Гибралтаре. Фирма офшорная, таких тысячи, десятки, сотни тысяч. С их помощью, как ты сама знаешь, уклоняются от налогов, но сами по себе такие компании ничего не стоят. Так вот, здесь не совсем тот случай. У твоего отца, когда он был еще студентом, имелся приятель, Коля Сидоров, Николай Васильевич. Вместе на одном курсе учились. Тот тихий такой был паренек, звезд с неба не хватал, но чисто по-человечески отличался разумностью и упорством. Ученого из него бы не получилось, он сам это понимал и попросился после диплома офицером в армию. Взяли его вначале на два года лейтенантом, но он остался служить и дальше. Служил себе, служил и дослужился до генерал-лейтенантского звания. Как раз когда начали расформировывать Западную группу войск, он вторую генеральскую звезду и получил. С отцом твоим они много лет не виделись, а тут случайно опять встретились и задружились пуще прежнего. Николай Васильевич рассказал, что у него остался доступ к советскому военному имуществу на наших складах в Восточной Европе. Наши уходящие войска вывезти его полностью не смогут. Даже учесть и пересчитать все содержимое складов — нереально. Сорок пять лет копили! А еще огромное количество амуниции, запчастей, даже танков и самолетов останется у бывших союзников по Варшавскому блоку. В так называемом третьем мире имеется куча мест, куда все это можно будет много лет продавать. Как осуществлять подобные сделки, генерал-лейтенант сам еще не знал, но настоятельно предложил твоему отцу создать компанию для торговли военной техникой. Тот, возможно, в дело это не очень-то и поверил, но офшор открыл, тем более что денег больших это не стоит. Правда, рисковать репутацией, обращаться к своему адвокату, тебе известному, он не стал, а перешел на другую сторону Портовой площади в городе Женеве и обратился к коллеге своего основного поверенного. А в той конторе мальчиком на побегушках служил наш бывший соотечественник, женевский городской дурачок по имени Арсений Натанович Егерев. Чтобы не возиться с малоперспективной затеей самому, батюшка твой выделил этому придурку сорок девять процентов акций, дал денег на расходы, велел вести дела по его указанию и выписал на его имя доверенность. Тому, естественно, каждая копейка в радость, в нищете, можно сказать, жил. Уехал этот Арсений Натанович из СССР еще в семидесятых по израильской визе. Перед отъездом его дернули на Лубянку. Там он обосрался по полной программе — то есть не только в фигуральном, но и в самом прямом смысле слова. Разумеется, подписал перед отъездом обязательство сотрудничать с органами. До исторической родины так и не доехал. Осел вначале в Вене, работал там посудомойщиком в русском ресторане, потом перебрался в Швейцарию и сделал карьеру — дорос до посыльного в той самой адвокатской конторе. И тут парню подфартило! Едва фирму открыли, как присылает твоему отцу Николай Васильевич готовый контракт — четырнадцать моторов для «МиГ-23» в Африку. Двигатели, по сути бесплатные, лежали в Польше. Африканцы заплатили алмазами через сына одного из бывших крупных европейских политиков. Называть его пока не буду, но ты фамилию этого светоча европейской политики, конечно, знаешь. Демократ, либерал и вообще чистюля. Начинал шестеркой в оккупационном правительстве во время войны, прислуживал немецким прислужникам. Потом пополз наверх, а в конце славного пути, почти до самой смерти руководил страной — все нас, россиян, поучал, демократ сраный. Сын его сразу начал специализироваться по оружию и наркотикам. Его пару раз арестовывал Интерпол, но он вылезал благодаря папиным связям. Делает бизнес с африканскими странами, идущими, блин, по пути тех еще реформ. Теперь возвращаюсь к их первой сделке. Цена одного мотора — два миллиона долларов. А камушки, идущие в оплату, были оценены, разумеется, по минимуму. Первый же контракт этой ничтожной фирмешки дал твоему отцу больше, чем весь его предыдущий бизнес. Деньги, что ты с его счета получила, в основном от этой сделки и образовались. Но тут отец твой умер.

Я слушала, не перебивая и не задавая вопросов

— А дурачок Егерев уже сотни миллионов греб. При этом по документам у него самого только сорок девять процентов компании, да и теми он вынужден был поделиться с тем самым евросынком. Егерев продолжал пользоваться доверенностью, выписанной на пятьдесят один процент акций твоим отцом. Это противозаконно, разумеется, так как после смерти доверителя доверенность стала недействительной, а все права перешли по завещанию наследникам, то есть тебе. Но Егерев просто не предъявил никаких документов о кончине мажоритарного владельца, а гибралтарские власти, разумеется, не проверяют, живы ли в каждый момент времени акционеры зарегистрированных компаний. Поэтому три первых года, срок действия доверенности, он ощущал себя совсем свободным, а потом просто подделывал документы в той самой конторе, в которой служил раньше «подай-принеси». Поленился, слава богу, перевести бизнес на фирму-двойника. Так что ты мало того что хозяйка бизнеса, но его еще можешь на долгие года за решетку упрятать. Запомни! Но этого, может быть, никто бы и не узнал, если бы наш Арсений Натанович совсем не одурел. Он вдруг перестал рассчитываться с Колей Сидоровым и вообще потребовал пересмотра условий. Генерал Сидоров, понятное дело, насчет коммерческой стороны своей деятельности до поры до времени держал в курсе только самый узкий круг. Ведь люди из его ведомства тоже крутились в этом бизнесе. Ему еще кое-кто из еще более высоких генералов помогал и помогает склады по всей Восточной Европе вычищать. Не бесплатно, понятное дело! О больших друзьях Коли Сидорова пока умолчим для ясности. Люди эти взрослые, состоявшиеся, удивились они действиями гражданина Егерева до крайности и предложили мне провести с товарищем разъяснительную работу. Получается, что ты, дорогая моя, та самая фигура, которая не только нам нужна. Можно и без тебя было все обделать, разумеется. Но зачем? Ты по закону — главный акционер. И мы с тобой привыкли друг друга понимать? Правильно?

— А какова роль Семена?

— Чисто коммерческая. Клиентов он ищет в Африке, Юго-Восточной Азии, Латинской Америке. Он иностранец. Здесь ему больше вертеться нечего. Но его начальство тоже контрактов хочет — на модернизацию всего нашего хлама под западные стандарты. Так что Шимон в деле.

— А здесь что у нас за офис?

В этот момент в кабинет вошел строевым шагом Антон с подносом в руках. Крепкий эспрессо и печенье были очень кстати. Отвечая на мой вопрос о нашей общей фирме, Игорь Борисович ухмыльнулся свойственным ему образом:

— «Золотого теленка» все читали. Так вот, у нас почти что фирма «Рога и копыта» имени Остапа Бендера. Хотя и не совсем, нужно сказать. Дело в том, что практически все, что мы поставляем или комплектуем запчастями, было изготовлено еще в СССР. Сам товар, как я уже сказал, за рубежом. Но это же — техника. Она имеет свои сроки годности, ресурсы. Необходимо что-то менять, досылать, ремонтировать. И клиент должен знать, что после покупки может рассчитывать на сервис и обеспечение расходными материалами. А это все уже далеко не всегда в Польше или в Венгрии есть. Приходится что-то докупать у производителей. Географически заводы, до сих пор производящие комплектующие и осуществляющие сборку и ремонт военной техники, расположены в основном в России и на Украине... В Украине, как теперь принято говорить... у них, там. И разумеется, покупатель хочет иметь все документы и сертификаты, подтверждающие пригодность получаемого товара. Причем выданные в стране происхождения. Иногда можно обойтись формальным продлением ресурсов и сроков хранения. Что-то, как я уже говорил, придется завозить для ремонта и обслуживания. Это, так сказать, одна сторона нашей деятельности. Этим преимущественно стану заниматься я и мои люди. Другая часть работы будет на тебе. Необходимо иметь в качестве прикрытия статус торговой компании. Мы должны присутствовать на рынках стран третьего мира. Именно они — потребители нашего основного товара. Не в США же наши старые «МиГи» отправлять! А в интересующих нас царствах-государствах все военные поставки делаются как? Правильно! С учетом интересов сторон, принимающих решения. То есть за взятки. Сами чиновники у тебя денег никогда не возьмут — это поручается обычно неофициальным агентам из числа местных бизнесменов. Эти ребята занимаются своим бизнесом — торгуют у нас индийским чаем, тайским рисом, персидскими коврами, китайскими вазами. Но самый большой их куш — доля от взяток за импорт в их собственную страну военной продукции. Вот таких ребят мы будем здесь выявлять, холить-лелеять и дружить с ними взасос.

Это — твоя часть чемодана. А кроме того, ты будешь по полному своему праву регулировать деятельность Егерева. Ты — формально, разумеется, — главный владелец его бизнеса за рубежом. Он отныне будет лишь наемным генеральным директором с небольшим пакетом акций в кармане. Поняла?

— То есть, прикрываясь чаем и кофе, мы становимся просто торговцами оружием? — переспросила я. — Но, насколько я понимаю, это и опасно, и вообще как-то...

Этот мой вопрос немало раздражил Игоря Борисовича. Но, блеснув глазами, он, как всегда, сохранил холодное спокойствие.

— Во-первых, — он начал загибать пальцы, — что касается торговли оружием, так именно этим занимался твой любимый Сема-Шимон. И не надо притворяться, что ты в нем видела исключительно продавца гондонов и тестиков. Во-вторых, нам насрать, что там все эти черные, желтые и прочие пупырчатые друг с другом будут делать. В-третьих, лучше пусть купят у нас самолет за три миллиона баксов, чем у китайцев сто тысяч «калашниковых» за те же деньги. Самолет им только для престижа и грохота нужен, а из «калашей» реально убивают. Мы никакой стрельбой, патронами, снарядами и прочей дрянью заниматься не планируем. Пока, во всяком случае! И кстати! Это и есть как раз одна из тем, по которым мы достанем Егерева. А то он совсем ох... от жадности — за всякое г... хватается, мудило! В-четвертых, если кого и будут сажать, то не акционеров, то есть тебя, а все этого же мудака, возомнившего себя олигархом. И наконец, в-пятых! Тебя никто не спрашивает, готова ли ты всем этим заниматься. Нечего, блин, рожу кривить!

Ну, это уже слишком! Я поставила чашку, встала и, посмотрев ему прямо в глаза, процедила сквозь зубы:

— Знаете ли, господин Чертков, я не думаю, что беседа в таком тоне и в таких выражениях будет способствовать нашей успешной работе!

В голове моей вертелись совсем другие слова. Он это понял и решил не обострять разговор без всякого резона.

— Сама знаешь, где мы живем. — Тон Игоря Борисовича был почти примирительным. — И я, кстати, носом не водил и лишних вопросов не задавал, когда тебя надо было из тюрьмы вытаскивать. И с Иссой этим твоим по просьбе Семена разобрались, конечно, но и тебе придется играть по правилам... А правила у нас хоть и не писаные, но строгие!

Образовалась непродолжительная пауза.

— В общем, так, — сказал Чертков, вставая со своего кресла. — Егерев сейчас здесь. Приехал договариваться, чтобы ему здесь открыли зеленую улицу и за красивые глаза решали его проблемы со всей документацией. Да, еще он, долбоеб, сообразил потребовать от Николая Васильевича, организовавшего весь этот бизнес, «умерить», как он выразился, свои аппетиты и аппетиты его друзей из Министерства обороны. Он даже не понимает, о чем и о ком говорит, урод! Его направили к нам, и моя задача вправить ему мозги, познакомить с тобой и показать на то место возле параши, где его ждут не дождутся! Твое появление будет для него большим сюрпризом. Он то уверен, что ты не в курсе, да и вообще хрен знает где, не при делах и без крыши. В течение часа он должен приехать и наконец узнать, что он никто и звать его никак. Иди к себе. Я позову. Надеюсь, ты очень хорошо понимаешь — выбора у тебя нет!

Честно говоря, все сказанное моим бывшим сотрудником, а теперь партнером, да еще и начальником, было, что называется, ударом грома средь ясного неба. Неба ясного, я, правда, давно не видела и тишиной не помню, когда в последний раз наслаждалась. Так что сравнение, наверное, не вполне удачное... Главное, чего я не могла понять, становлюсь я теперь настоящим торговцем оружием или нет. Выбора, как мне только что сказали, у меня не оставалось, но все равно хотелось убедить себя, что ничего плохого я делать не стану. Взять, например, Семена. Я, конечно, понимала, что основной его бизнес — поставка стрелкового оружия российскому спецназу, ОМОНу и так далее. Но разве это плохо? Или, во всяком случае, однозначно ли это плохо? Так или иначе, лучше или хуже, но все эти формирования предназначены для искоренения преступности в нашей стране. Да, разумеется, далеко не всегда они действуют в интересах этого самого государства! Да, мы все знаем, что самое совершенное оружие порой исчезает со складов спецслужб и перекочевывает в карманы преступников. Но нельзя же отвечать за все зло в этом мире! К тому же мне объяснили, что никакими минами и снарядами мы заниматься не будем и поставки все будут только в государства, не подпадающие под эмбарго. А это значит, все эти голопузые африканские детки без ног и без рук не будут иметь к нам никакого отношения! Наоборот, мы будем участвовать в их защите! Успокоив несколько свою совесть, я вздохнула с облегчением. И вообще, мне не оставили выбора. За считаные недели меня вытащили из тюрьмы, и теперь я должна отрабатывать! У меня достаточно денег для того, чтобы отдать весь бизнес, открыть какую-нибудь школу подводного плавания на Красном море, жить спокойно и счастливо без проблем и забот. Но мне не дают этого сделать — я должна отрабатывать свою свободу! Не более чем полминуты я шла от Черткова к своему кабинету, но этого оказалось вполне достаточно, чтобы осознать себя невинной заложницей обстоятельств. Как говорил небезызвестный Дейл Карнеги, каждому человеку очень важно осознавать свою доброту и свою значимость. В доброте своей обычно никто не сомневается, а что касается значимости... Во всяком случае, я ощущала, что переход от тестов на беременность и презервативов с усиками к самолетам и вертолетам является гигантским шагом в моей деловой карьере.

Истребив в себе беспокойство и неуверенность, я принялась осваивать свой кабинет. Кроме того, необходимо было познакомиться как следует со своей пока единственной сотрудницей — Ириной. Интересно, правду ли сказал Чертков, что она лесбиянка? Впрочем, я понимала, что это не самая подходящая тема для первого дня совместной работы.

Через сорок минут позвонил Антон и хорошо поставленным голосом доложил, что меня ждут.

Беседа с новоиспеченным олигархом уже началась и проходила не в самом кабинете Черткова, а в небольшой переговорной. Игорь Борисович почему-то выбрал себе место на самом краешке стола. Во главе восседал крупный нескладный мужчина в дорогом синем костюме и галстуке кричащего зеленого цвета. Лицом Арсений Натанович чем-то напоминал нашего несчастного Рому. Он был крайне важен и напыщен. При разговоре его нижняя губа брезгливо оттопыривалась, а изо рта вылетали белые капли слюны. На мой приход и приветствие он никак не отреагировал. Я поняла, что ему про меня еще не рассказали, и я для него пока лишь офисная пыль. Игорь Борисович, наоборот, прямо-таки засветился при моем появлении радостью и счастьем. Будто сам не обзывал меня час назад! Он жестом пригласил меня сесть рядом с собой и вновь изобразил на своем лице крайнюю степень внимания. Егерев держал речь. Здесь же находились двое его сотрудников: педерастического вида француз, как я поняла — юрист, и тощая блондинка без бровей, сисек и попы — переводчица. Она все время подправляла лежащий перед бизнесменом диктофон, который тот то и дело сталкивал с места, хаотично двигая руками. Судя по всему, господин Егерев дорожил каждым своим словом и требовал записывать все, что произносит, словно это величайшая историческая ценность. Кроме заботы о диктофоне, девица выполняла и свои непосредственные профессиональные обязанности: противным шепотом переводила речь босса юристу. Тот важно кивал, подобострастно поглядывая на вещающего шефа.

Арсений Натанович скомкал какую-то предшествующую моему появлению фразу, обтер рукавом пиджака обметанный белым рот и обратился непосредственно к Черткову:

— Я ничего не хочу и не буду обсуждать с вами. Не тот, сами понимаете, уровень! Я настаиваю, чтобы вы поняли, что мой визит на вашу, с позволения сказать, фирму — это только знак вежливости по отношению к условно... назовем это так, к условно уважаемым людям. Вы понимаете это?

Игорь Борисович, улыбаясь, покивал головой. Я достаточно знала Черткова, чтобы понимать: ничего хорошего его доброжелательные кивки не сулят. Чтобы убедиться в этом, нужно было только взглянуть в его холодные, стальные глаза. Но у все более раздувающегося от собственной важности Егерева ума на это не хватало. Инстинкт самосохранения бизнесмена был подавлен осознанием собственного величия, и он продолжал хамить.

— Но, увы, даже они, эти люди, что послали меня, не понимают, что и для них я уже перешел на самую высшую ступень не только в бизнесе, но и в политике. Я уже давно не на их уровне! Таких, как я, в мире единицы: собственно, я, Билл Гейтс и еще там парочка всяких других. Чего тут говорить! Мой бизнес — это бизнес мирового уровня. Я помногу живу в Париже и часто бываю в Елисейском дворце. Приезжая в Лондон, я встречаюсь с этой... с английской королевой... ну...

— С Елизаветой Второй! — писклявым голосом подсказала ему переводчица.

— Да, правильно, с Елизаветой Второй! Просто вылетело ее имя из головы — всех не упомнишь! Вы, надеюсь, меня понимаете?

Игорь Борисович изобразил на своем лице полное понимание того, что бизнесмен Егерев не может помнить имена всех королев, добивающихся возможности с ним пообщаться.

— Правильно! Вы — здравомыслящий человек! И вы, извиняюсь, знаете свое место! А эти, наши, точнее ваши, знакомые чиновники, заметьте, среднего, очень среднего уровня чиновники из Министерства обороны, пытаются указывать мне, мне, Арсению Егереву, с кем мне договариваться о распределении прибылей в моем, напоминаю, в моем бизнесе!

Он дело рассмеялся. Вслед за ним визгливо хихикнула переводчица, и понимающе улыбнулся педик-юрист. Егерев был явно удовлетворен, что его величие не вызвало ни у кого сомнений.

— Ну, что вы на это скажете? — спросил он Черткова.

Игорь Борисович, не меняя выражения лица, привстал, протянул руку, взял диктофон, на который до настоящего момента записывалась речь Арсения Натановича, и поднес его к своим губам. Это действие, надо сказать, вызвало некоторое удивление и самого Егерева, и его свиты. Что такого мог сказать этот человек, чтобы оно было достойно сохраняться в веках вместе с откровениями великого Арсения Егерева?! А Чертков тем временем направил свой жесткий взгляд прямо в глаза бизнесмена и абсолютно спокойно, можно даже сказать сочувственно, спросил его:

— Ты что, с детства такой мудак или просто забыл, как хозяйская з... пахнет?!

НОЧНОЙ КОШМАР
и не только

Нет людей, которые ничего не боятся. И у каждого страхи свои. Иногда они иррациональные, странные и даже смешные. Но от этого они не менее мучительны. Лично я боюсь ночных кошмаров. А точнее, одного конкретного кошмара, который периодически посещает меня во время, казалось бы, безмятежного сна. Ночной кошмар — понятие сугубо индивидуальное. У человека есть в глубинах подсознания нечто такое, что по неведомым причинам более прочих ужасов мира реального пугает его. И страх перед явлениями совершенно нереальными или же в настоящей жизни вовсе безобидными зачастую заполняет человеческий сон, превращая его из благостного отдыха в утомительное страдание, безмерно усугубляющее томление мятущегося духа.

Ужаснейшим видением, посещавшим мои сны с самой ранней юности, была гигантская стрекоза, а точнее, даже не сама стрекоза, но огромные сетчатые глаза ее. Стрекоза появляется внезапно и неотвратимо. Я сама не понимаю каждый раз, сон это или явь. Чудовищное насекомое надвигается на меня медленно, но неуклонно. И я, словно парализованная, наблюдаю свои собственные множественные отражения в сверкающих ячейках. Человеческое существо интуитивно воспринимает зрачки, направленные на него, как некое отражение — если и не души, то, по крайней мере, примитивного сознания живого организма. И мы находим или преданность в наивных глазах пса, или печаль во взгляде усталой лошади, или хотя бы злость и жажду крови в безжалостном остром взгляде изготовившейся для последнего прыжка пантеры. И мы знаем, что там, в глубине черепной коробки, не только у человека, но и у зверя есть мозг, пристанище сознания, на которое можно воздействовать добротой, твердостью или, по крайней мере, устрашением. За взглядом же стрекозы не стоит ничего. Мозг отсутствует. И нет прибежища даже малому осколку вселенского духа. Есть только голод, который и управляет живым автоматом. Сожрать и оставить потомство — это самый примитивный алгоритм жизни. В алгоритме этом почти нет условных блоков. Программа существования насекомого столь проста, что в ней даже не нашлось места для реальной заботы о сохранении собственной жизни, ибо слишком коротка и ничтожна сама эта... жизнь.

Стрекоза неумолимо надвигается. Остановить ее невозможно. В выпуклых глазах читается лишь безразличие абсолютно ко всему, в том числе и к собственной смерти. Помощь может прийти только извне — из реального мира. Кто-нибудь или что-нибудь должно вырвать меня из парализующего кошмара.

В этот раз спасение принес телефонный звонок. Семь тридцать утра. В другой раз я вместо «здрасьте» спросонья послала бы любого абонента туда, куда Макар телят не гонял. Но сейчас я схватилась за телефонную трубку, словно за спасательный круг. Мерзкая трель звонка прозвучала божественной фугой — ведь теперь я спасена от холодной безликой смерти!

— Слушаю вас! — прокричала я каким-то чужим срывающимся голосом. — Говорите же!

Звонила Оля Ильина, сестра моего Лени. Наконец-то! С момента своего освобождения я долгое время не могла связаться с семьей Ильиных. Только два дня назад я дозвонилась до Лениной сестры и сообщила ей свои новые телефоны. Говорить она тогда не смогла, так как была на занятиях, и обещала перезвонить. Она успела лишь сказать, что Леня сейчас в очередной раз обследуется в больнице — врачи решают, может ли ему помочь операция на шейном отделе позвоночника и каков риск при ее проведении. Ленин мобильник был практически всегда выключен, наверное, в связи с условиями, в которых он находился в своей палате, в кабинетах врачей и на процедурах.

Разговаривали мы недолго. Я с благодарностью приняла поздравления по случаю окончания своих мытарств, после чего она поделилась со мной не самыми приятными новостями. Леня не был парализован, но, вылезая из кресла-каталки, мог только несколько шагов пройти, опираясь на костыли или держась за стены. Врачи, не будучи уверены в пользе возможной операции, оценивали риск как очень высокий. Параллельно исследования выявили еще несколько скверных моментов. По мнению медиков, у Лени маловероятно восстановление нормальной рефлекторной деятельности в половой сфере. То есть, если перевести на русский язык, врачи считают, что он, скорее всего, останется на всю жизнь импотентом. А кроме того, занимаясь этой малоприятной проблемой, в ходе лабораторного обследования они установили, что, вне связи с произошедшим, мой любимый бесплоден — концентрация нормальных сперматозоидов в его семенной жидкости в десятки раз меньше нормы.

— Мне на все это плевать! — прокричала я Оле.

— А ему нет, — тихо ответила она. — Я никогда не представляла себе, что он может находиться в такой депрессии. От всего, что происходит со дня аварии, наши родители уже стали стариками.

Я слышала, как она плачет в трубку.

— Ты знаешь, мне к вам нельзя! Так привезите его мне! Я люблю его! Я сделаю его счастливым! — Я кричала в трубку так, что разбудила все свое семейство.

Через толстые стены до меня донесся плач Ромы. Мама в ночной рубашке ворвалась ко мне с испуганной Дашей на руках. Убедившись, что ее дочь жива и никто на нее не напал, она выскочила в коридор и побежала к Роме, уже во весь голос рыдающему за стеной.

— Мы скоро приедем в Москву, — сказала Оля.

— Ко мне! Он готов ехать ко мне?

— В Москве есть специалист по травмам позвоночника. Нам очень порекомендовали обратиться к нему до окончательного решения по операции. Хуже он не сделает. Он предлагает уникальную методу, по которой много лет назад исцелил самого себя. Он тоже в свое время получил ужасную травму, был парализован, а теперь и сам здоров как бык, и центр свой создал.

— Я жду, жду вас! — опять прокричала я. — Вам выслать билеты? Визы нужны? Скажи ему, что я люблю его! Я вылечу его! Я... мы его спасем! Я сделаю его счастливым!

Не самые лучшие новости услышала я от Оли, но почему-то мой оптимизм не только не угас, но, наоборот, укрепился. Я была совершенно уверена, что моего Леню спасут и он всегда будет со мной. Я не представляла себе его унылым депрессивным инвалидом в кресле-каталке. Что только не может случиться с человеком в этой жизни! Но все это — временно! Временно! Чего только не происходило со мной! Я взрослая женщина! У меня есть дочь, в конце концов! Но самым интимным воспоминанием в моей жизни до сих пор оставался тот первый поцелуй в коридоре уфимской военной комендатуры! Рефлексы! Половая сфера! Какая чушь! Противно слушать! Да на меня у него просто не может не встать! И если у него образуется хотя бы один нормальный сперматозоид, уж я-то смогу его пристроить как надо!

Так я размышляла, направляя на себя упругий сверкающий поток воды и беспрестанно переключая кран: горячая вода — холодная — горячая — холодная! Контрастный душ! Что может быть лучше для утренней промывки мозгов?!

На х... все эти диагнозы! К черту врачей! К черту анализы и кресло-каталку! Мы победим!

Я вылетела из ванной комнаты и буквально скатилась с лестницы в столовую.

— Быстро завтракать! — крикнула я маме, до сих пор не пришедшей в себя от моих воплей. — Жрать хочу! Жрать!

В состоянии лихорадочного возбуждения я плюхнулась на стул. На столе уже стоял Дашин корнфлекс и ряженка. Подхватив дочку, я усадила ее на колени и начала кормить. Даша, несомненно, любила меня изо всех сил, но она настолько привыкла к тому, что завтраком, обедом и ужином ее кормит бабушка, что моя инициатива вызвала у нее полнейшее недоумение и даже недовольство. Во-первых, я не надела на нее перед едой специальную «завтрачную» футболку, на которую можно капать и ряженкой, и шоколадом, и вообще чем угодно. Во-вторых, я вначале насыпала в тарелку корнфлекс, а уже только потом залила хлопья ряженкой. Оказывается, это было вопиющим нарушением сложившихся правил и традиций. Корнфлекс, оказывается, нужно насыпать поверх ряженки и только небольшими порциями, чтобы он не размокал и не терял свою хрусткость! Кроме того, вокруг горки корнфлекса надлежит насыпать немного изюма, но ни в коем случае все это не должно перемешиваться до попадания в рот. Даша осознала, что я абсолютно профнепригодна, и, заелозив попой, сползла с моих колен. Она не притронулась к испорченному блюду, решив, что лучше все же дождаться, когда освободится бабушка, и уж тогда можно будет получать удовольствие по полной программе. Я печально вздохнула и пошла помогать маме резать салат и заваривать чай. К столу приковылял на своих кривых ногах только что успокоившийся Рома и, не говоря ни слова, съел все то, что я неумело намешала для Даши. Вылизав тарелку, он подошел ко мне и, вместо слов, благодарно погладил меня по руке. Я чуть не заплакала. Впервые я осознала, что это создание, претендующее на то, чтобы считаться моим сводным братом, тоже по-своему дорого мне и тоже член моей семьи.

В дверь тихо постучали. Я направилась к дверям, но Евпатий уже сам без моей помощи прошел внутрь дома и, чинно поклонившись нам обеим, протянул маме плетеную корзинку, прикрытую расшитым льняным полотенцем.

— Нет границ благодатности нашей земли-матушки! — воскликнул наш язычник. — Отгадайте, голубушки, хозяюшки мои, что я тут принес вам!

Я хорошо помнила содержание нашего с ним недавнего разговора. И, увидев под полотенцем характерные продолговатые очертания, воскликнула:

— Хер!

— Дети же здесь! — осудила меня мама.

— А как ты хочешь, чтобы я разговаривала, выйдя из тюрьмы? Говорю, что думаю!

Я, разумеется, сама поняла, что шутка моя не удалась, но признаваться не хотелось.

Евпатий, судя по всему, на время лишился дара речи и, густо покраснев, сдернул с корзинки полотенце — там лежал крупный, но еще зеленоватый банан.

— Вот, — пробормотал он. — Вопреки всему ходу вещей, награжден за труды мои урожаем заморских фруктов! — Лицо Евпатия вновь озарилось счастливым сиянием. — В секрете держал для доставления вам внезапной радости! Те, которые прочие в связке, дозревают! А этот принес, чтобы с вами вместе торжествовать!

— Куда его нам подвесить для созревания, дорогой Евпатий Микулович? — спросила я.

— Неважно... Главное, когда и он, и прочие уродившиеся дозреют, их надобно съесть и поблагодарить мать сыру землю за чудо сие.

— Землю-то возблагодарим! — подмигнула я ему. — А вы, Евпатий Микулович, подробно расскажете нам, как работали над банановым проектом. Небось попотели! Не ободрали там себе ничего? А?!

Язычник вновь зарделся и обратился к нам с просьбой о коротком отпуске. Разумеется, отказать ему в этом, особенно после великой «мичуринской» победы, мы не могли. Мама только поинтересовалась, почему он обратился с этой просьбой столь внезапно. Не произошло ли чего? Оказалось — произошло! У Данилы Степановича, родного дяди Евпатия, некоторое время назад случился инсульт. Врачи ничего определенного не обещали, и несчастный уже почти смирился со скорбной судьбой паралитика. Но Евпатий нашел по своим старым тюремно-диссидентским каналам какого-то колдуна-целителя, живущего в деревне в Вологодской области, и решил попробовать излечить любимого брата покойницы матушки нетрадиционным народным методом. Вообще-то я не особо верила во всякие там зелья и привороты неопрятных деревенских старух и вонючих дедов, но, не прекращая все время думать о Лене, решила не упускать никаких возможностей.

— Вы как туда добираться планируете? — спросила я его.

Тащить дядьку-паралитика он собирался на поезде до областного центра, а далее вообще непонятно как, на перекладных.

— В общем, так, — сказала я Евпатию. — Ни на каких автобусах, попутках и поездах вы не поедете. Вы получите мой «Мерседес» с водителем. И если этот старик вам хоть как-то поможет, то расскажете мне все и поможете отправить туда моего... в общем, близкого моего человека. Поняли?

— А как же вы сами, хозяюшка, на работу ездить будете? — спросил растерянный Евпатий.

— Мои проблемы! У меня своя собственная «Тойота» есть. Неделю поезжу на ней. Я люблю сама баранку крутить!

Счастливый и благодарный Евпатий убыл восвояси. Мама спросила меня, что бы я хотела получить на завтрак. Но я сказала, что сама хочу сделать себе яичницу с бананом. Честно говоря, впервые мне пришло в голову пожарить этот экзотический фрукт в качестве основного блюда, а не десерта, еще в советское время. Кто-то из наших друзей притащил на наши субботние посиделки купленную им случайно связку бананов. Как это говорилось в годы развитого социализма, бананы «выбросили» — конечно, имелось в виду в продажу, в ларек возле нашего метро. Большая очередь еще не успела образоваться, и, простояв на морозе всего двадцать минут, приятель смог купить целых два килограмма. Однако бананы были, увы, недозревшими. О том, чтобы съесть их немедленно, не могло быть и речи. Не желали они дозревать и в течение всей следующей недели. А я как раз читала тогда какую-то книжку про путешественников, где было написано, что в Индонезии есть специальные «картофельные» бананы, которые жарят с луком и делают из них пюре. Бананы были самыми обыкновенными, только незрелыми, но я решилась на эксперимент, и он, надо сказать, удался. Во всяком случае, папа с мамой сначала не поняли, что едят на ужин, а потом меня хвалили.

Вот и сейчас я содрала зеленую шкурку, нарезала банан кружочками и, смешав с репчатым луком, бросила на сковороду в кипящее растительное масло. Когда лук и банан стали полупрозрачными и золотистыми, добавила пару ложек тертого сыра и разбила туда же два яйца. Глазунья вышла замечательная. Проглотив ее вместе с чашкой растворимого кофе со сгущенкой, я пришла в работоспособное состояние. Поцеловав маму и Дашу, пожала протянутую ручонку будущего «пьезидента» и выбежала из дома.

Леша меня уже ждал, и мы помчались на работу.

Когда я приехала, Чертков был уже на месте, и не один. Вместе с ним меня дожидался благообразный маленький индус в красной чалме.

— Наш коллега и партнер, господин Манго Сингх! — представил мне гостя Игорь Борисович. — Можешь не напрягаться с английским. Господин Сингх говорит по-русски.

Прижав к груди маленькую загорелую ручку, Манго Сингх поклонился. На вид ему казалось лет пятьдесят, и он был не выше среднего шестиклассника.

— Наш гость представляет здесь компанию «Индиан консьюмекс лимитед». Правильно, господин Сингх?

— Правильно, правильно. Директор нашей фирмы господин Раджив Гупта очень известный и уважаемый в Индии человек. И в России он тоже уважаемый всеми!

Я предпочитала слушать, вежливо кивать и не задавать лишних вопросов.

— Мы поставляем в Россию и СНГ мирный полезный товар, — тихо и с достоинством продолжал Манго Сингх. Акцент у него был сильный, но какой-то милый. — Продаем рис, чай индийский, текстиль индийский, лекарства и покупаем русскую бумагу для газет. Поэтому мы хотим договориться с вами тоже. Господин Гупта скоро будет приезжать, и у него есть много заявок всего покупать для ХАЛа. ХАЛ — это «Хиндустан аэронавтик лимитед», и ему нужна помощь от нашей фирмы и господина Гупта, чтобы купить все для «МиГ-21» и «МиГ-23», чтобы их чинить на заводах «Хиндустан аэронавтик лимитед» и делать модернизацию, и делать «МиГ» самим, и тоже Сухой.

Наступила пауза, и я поняла, что мне все-таки придется что-нибудь сказать или о чем-нибудь спросить. Я выбрала последнее:

— То есть вы хотите купить что-то из военной техники в обмен на рис и чай?

Манго Сингх в ужасе взмахнул своими детскими ручками:

— Нет, нет! Я же сказал, мы продаем мирный продукт: чай мы продаем, тряпочки, лекарства продаем, кто знает, например, от желудка ЛИВ-52 продаем, чтобы не болеть и чтобы весь понос ушел! Мы — мирные люди...

— Но наш бронепоезд стоит на запасном пути! — заржал Чертков. Затем он обратился ко мне: — В общем, так, поясняю! Их этот «Консьюмекс лимитед» никакого отношения к нам не имеет. Разве что, если мы для прикрытия купим у них что-нибудь от поноса и сбагрим кому-нибудь по вашим с Шимоном старым каналам. А те продадут эту дрянь куда-нибудь подальше. Но это все херня на постном масле.

Господин Сингх, наверное, покраснел, но на его темной коже это не было заметно.

— Их Гупта, — продолжал Игорь Борисович.

— Да, да, господин Гупта! — Манго Сингх как бы подправил своего собеседника, упирая на высочайшее почтение к собственному шефу.

— Так вот, их господин Гупта... Кстати, Гупта — это одна из очень распространенных фамилий в торговой касте. Гупта — это всегда торговец или предприниматель...

— Господин Раждив Гупта — очень серьезный бизнесмен! — подчеркнул гость.

— Так вот! Их, блин, господин Раджив Гупта и его фирма являются неофициальными агентами индийского государственного концерна, название которого ты от господина Сингха услышала. ХАЛ имеет несколько заводов в городах Лакнау, Хайдерабад, Бангалор, Корва и Насик. На этих заводах осуществляется производство собственной, преимущественно военной, техники, лицензионная сборка российских боевых самолетов, ремонт и модернизация. Эти предприятия потребляют огромное количество комплектующих частей и расходных материалов. На их приобретение по индийскому законодательству объявляется конкурс. Без своих людей в этой системе, без тех, кто обеспечит получение взяток на всех уровнях, выиграть ни один такой конкурс невозможно!

— Невозможно! — с печалью в голосе подтвердил Манго Сингх. — Совсем невозможно.

— Поэтому ты сейчас поедешь с господином Сингхом в Индию. Познакомишься с его шефом...

— С господином Радживом Гупта! — вновь подчеркнул свое почтение к высокому начальству Манго Сингх.

— Вы там будете вместе с господином Егеревым. Но он прилетит сам через день после вас с господином Сингхом. Думаю, что тебе незачем лететь вместе с Арсением Натановичем на его самолете. Первый класс Аэрофлота — это совершенно нормально, ты согласна?

— Разумеется, — кивнула я. — Простенько и со вкусом!

С Манго Сингхом мы на время расстались. Он, оказывается, приехал в наш офис прямо из аэропорта и еще не оформился в гостинице. Мы препоручили малютку-индуса моему водителю Леше — он должен был отвезти гостя в отель, а потом, когда тот отдохнет с дороги, забрать его оттуда и привезти на обед в ресторан «Арбат».

Я осталась беседовать с Игорем Борисовичем тет-а-тет.

— Твоя главная задача — находиться там, рядом с мудаком Егеревым и не дать ему натворить чудес. С ним вместе будет несколько толковых специалистов, которые проверят все документы по новому конкурсу — по тендеру, как это там называется. Тебе тоже имеет смысл вникнуть в проблему. Но не это главное. Главное, чтобы Егерев четко уяснил...

— Что чем пахнет... — Я вспомнила недавнюю встречу.

— Вот-вот! Именно! — хохотнул Чертков. — Пусть себе раздувает щеки. Ему нравится быть главным на людях — отлично! Ему за все и отвечать! Но! Не давай ему забывать, кто есть кто на самом деле! И активно работай! Народ ностальгирует и жаждет индийского чая и средства от поноса.

Надо сказать, что Арсений Натанович после той памятной беседы у нас в офисе стал до крайности скромен и подобострастен. Он звонил мне и Черткову по десять раз на дню то из Парижа, то из Женевы. Без разрешения Игоря Борисовича он, как мне кажется, даже в сортир не ходил. Со мной же он пытался поделиться всем самым сокровенным и вызывал у меня чувство брезгливой жалости.

— И еще одно! — Игорь Борисович кинул мне через стол визитную карточку. — Наверняка ты встретишь на приеме у Гупты этого человека. По некоторым причинам он уже несколько месяцев не приезжает в Россию. Но до этого прожил тут больше двадцати лет. После окончания Университета дружбы народов имени Патриса Лумумбы, Лумумбария, короче, он был собственным корреспондентом «Хиндустан таймс» в Москве. Это была лишь его официальная должность, разумеется. Он нам может быть очень полезен. У него колоссальные связи не только и не столько в самой Индии, но и в арабском мире, и в Латинской Америке.

На визитной карточке было написано: «Hindustan Dream Works Dr. Lalit Jhaturvedi, GM». На обратной стороне находилось малюсенькое фото — темное, но с очень тонкими европеоидными чертами лицо в обрамлении пышной, абсолютно седой шевелюры.

— Доктор Лалит Чатурвэди. Чатурвэди — старинный индийский род из касты брахманов.

— Про индийские касты я в детстве что-то читала. А сейчас что это означает?

— Это означает, что перед Лалитом открываются такие двери, к которым мультимиллионера Гупту даже близко не подпустят. А вообще-то спросишь у него сама, когда встретишь. Он любит потрепаться за рюмашкой.

— Я надеюсь, этот престарелый брахман не будет предлагать мне с ним спать?

— Увы... — покачал головой Игорь Борисович. — Это был бы не самый плохой вариант. Но, я сказал, он по другой части: он не ебарь-террорист, он — бухарь-собеседник! В отличие от Егерева, очень умный собеседник. Какой бы пьяный он ни был, знает, когда надо замолчать.

ЛАЛИТ ЧАТУРВЭДИ
и не только

Я не верю в чудеса. Знаю, что чудес не бывает. Но Господь дал нам в утешение компенсацию — случайность! И что касается лично моей жизни, то случайность играла в ней всегда столь большую роль, что, положа руку на сердце, я несомненно признаю участие в своей судьбе некоей сверхъестественной силы, помогающей мне выживать и двигаться куда-то вперед, порой даже вопреки собственной воле. Я действительно встретилась с пожилым брахманом Лалитом Чатурвэди, причем задолго до того момента, когда, по логике вещей, на то должен был представиться шанс.

Манго Сингх пробыл в Москве только три дня. На четвертый день мы вместе с ним уже улетали ночным рейсом Аэрофлота, следующим из Шереметьева-2 в Дели. Я поставила маму перед фактом своей командировки, отправила Лешу с Евпатием в вологодскую глушь и позвонила Оле. Я поймала ее как раз в больнице, откуда они с родителями забирали в это время Леню. Через три недели они должны были приехать в Москву к тому самому специалисту по сломанным позвоночникам, и я попробовала настоять, чтобы они остановились у меня. Но Оля смогла меня все же убедить, что для Лени слишком тяжело будет ездить из загородного поселка в центр города на приемы и на процедуры. А кроме того, он будет крайне неловко чувствовать себя у меня дома в своем нынешнем состоянии. Единственное, в чем мне удалось проявить непоколебимую твердость, — я сняла для них два номера люкс в гостинице «Украина» рядом с легендарной клиникой и прикрепила к ним служебную машину, которая будет дежурить в ожидании указаний двадцать четыре часа в сутки на протяжении всего времени их пребывания в Москве. Я попросила Олю поднести трубку к Лениному уху и крикнула в телефон, что люблю его. Мне страшно хотелось, чтобы он ответил так же, но, видимо, смущенный присутствием людей, он только шепнул мне «Спасибо!» и как-то по-особенному тепло и радостно рассмеялся. После этого разговора я, сама не знаю почему, долго плакала.

В Шереметьево-2 мы с Манго Сингхом приехали за два с лишним часа до вылета — Ленинградское шоссе вечно ремонтировали, и я боялась пробок. Но в этот день их почему-то не было, и вся дорога заняла не более сорока минут. Мы быстро прошли регистрацию и пограничный контроль в VIP-зале, после чего проследовали в зал для пассажиров первого класса. К моему удивлению, народу было полно, в основном бизнесмены, следующие транзитом через Москву из Европы на Восток или в обратную сторону. Все столики в зале для некурящих пассажиров были заняты, и мы с Манго Сингхом заглянули на всякий случай в соседнее помещение. Зал для курящих оказался тоже битком забит, но за ближайшим к выходу столиком сидел только один человек с сигарой в зубах и стаканом в руке. Я вспомнила показанную мне Чертковым фотографию и по реакции Манго Сингха поняла, что это действительно не кто иной, как сам Лалит Чатурвэди! Господин Сингх, безусловно, не знал о том, что Чертков настоятельно предложил мне при возможности познакомиться с этим человеком, и все в очередной раз произошло исключительно благодаря случайному стечению обстоятельств.

Манго Сингх остановился возле Лалита, прижал свои маленькие ручки к сердцу и застрекотал на родном языке. Каждый раз после нескольких фраз он низко наклонял голову в громоздкой чалме. Лалит слушал и в ответ на глубокие поклоны маленького человечка слегка наклонял голову и ослепительно улыбался. Наконец господин Сингх закончил свой длинный панегирик и ухватился за свободную от стакана руку Лалита Чатурвэди с явным намерением ее поцеловать. Но тот не дал ему этого сделать. Поставив стакан на стол, господин Чатурвэди взял левой рукой правую руку Манго Сингха и пожал ее. Манго Сингх при этом трепетал, и в глазах его стояли слезы восторга.

Тут Лалит заметил, что я стою рядом с малюткой Сингхом и не могу подойти к столику, так как бородатый коротыш полностью загородил мне проход. Обняв господина Сингха за плечи, господин Чха довольно бесцеремонно передвинул его в сторону от прохода.

— Манго! — Он свободно перешел на русский язык. — Почему вместо того, чтобы говорить всякие глупости, ты не представил меня своей даме?

Поняв свою оплошность, мой спутник бросился нас знакомить. Я протянула господину Лалиту Чатурвэди свою визитную карточку и в обмен получила точно такую же визитку, как видела три дня назад в кабинете у Черткова.

Преисполненный восторга от этой случайной встречи, Манго Сингх немедленно побежал к барной стойке и принес Лалиту виски, а мне кампари-оранж. Но Лалит заставил выпить с нами и Манго Сингха. Не смея отказать, тот влил в себя стакан джина «Голубой сапфир» с тоником, отчего потом, едва перебравшись в самолет, отключился. Всю дорогу из-под поникшего тюрбана Манго

Сингха раздавалось сопение, переходящее временами в громоподобный храп.

В самом первом тосте Лалит Чатурвэди признался мне в любви к Москве. На мой вопрос, сколько он сейчас здесь пробыл, он ответил, что в этот раз, увы, он был здесь лишь три часа, так как следует домой транзитом из Праги.

Я проезжала через Прагу, когда летала в Швейцарию по вопросам своего наследства, и город этот потряс меня. Я сказала об этом Лалиту. Он согласился, но заметил, что самым любимым его городом была и остается Москва, притом, подчеркнул он, та самая, старая, советская еще Москва! Такое откровение со стороны Лалита, признаться, вызвало во мне немалое удивление. Я спросила, с какой стати ему, человеку отнюдь не коммунистических воззрений, так до сих пор нравится период пресловутого «развитого социализма»?

Лалит усмехнулся:

— Мне нравится период моей молодости, а то, что она проходила в Советском Союзе в застойные годы, по крайней мере, сделало ее непохожей на молодость моих индийских сверстников, продолжавших жить, учиться и работать дома или же поехавших в Европу или США.

Недаром говорят, что по пьяни русские люди больше всего склонны рассуждать о политике. Лалит Чатурвэди с каждой новой порцией выпивки казался мне все более симпатичным собеседником, но меня все равно тянуло на идеологический спор. Нас пригласили на посадку. Мы допили то, что было у нас налито, Лалит бросил давно погасшую сигару в пепельницу, и, ухватив под белы руки нашего заснувшего бородатого друга, мы переместились в самолет. Где и продолжили.

Разговоры о советской Москве напомнили мне нашу прежнюю жизнь, безалаберную и свободную. Но странно — мне все равно не хотелось бы возвратиться на нашу старую кухню. Не хотелось мне больше ни свечей, ни песен. Я уже через все это прошла. Я знаю цену всему этому, всем нашим вольнодумным друзьям-интеллектуалам. Увы, узнала цену даже своему собственному отцу! Неужели же так хорошо в той жизни было живущим у нас под боком студентам-иностранцам?!

— Не думаю, честно говоря, что так уж просто жилось вам в советской стране. И немало ложек дегтя было небось положено в медовую бочку вашей молодости! — Я сама от себя не ожидала такой патетики.

Впрочем, мой собеседник был настроен весьма философски.

— Это правда, и тогда это очень мешало, но сейчас вспоминается в основном хорошее. Даже плохое, когда оно уже прошло, воспринимается совсем не так, оно кажется глупым, смешным, но уж точно не страшным. Есть, должен сознаться, и такие приятные воспоминания, которых, по большому счету, стоит стыдиться, но, скажу правду, не получается.

— Вы имеете в виду что-то интимное? — Я сама понимала, что меня несет, но уже не могла остановиться.

— Что вы! — отвечал мне индус. — Интимного стыдиться не стоит, тем более в наши годы. Я о другом. Вы себе не представляете, какое безумное ощущение собственной значимости появлялось в душе каждого иностранного студента в СССР после того, как он начинал хотя бы немного понимать русский язык и ориентироваться в окружающей действительности. Я никогда не был столь важен и значителен, как в двадцать лет, когда, в отличие от моих русских знакомых, мог дважды в месяц выезжать в Западный Берлин или в Вену и каждый раз привозить по три пары настоящих джинсов и по одному кассетному магнитофону. Даже если я стану премьер-министром своей огромной страны, мне не быть уже таким же важным, как тогда. В те годы каждый, да простят меня за эти слова Ибрагимовы дети, каждый занюханный сирийский или палестинский араб был предметом вожделения десятков московских красавиц. Выйти замуж за нищего чернокожего парня из Ганы или Берега Слоновой Кости было круто. А какой-нибудь чилийский голодранец, полукоммунист-полубандит, оказывался прекраснейшей партией для девушки из интеллигентной московской семьи. С полного благословения родителей-профессоров двери девичьей спальни в семидесятых и в начале восьмидесятых годов моментально распахивались для безродного Хулио! — При этих словах он пристально посмотрел на меня.

Я почувствовала, что должна как-то отреагировать именно на эту фразу, но выпитое мешало сосредоточиться, и я продолжила слушать своего собеседника как ни в чем не бывало. Лишь немного замешкавшись, он продолжил:

— О, сколько раз приходилось наблюдать, как неприступная и гордая девушка с восторгом расставалась со своей невинностью, получив в подарок от туповатого латиноамериканского парня настоящие американские джинсы, пошитые в Польше из контрабандного сырья и купленные там за пять баксов. И самое потрясающее — это ведь не была, назовем ее так, вещевая проституция. Зачастую так приходила самая настоящая любовь или в крайнем случае спутанная с ней по молодости благодарность. И вы хотите, чтобы я не ностальгировал по тому времени?! Простите, но все мы тоже люди, и есть искушения, которые сильнее нас! У меня были замечательные русские друзья и подруги, чудесные, культурные люди, ничуть не глупее меня, ничуть не менее способные, чем я или, скажем, чем мой приятель, собутыльник и сосед по комнате Харикумар. Но и они, и мы знали, что они никогда, понимаете, никогда не попадут туда, куда мы можем ездить по двадцать раз в году. Посещение ресторана для большинства из них...

— Из нас!!! — сделала я упор.

— Из вас?! — Он еле заметно хмыкнул. — Хорошо! Простите! Посещение ресторана для наших советских друзей и для большинства нормальных граждан было событием исключительным. А я, простите, скатавшись на выходные в Варшаву и купив там разрешенные таможней три пары джинсов, обедал и ужинал потом каждый день в знаменитом московском ресторане «Арагви»! И это не из пижонства, а только потому, что не хотел стоять в очереди за сыром и колбасой и мне было противно возиться со сковородкой на вонючей общей кухне в студенческом общежитии!

Я опять вспомнила, как наш приятель, между прочим, кандидат технических наук, простоял сорок минут на морозе в очереди за зелеными бананами и считал это большой удачей. А ведь это было в то же время! А потом бананов стало до хрена, но дружба развалилась — интеллектуалы самозабвенно бросились воровать и рвать друг другу глотки!

— А что с вашими русскими друзьями творится теперь? — поинтересовалась я совершенно искренне.

— Разное творится. Со многими все в порядке, остались людьми, живут и работают в России, Америке, Израиле. Основная часть, разумеется, перестала быть друзьями — и мне, и друг другу! Кое-кто, нахапав денег, пытается теперь удовлетворить страсть к власти. Вот, пару месяцев назад в Дели прилетал парень, учившийся со мной в одной группе, очень посредственно, кстати, учившийся, я вам скажу. Прилетел на два дня на своем самолете, чтобы договориться о покупке двух миль океанического пляжа в Керале. Перед вылетом он даже не удосужился меня ни о чем спросить и проверить саму возможность заключения подобной сделки. А потому очень расстроился, узнав, что берег в Индии можно только арендовать. Но ничего! Мы с ним классно выпили безо всякого отношения к бизнесу у меня дома. Всю ночь он, ныне заместитель одного из российских министров, рыдал пьяными слезами и вспоминал, что никогда не чувствовал себя так хорошо и уверенно, как тридцать лет назад в Советской армии, еще до поступления в Лумумбарий. Но втором году службы его назначили помощником командира взвода. Вот это, говорит, была власть, абсолютная, ничем не ограниченная! Как он упивался ею в свои девятнадцать лет! Разве это можно сравнить с тем, что происходит сейчас, когда его имеют в извращенной форме все — от самого министра до президентской секретарши! Такого счастья, как тогда в вонючей казарме под Ржевом, у него уже больше не будет никогда!

— Печальная история!

Я затребовала у стюардессы еще коньяка для себя и виски для Лалита. Если бы у них был «Бомо», то я тоже бы выпила виски, но был только «Jonny Walker» — «Ваня-пешеход». Лалит взял в руки новый стакан и, позвенев ледышками, заметил:

— Я тоже, честно говоря, думаю, что эта история печальная. Но это вечная история России. Уж коли меня, индуса, эта гнильца подъела, так каково же тем, другим, оказавшимся «в нужное время в нужном месте»!

— Так почему же вы сами летаете через Россию только транзитом, Лалит?

— Не работать в России у меня есть несколько причин. Дела, работа с избирателями в родном Бихаре, жена, уставшая жить одна в огромном доме, наполненном слугами и племянниками. А сейчас, простите, у меня даже нет возможности просто посетить Россию. Не могу я выйти из зоны дьюти-фри. Визу российскую я получить не могу.

— Вы не можете получить визу в Россию, проработав там столько лет? Почему?

— А я уголовник!

— Вы уголовник? По какой статье идете, позвольте вас спросить? Изнасилование со взломом?

— Упаси господь! Как вы могли подумать! Меня привлекают всего лишь за незаконное приобретение и хранение оружия. Дело в том, что офис, который я купил для своей фирмы на Хорошевском шоссе в Москве, три года назад очень приглянулся группе чеченских предпринимателей, если эту публику можно вообще назвать предпринимателями... И они, собственно, за меня предпринялись...

— Но сейчас уже не то время!

— Правильно! Поэтому я до сих пор вполне живой. Просто ко мне зашла дружественная этим парням бригада милиционеров и «случайно» обнаружила в моем пальто пистолет Токарева сорок шестого года производства. Незамедлительно было заведено уголовное дело. Но паспорт наутро отдали, намекнув при этом, что лучше бы мне уехать и есть у меня на отъезд никак не двадцать четыре, а всего-навсего двенадцать часов. Ночь, проведенная в Савеловском изоляторе, чрезвычайно обогатила познания о моей «второй родине», и я моментально уехал. После, уже будучи в Индии, я нанял адвоката и, взвесив все «за» и «против», выразил готовность прибыть в Москву, дабы предстать лично перед самым гуманным в мире Савеловским судом. Но в визе мне российское посольство в Дели отказало на основании того, что я... числюсь в международном розыске! Следователь, находившийся со мной в постоянном телефонном контакте, перед тем как, сколь мне известно, его уволили, посоветовал... прислать ему справку... о моей собственной смерти, после чего обещал это неудобное для всех дело закрыть за совсем небольшое вознаграждение. Что, впрочем, он имел в виду под совсем небольшим вознаграждением, мы пока не уточняли.

— А с офисом что?

— Информация поступает крайне невнятная, но я сомневаюсь, что мне или моим коллегам удастся туда вернуться.

— Грустно. Но у вас наверняка есть некоторое количество российских знакомых, столь заинтересованных в сотрудничестве, что...

— Безусловно, но, обратившись к ним, я потеряю независимость. А это для меня неприемлемо... увы... Впрочем, я не привык долго печалиться из-за подобных бед. У меня сейчас совсем другая жизнь. И вообще, зачем горевать, когда у вашего покорного слуги еще осталась дача в Малаховке и квартира в Ясеневе? Для скромного индийского журналиста и члена регионального парламента более чем достаточно.

— Но хотя бы на всякий случай вы обзавелись справкой о собственной смерти?

— Нет и, честно говоря, не планирую. Предпочитаю, чтобы ее в свое время на законных основаниях получили мои родственники.

— Как-то это звучит, знаете ли... мрачновато... — Я твердо решила остановиться с пьянством и заказала нам обоим кофе.

— Почему мрачновато? — отреагировал на мою реплику Лалит. — Все там будем! Но я не спешу, поверьте. К тому же я еще не решил, кем мне предпочтительней быть в следующей реинкарнации. В брахманах как-никак уже пятьдесят лет живу. Почти достиг совершенства. Может, русским еще побыть или, ради хохмы, евреем, а потом уж можно и в нирвану.

— Кстати, Лалит! А что это значит, что вы — брахман?

Видимо, этот вопрос задавали Лалиту слишком часто, и он зевнул, едва не вывихнув челюсть.

— Ну, когда-то давно брахманы были в Индии самыми главными: военные нас защищали, рабочие на нас работали, торговцы отдавали нам половину прибыли...

— Неприкасаемые... — вспомнила я еще одну касту.

— Неприкасаемые к нам не прикасались, — продолжил он столь же монотонно.

— А как вас отличали?

— Ну, это, в общем, раньше как-то было заметно, — неуверенно ответил Лалит.

— А сейчас?

— А сейчас — новые времена! Демократия, просвещение, наука! Будьте уверены — мы сегодня ничем не отличаемся от других индусов, и каста не имеет никакого значения!

Ответ прозвучал так, будто был зачитан со страниц школьного учебника, и мне пришлось бы им удовлетвориться, если бы в проходе не появился высокий индус лет тридцати пяти. Он возвращался из туалета к своему месту, но внезапно опустил свой взгляд на сидящего в своем кресле Лалита и... замер. После чего рухнул на колени, чтобы облобызать ботинки моего собеседника. Лалит с мученическим выражением на лице отвернулся от подобострастного соотечественника и буквально простонал мне на ухо:

— У нас в Индии просто оч-ч-чень доброжелательные люди!

ТУРЕЦКАЯ БАНЯ
и не только

Выйдя из самолета, мы с Лалитом и слабо вменяемым Манго Сингхом были препровождены теперь уже в делийский VIP-зал. Нам предстояло подождать несколько минут, пока пограничники поставят отметки в паспортах и будет доставлен багаж. В голове моей изрядно шумело, и я, честно говоря, немало переживала, что так изрядно выпила со своими потенциальными партнерами. До этого я так напивалась только один раз, у Семена, и хорошо помнила, каким безобразием все это кончилось. Индусы, правда, тоже были, мягко скажем, не трезвы, но все равно некоторое неудобство и даже стыд я испытывала.

Лалит наклонился ко мне и тихонько шепнул:

— У меня к вам образовался еще один вопрос.

— Задавайте, конечно, — ответила я. — Мне даже интересно.

— Что сейчас происходит с Анитой?

На мгновение я потеряла дар речи. В принципе вся информация о моем освобождении, как я думала, была совершенно секретной, и я не предполагала, что она может оказаться доступной постороннему, незнакомому со мной человеку.

— Я знаю, — продолжил он, — ее посадили. Потом якобы помиловали, но по выходе из тюрьмы она растворилась. Мне известна ваша история, но хотелось бы знать, делается ли что-нибудь для ее освобождения.

— Это все ерунда, — бросилась я его уверять. — У нее действительно неприятности, но вы же знаете, как это все в России бывает! Она, как и вы, — жертва беспредела. Не волнуйтесь, мы ее вытащим! — Выпалив все это, я уставилась на Лалита.

Он улыбнулся. Я не понимала, достаточно ли он пьян, чтобы не понять, насколько я не в курсе ситуации. Возникла неудобная пауза. Но, слава богу, Лалит намного больше любил говорить сам, чем слушать. Во всяком случае, когда находился под мухой.

— Значит, — сказал он задумчиво, — вы ее вытащите? Хорошо! Буду с вами откровенен. Я, разумеется, знаю Аниту. Точнее, знал ее в детстве. И не случайно помянул в ходе нашей беседы полукоммуниста-полубандита Хулио, отца Аниты Хулиевны, если вам так будет угодно. Я, как никто другой, знаю историю этой семьи. Если Анита действительно жива и вы можете с ней общаться, то она подтвердит мои слова. Я с глубоким уважением относился к Шаховским, ныне покойным бабке и деду Аниты с материнской стороны. Сам дед преподавал у нас в Лумумбарии античную литературу. Я часто бывал у него дома. Блестящий ученый и несчастный отец! Ему достался зять, которого не принимали даже в домах чилийских коммунистов. Даже дальний родственник, товарищ Корвалан, его стеснялся. А уж заместитель генерального секретаря Чилийской компартии Володя Тойтельбойм и вовсе не желал видеть Хулио Вердагера гостем в своем доме.

— Про Корвалана я слышала. А кто такой Тойтельбойм?

— Володя Тойтельбойм — это главный идеолог чилийской компартии. Книжный червь, большевик-интеллектуал. В том числе и его бредовым теориям обязан своим провалом режим Сальвадора Альенде. Володя — это полное имя, в память о юном Ленине. И Володя, и его супруга позиционировали себя как рафинированную чилийскую интеллигенцию и не желали видеть в своем доме навязываемого им советскими органами в друзья Хулио Вердагера. У Тойтельбоймов в конце восьмидесятых подрастала единственная дочь — Марина, а за Вердагером в Чили плюс к бандитизму тянулась еще и статья за совращение малолетних, так что этому подонку пришлось довольствоваться полусумасшедшей профессорской дочкой Таней Шаховской. Я помню те самые джинсы, после обретения которых Таня воспламенилась страстью к Хулио. Она уже была весьма не в себе, когда произвела на свет дочь Аниту. Через год Татьяна в первый раз попала в десятое отделение «Кащенки», а затем уже сгинула окончательно в «Белых Столбах». Я удивилась еще и тому, что вы так настаивали на том, что именно для вашей семьи ресторан был чем-то из ряда вон выходящим. Хулио из московских кабаков не вылезал, и Анита ела шашлыки в «Арагви» намного чаще, чем получала дома манную кашу. До того времени, разумеется, пока Хулио не уехал назад в свое Чили, где и сгинул без следа.

Русский язык Лалита меня потрясал. Я не представляла себе, чтобы иностранец мог так свободно, так роскошно говорить на моем родном языке. Впрочем, и пил он тоже по-русски. Я чуть успокоилась, поняв, что пока вывернулась из дурацкой ситуации, созданной господином Чертковым. Нам отдали паспорта и подкатили чемоданы. В дверях VIP-зала появилась Ирина. Она вылетела за день до меня, чтобы подготовить все для предстоящих переговоров.

— Насколько я понял, — обратился ко мне на прощание Лалит Чатурвэди, — вы приехали на переговоры с Радживом Гуптой?

Я кивнула.

— Я буду послезавтра на банкете. Мы еще поговорим. Было очень приятно познакомиться!

— Мне также! — заверила я его.

Покачиваясь, брахман побрел к выходу из зала. Там к нему стрелой бросился худой, как щепка, лысый человечек и, облобызав руки брахмана, железной хваткой вцепился в огромный черный чемодан Лалита Чатурвэди, только что доставленный ему служащими аэропорта.

Мы с Ирой уложили мои вещи на тележку. Туда же бросили сумки Манго Сингха, а его самого усадили сверху. Бородатый малыш, судя по всему, очень смутно понимал, что с ним происходит, и отправился домой на прибывшей за ним машине, практически находясь под общим наркозом. Ирина тоже приехала за мной на автомобиле, предоставленном любезнейшим Раджlivom Гуптой. Огромный нескладный «Амбассадор» очень напоминал «Волгу ГАЗ-21», а водитель Шивнандан, или Шива, как его уже почти ласково называла моя секретарша, был чрезвычайно черен и усат. Он был весьма субтильным и почти столь же низкорослым, как Манго Сингх, но обладал могучим утробным басом. Мы смогли оценить мощь его голоса, когда, открывая водительское окно, он орал на какого-нибудь зазевавшегося водителя «тук-тука», трехколесного мототакси. Жили мы в самом центре парковой зоны Дели, в отеле «Ле Меридиан». Здание гостиницы — небоскреб, сконструированный по схеме прямоугольного колодца. Двери в номера располагаются на открытых галереях, откуда открывается потрясающий вид на внутренний дворик с фонтанами, барами и дорогими сувенирными магазинами. На самом верху, словно крышка гигантского колодца, нависает ресторан. Кажется, что он сам по себе парит над пропастью. У входа в отель дежурят сингхи в шикарных, шитых золотом чалмах и неимоверных по своему роскошеству кафтанах. Экипированные совершенно обычными резиновыми дубинками и совсем непривычными для нас витыми хлыстами, они готовы оборонять отель... от единственной угрожающей ему опасности — назойливых нищих, если тем вдруг вздумается приблизиться и их не остановят и не запорют их более скромно наряженные коллеги еще на дальних подходах. Удивительным мне показалось кастовое и религиозное родство этих гигантов сингхов с нашим малюткой в чалме, ошарашенным несколькими каплями выпитого еще в Москве джина и спящим сейчас, наверное, дома в крошечной кроватке.

Было семь часов утра. Встреча в офисе Гупты была назначена на двенадцать. В одиннадцать тридцать за нами должна прийти машина, так что сам бог велел отдохнуть с дороги. Ира привела меня в мой роскошный люкс, рассказывая по дороге о своих первых впечатлениях. Ее голос доносился до меня словно через ватную стену, но она не понимала, как много я выпила.

— Ирина! Дорогая! — обратилась я к ней. — Могу я тебя о чем-то попросить?

— Я на службе. — Она улыбнулась, и мне почему-то показалось, что улыбка эта скопирована у Черткова.

— Прости за наглую просьбу, но я приму ванну, лягу, а потом ты мне все это повторишь! Хорошо?

Секретарша оценивающе посмотрела на меня и, улыбаясь, ответила, что, по ее мнению, после душа мне разумнее всего пару часов вздремнуть.

— Потом — значит потом, — согласилась она с нарочитой ласковостью в голосе, — я расскажу вам о своих впечатлениях во время завтрака и реанимационных процедур!

— Ну ты и нахалка! — беззлобно шуганула ее я.

— Вы можете уволить меня в любой момент! — Пожав плечами и продолжая улыбаться, она направилась к двери.

— А вот не хочу!

Эта девица была мне симпатична! Главное — не дура! Поплескавшись в ванне, я переползла в огромную высоченную кровать и погрузилась в царство Морфея.

Ровно в оговоренное время Ирина постучала в дверь моего номера.

— Заходите! — крикнула я, моментально проснувшись.

Из всех возможных неприятных последствий ночной пьянки с индусами у меня присутствовал лишь сушняк — алкоголь связал слишком много воды в организме. Короче, я хотела пить. По возможности чего-нибудь холодненького, солененького с газом!

Ира вошла ко мне в номер не одна. Впереди нее шел смуглый молодой человек в расшитой золотыми галунами ливрее, с подносом, на котором красовалась запотевшая бутылка минеральной воды и кувшин с чем-то похожим на кефир. Юный индус поставил поднос на низенький резной столик и, получив от Ирины доллар, исчез в дверях.

— Это ласси. — Ира налила кефироподобную жидкость в стакан и протянула мне.

Я присела на кровати и с жадностью опорожнила стакан солоноватой густой жидкости.

— Не что иное, как подсоленный кефир из буйволиного молока, — объяснила Ира. — Со священными коровами у них здесь все непросто, так что молочные продукты преимущественно буйволиного происхождения.

— О, благодарю! — Я выпила и следующий стакан.

— А теперь рекомендую «залакировать» минералкой! — И в моих руках оказался еще один стакан с ледяной пузырящейся влагой.

— Великолепно! — воскликнула я, ощутив во всем организме здоровье и бодрость.

— Опыт! — улыбнулась Ирина. — Вы хотите позавтракать в ресторане или заказать вам завтрак в номер?

Я взглянула на часы.

— А ты?

— Я час назад уже позавтракала.

— Думаю, что, раз так, и мне завтракать сейчас ни к чему. У них тут бассейн есть?

— Разумеется. И бассейн, и спортзал, и сауна, и турецкая баня...

— Турецкая баня?

— Да, турецкая баня, — пожала плечами Ира. — А что?

— Я никогда не была в турецкой бане. А ты была?

— Да, конечно.

— И как?

— Я, честно говоря, предпочитаю русскую баню. Но здесь турецкая баня, должно быть, очень красивая.

До прибытия машины оставалось два часа. На посещение бани должно хватить и часа.

— Пошли сходим туда вместе, — предложила я. — Ты мне как раз все и расскажешь.

Я накинула на себя халат, и мы вышли из номера.

— Рассказывать особенно нечего. Егерев решил все же прилететь сегодня. Аргументировал изменение своего графика тем, что не может сваливать на других свою работу. На самом деле, разумеется, он просто боится, что его как-то обойдут или обманут. Но вам только лучше. Он летит уже со специалистами, технарями. Если имеется предмет для обсуждения конкретных поставок, ремонтов, модернизаций, то можно будет не толочь воду в ступе, а брать быка за рога.

— Буйвола! — пошутила я, когда мы входили в лифт.

— Именно! — отреагировала секретарша на мою искрометную шутку. — Но на этом, собственно, все. Вы — представитель акционеров компании и руководитель московского представительства. Я — секретарь-переводчик. В двенадцать сегодня встреча. В четырнадцать тридцать мы приглашены на ланч. Завтра днем экскурсия по городу, в девятнадцать часов банкет на вилле у Гупты. Послезавтра — в Москву.

— А Тадж-Махал?

— В следующий раз. То есть вы, конечно, можете дать распоряжение, чтобы мы задержались. И если спросите мое мнение, то я только за!

— Ладно, — махнула я рукой. — В следующий раз так в следующий раз! Еще посмотрим на красоты и достопримечательности. Мне надо разобраться, чем мы вообще занимаемся. Дома дети по лавкам плачут, да еще...

Я не знала, стоит ли говорить собственной сотруднице про приезд Лени. Наверное, не стоит!

— Еще есть много всего еще! — подытожила я.

— Красиво сказано, — ехидно похвалила меня Ира.

— Учись! — ответила ей я.

Турецкая баня и впрямь оказалась потрясающе красивой. Настоящий шедевр восточной архитектуры! И каменные своды, и витражи были сделаны с неимоверной роскошью и при этом, что случается не часто, со вкусом. Даже медные краны и тазики являлись настоящими произведениями искусства! Сводчатые каменные потолки давали потрясающий акустический эффект. Любой самый простой звук, отражаясь, возвращался ласкающим слух эхом. Непонятно откуда раздавалось легкое журчание воды. Создавалось ощущение вечного покоя. Посередине зала располагался огромный мраморный стол округлой формы. Он был абсолютно гладким и очень теплым. Я видела такие на фотографиях и проспектах о роскошных банях Востока, но практическое назначение его оставалось для меня совершенно неясным.

Нам навстречу из какого-то закутка выскочил старичок-служитель, первый и единственный пожилой работник «Ле Меридиана» из множества тех, кого мне удалось увидеть. Подобострастно кланяясь, он застрекотал на том забавном и малопонятном языке, который в Индии считается английским. Я практически ничего не поняла, но зато смогла по достоинству оценить квалификацию Иры.

— Он очень извиняется, — объяснила она. — Банщики придут только в два часа пополудни. У них такое расписание. Если бы мы вчера дали заявку, то они пришли бы когда угодно.

— Так что, нас не пустят?!

— Нет, почему? Мы можем находиться здесь когда угодно и сколько угодно. Баня разогрета. Просто нас мыть никто не будет, так как банщики придут только в два часа. — Она продолжала переводить стрекочущего дедка. — Он сам раньше тоже был банщиком, но сейчас уже старый и слабый, у него астма, и он боится, что если станет нас мыть в натопленной бане, то может упасть и умереть, как умер его друг-банщик в «Хилтоне». И его клиенты были очень расстроены, так как он упал на одну пожилую итальянку. Упал на нее и на ней же умер. И в «Хилтоне» весь персонал лишили премии. Даже тех, кто в другую смену. А он так не хочет. К тому же ему два дня назад удалили зуб, — старик широко открыл рот и потыкал пальцем в десну, — и ранка до сих пор кровоточит. А врач запретил ему даже руки мыть горячей водой целую неделю, потому что может усилиться кровотечение... Мне продолжать переводить? — Это Ира уже сама обращалась ко мне. Она внешне оставалась абсолютно спокойной, я же позорно умирала от смеха.

— Заткни его, пожалуйста! Пусть успокоится и закроет рот — я не стоматолог! А мы посидим тут, насладимся восточной роскошью!

Я скинула с себя халат и легла на теплый камень.

— И что теперь надо делать? — спросила я опытную Иру. — Просто лежать, и все?

— Вообще-то, — крикнула Ира из раздевалки, — теперь наступает время для появления банщика, который покрывает вас мыльной пеной и волтузит во все стороны. Массаж и мытье в одном флаконе!

Теперь я поняла, почему дед так страстно объяснял нам ситуацию с банщиками и почему так удивлялся нашему намерению остаться тут, несмотря на их отсутствие. В зал вошла Ира, и я, признаться, обалдела. Абсолютно голая, она выглядела просто великолепно. Обычно все бывает наоборот. Одежда нужна нам, женщинам, для того чтобы скрывать не достоинства, а недостатки фигуры. И порицаемое обществом неприличие наготы — это чушь! Просто нагота не демократична! Она сразу расставляет всех по местам, причем отнюдь не в привычном для социума порядке. Я была рада, что мы только вдвоем и некому сравнить мои внушительные, но уже слегка отвисшие после Даши сиськи с крепкими Иримиными грудями. Они были не такими большими, как мои, но имели идеальную форму. Талия, я думаю, в обхвате не превышала пятидесяти восьми сантиметров, а ноги были абсолютно пропорциональными и гладкими. Безукоризненная посадка головы и пропорции рук. Ирина не заметила или притворилась, что не заметила моего внимания к ее телу.

— Я нашла тут правильное мыло и, если хотите, могу вас...

— Поволтузить! — вспомнила я недавно произнесенное ею классное слово.

Она кивнула.

— Мне, честно говоря, не вполне удобно. Это не входит в круг твоих обязанностей.

— Не знаю. Но мне, по крайней мере, это представляется более приятным занятием, чем переводить того деда, заглядывать ему в рот и изучать его воспаленные десны.

— Спасибо за сравнение!

Я завалилась на спину и предоставила себя Ирининым рукам. Практически после первых же ее движений я вспомнила слова Игоря Борисовича о том, что Ира «предпочитает женщин». А я-то думала, что это была шутка! В течение минуты я была покрыта теплой пеной, пропитанной какими-то восточными ароматами. Ирины руки скользили по мне, создавая непередаваемое ощущение силы и нежности. Надо сказать, я никогда не отличалась особой стыдливостью. Единственная мысль, которая меня взволновала в тот миг, когда ее соски заскользили по моему животу, а пальцы по внутренней части бедер, была о том, не свинство ли с моей стороны изменять нашедшемуся уже моему Лене. Нет, я совершенно не желала ему изменять, и даже подумать о таком мне было бы мерзко, но... ведь я сейчас была с женщиной! Разве это измена? Разве можно изменить любимому мужчине с собственной секретаршей? Разумеется, нет! — твердо решила я и подчинилась движениям Иры. По-моему, я кончила раза три и так орала, что примчался старикашка и пытался сунуть мне в нос какую-то ароматическую соль. Ире он всучил банку с вонючей коричневой мазью непонятного назначения. Он непрерывно стрекотал что-то, глядя на двух голых, только что кончивших женщин, и явно удивлялся, что мы не очень активно поддерживаем с ним беседу. Наконец я не выдержала, собрала скопившуюся вокруг меня пену, встала и нахлобучила старику на плешь. Причитая, уже даже не на английском, а на своем родном наречии, он убежал. Облившись напоследок водой из маленьких тазиков, мы смыли с себя остатки мыла, оделись и покинули это, как оказалось, развратное место. Перед тем как выйти в коридор, Ира заглянула в закуток к дедку и оставила ему пять долларов. Благодарное верещание мы слышали даже на своем этаже, пока шли от лифта.

— Ну, что нам теперь делать? — спросила я Ирину уже возле дверей ее номера.

Она пожала плечами.

— А что, собственно, случилось?

— Я бы хотела понять, какие у нас теперь отношения?

Прокатив в щели замка карточку, она отворила дверь и, перед тем как скрыться, еще раз пожала плечами.

— Вам же объяснили — вы можете уволить меня в любой момент!

ФУРШЕТ
и не только

Переговоры с господином Радживом Гуптой прошли на редкость бездарно. Начались они в его огромном, но на удивление сером и каком-то задрипанном офисе. Все общение между Гуптой и Егеревым было напыщенным и безыдейным. Говорили только они. При этом Егерев все время косился в мою сторону, опасаясь с моей стороны какого-нибудь подвоха или хотя бы просто неприятной неожиданности. Но мне сказать было нечего. Я знала, что итогом подобных переговоров должно стать подписание, а затем и исполнение контракта на поставку чего-нибудь одной из сторон, за что та, в свою очередь, должна расплатиться. Но к этому не подошло даже близко. И Раджив Гупта, и Арсений Натанович обменивались декларациями о мощи своих компаний и об их роли в мировом бизнесе. Но Гупта так и не сказал, что он хочет купить и за какие деньги, а Егерев так и не сформулировал, что он может продать и почем это обойдется если и не самому Гупте, то индийским налогоплательщикам.

Это не переговоры, понимала я. Это нескончаемый треп «о х... и пряниках», как говаривал мой друг Семен, он же Шимон. А настоящие переговоры о поставках военной техники и комплектующих к ней будут проходить не сейчас и не здесь, если вообще будут! Это мне стало абсолютно ясно уже через час сидения в пропахшей благовониями переговорной комнате. Слава богу, бизнес-занудство продолжалось всего два часа, после чего мы направились на ланч в ресторан «Чаннай», расположенный неподалеку от офиса «Индиан консьюмекс лимитед». Роскошный интерьер ресторана категорически не соответствовал примитивному меню. В основном обед состоял из курятины в разных соусах и индийского хлеба — наана, на который я и приналегла. Единственным по-настоящему вкусным блюдом оказался отведанный мной много лет назад в московском ресторане «Дели» панир — прижаренный пресный сыр в остром соусе. Вариантов соуса, видимо, есть немало, но одну из разновидностей я перенесла в свою домашнюю кухню. С поваром в ресторане мне поговорить не довелось, поэтому эту рецептуру я придумала сама, исходя из вкусовых ощущений. В российских условиях вполне можно использовать либо адыгейский сыр, либо несоленый сулугуни. Нарезанный брусочками сыр прижаривается на гриле или припекается в духовке, а затем заливается горячим соусом, приготовленным из консервированного кокосового молока, пассерованного с луком и помидорами, жгучего перца и любимых вами приправ по вкусу. Если соуса получилось много и он жидковат, то можно добавить немного разведенной в воде муки. С соусом можно экспериментировать сколько угодно, только при полной безмозглости и при руках, растущих не из того места, панир может получиться невкусным!

После ланча нас с Ириной провезли по городу и показали несколько красивых сооружений из красного камня. Один из них назывался дворцом, а другой — фортом. Я не очень внимательно слушала объяснения только к вечеру проспавшегося и приставленного к нам Манго Сингха. Я знала, что основную массу сказанного я все равно забуду, но мне доставляло огромное удовольствие гулять среди природы и архитектуры, принадлежащих совсем другому, непостижимому миру. Я ощущала себя внутри восточной сказки и наслаждалась этим. Что же касается нищеты и вони, которые мне были обещаны всеми, кто посещал столицу Индии раньше, то они остались не то что незамеченными, но не прочувствованными мной. Жалкие хибары и калеки оставались за окнами «Амбассадора», а кондиционеры в отеле и в автомобиле съедали малоаппетитные запахи.

На следующий день мы опять приезжали в офис, и я перезнакомилась со всеми руководителями отделов принимающей компании. В основном это были очень пожилые люди, занимавшие в свое время важные посты на государственной службе, в первую очередь в авиационной промышленности. Я договорилась, что по всем конкретным, техническим вопросам, буде такие возникнут, специалисты нашей компании будут обращаться не к высшему руководству «Индиан консьюмекс лимитед», а к начальникам соответствующих отделов. Моя позиция была понята и всячески одобрена «старичками». Перед перерывом на ланч Манго Сингх притащил папку с контрактом на поставку нескольких сорокафутовых контейнеров черного чая и каких-то пряностей. И сам контракт, и спецификации к нему были написаны на английском и русском языках — двумя колонками. Их уже подписала индийская сторона, но я взяла себе время, чтобы изучить документ в Москве и согласовать сделку с Чертковым. Мы договорились, что в течение десяти-двенадцати дней все согласуем и пришлем подписанный нами экземпляр в Дели. Егерева с нами не было. Накануне он сообщил мне с важностью в голосе, что положение обязывает его посетить в Дели российского посла и нанести визиты в посольства еще нескольких суверенных государств.

— Игорь Борисович в курсе, — особо подчеркнул он. — И считает это правильным!

Вечером Гупта, как и было запланировано, устроил у себя дома шикарный фуршет. Его вилла располагалась в очень дорогом районе индийской столицы, но тем не менее вид самого района был таков, что невозможно было предположить, что здесь вообще находятся жилые дома, а не склады вторсырья. Разбитая неасфальтированная дорога проходила между огромными, поставленными вертикально бетонными плитами. Мы ехали после захода солнца в кромешной темноте, и только фары «Амбассадора» освещали жутковатую проезжую часть. Мы остановились напротив одной из бетонных стен, в которой имелась прямоугольная дыра, закрытая глухими железными воротами. Без какого бы то ни было нашего сигнала ворота открылись. Мы въехали внутрь и оказались в райском саду. Повсюду сверкали огни, с блестящей гранитной скалы в бассейн обрушивался водопад. Из густых зарослей доносилось щебетание птиц. В некотором отдалении от водопада располагался восточный дворец — скромная вилла Гупты. Со всех сторон здание огибал сверкающий разноцветными огнями ручей. Через ручей к крыльцу был переброшен мостик из розового дерева, по нему мы и проследовали в дом. Народу собралось немного, так как прием был организован исключительно по случаю нашего визита. Кроме нас, Гупта пригласил несколько важных для его бизнеса людей. Я так понимаю, что наше знакомство с ними и было основной целью хозяина дома. Среди гостей-индусов присутствовали два бывших генерала, работающих в настоящее время в тендерном комитете Министерства обороны, три члена парламента и... разумеется, Лалит Чатурвэди. Я, кстати, сразу отметила, что все присутствующие были почти столь же «доброжелательны» по отношению к брахману, как и повалившийся пред ним ниц человек в самолете. Важные генералы и парламентарии относились к не имеющему ни чинов, ни регалий соотечественнику брахманского рода с величайшим почтением.

По роскошному залу, украшенному скульптурами и картинами, скользили слуги Гупты. Одетые в униформу, они были очень похожи между собой, поэтому мне даже не удалось их сосчитать. Слуги постоянно обносили нас выпивкой и маленькими блюдечками с холодными и горячими закусками, намного более вкусными, чем блюда в «Чаннае». Я не без помощи Иры успела перезнакомиться практически со всеми гостями и присела в соседнее с Лалитом кресло. Егерев с Гуптой меж тем произносили бесконечные тосты о русско-индийской дружбе. Эмигрировавший в свое время из Советского Союза Егерев, разумеется, с гордостью представлял русскую сторону. Они пили за дружбу и честность, за главенство духовных ценностей и неувядающую славу воинов, сражающихся с российским оружием в руках. При этом как-то не уточнялось, что с русским оружием воюет полмира, и, как правило, именно с этим оружием в руках страны борются друг против друга. Самые жуткие преступления против мирного населения тоже совершаются с использованием российского оружия. Из него же стреляют по редким, занесенным в Красную книгу животным садисты-браконьеры. Впрочем, это касается и оружия, производимого в других странах.

Лалит уже успел изрядно принять на грудь и наблюдал за происходящим с откровенно глумливой улыбкой.

— Прошу прощения за нескромный вопрос, — обратилась я к своему давешнему собутыльнику. — Откуда вы знали, что вас сегодня тоже пригласят?

Он поднял брови.

— Во-первых, я уже был приглашен за несколько дней до вас! А во-вторых... Во-вторых, Гупта пока не склонен принимать никаких решений по России без консультации со мной.

— А это значит, я так понимаю, что и вы без согласования с Гуптой ничего не делаете? Не так ли?

— Не так! — Лалит лучезарно мне улыбнулся и влил в себя еще полстакана виски. — В Индии, разумеется, я без моего друга Раджива Гупты ничего не делаю. Правда, и с его участием я с Индией дела не имею. Я тут только консультант! Но мир велик, знаете ли! Есть еще страны!

— Так, может быть, мы обсудим с вами возможности совместной работы с другими странами, в которых...

— У меня есть коррумпированные связи! Правильно?

— Ну, скажем, что так...

— Давайте я, пока не напился, изложу свои условия, годится?

— Безусловно! Только, Лалит, вам следует учесть, что я, мягко скажем, не единоличный владелец бизнеса.

— О'кей! Очевидно, вы не дадите мне ответа сейчас, но вы можете обсудить все это с прочими акционерами. Впрочем! — Он поднял указательный палец, украшенный старинным золотым кольцом с большим необработанным рубином. — С вашим другом Семеном я на эту тему уже беседовал.

— Вы знакомы?

— Конечно, лет десять! В Прагу я летал на встречу именно с ним. И прекрасно знал, что мне предстоит знакомство с вами.

Лалит испытующе посмотрел на меня, но я выдержала его взгляд. Я изображала из себя сплошное внимание.

— Итак, первое! — Он начал загибать пальцы. — В бизнесе, где есть я, не участвует этот идиот! — Он указал на нескладную фигуру Егерева, произносящего в этот момент путаный тост в честь Махатмы Ганди, имя которого он не мог правильно произнести. — То есть меня не интересует, имеет ли он доход с этих сделок — хоть все ему отдайте! Но ни я, ни остальные участники бизнеса с моей стороны его не видят и не слышат! Он столь глуп, что рано или поздно пойдет в тюрьму, и я заранее хочу стоять от него подальше. С меня хватит савеловского правосудия.

— Разумно!

— Второе: раз уж мы вспомнили Савеловский суд, вы закрываете мое дело, и я свободно могу приезжать в Россию когда захочу. Третье: вы добиваетесь возвращения мне офиса на Хорошевке. И, наконец, четвертое: я вижу своими глазами, что внучка моих друзей, Анита, свободна, здорова и работает на вашей фирме. При выполнении всех этих пунктов я убеждаюсь, что у вас есть реальная сила и... что вы говорите правду!

Мне оставалось только кивнуть.

Самолет уносил нас с Ирой из сказочной страны. Я, естественно, заменила ее «экономический» билет на первый класс, и мы сидели рядом в огромных креслах.

— Значит, Чертков не шутил, когда сказал мне, что ты предпочитаешь женщин?

— У него вообще с шутками не очень, как вы могли заметить.

Никаких попыток перейти на «ты» и с ее стороны мы не предпринимали, и почему-то ни мне, ни ей это не мешало.

— А с мужчинами что — ты совсем нет... никак?!

— Понимаете, я ничего не имею против мужчин. Просто мне не нравятся волосатые ноги, щетина на лице, отвислая мошонка между ног с торчащей над ней неказистой палкой с красным набалдашником. Мне смешно, что сам членовладелец, как правило, относится к этой уродливой штуке чуть ли не как к восьмому чуду света. И мне противно, что с фанатичной настойчивостью он норовит засунуть ее куда ни попадя, называя это убогое занятие любовью! — Ирину буквально передернуло. — И особенно мерзко, когда он пищит, словно придавленный дверью хомяк, выплескивая из себя пару жалких мутных капель субстанции, похожей на сопли и воняющей хлоркой.

— Красиво расписала! Комментариев не имею! — Мне и впрямь трудно было хоть что-то добавить к нарисованному Ирой обобщенному эротическому портрету представителя «сильного пола».

— И плюс ко всему, мужиков в нашей стране семьдесят лет селекционировали по принципу максимального убожества, — продолжила она, с наслаждением вливая в себя принесенное нам ледяное шампанское «Дом Периньон». — Выживали и давали потомство в основном самые трусливые и бездарные. Их система косила меньше, чем хоть как-то вменяемых.

— Не повезло, видать, тебе, — не слишком деликатно заметила я.

— А вам повезло?

«Что ж, — подумала я. — За дело получила! Каков вопрос — таков ответ!» Но вслух лишь заметила:

— Мне один раз повезло. В самом начале, сразу... А потом сдуру удачу упустила...

— Что ж поделаешь! Ведь мы, бабы, тоже не лучше — дуры и б...! — подвела итог интересной дискуссии Ира.

Выслушав все это, я подумала, что, может быть, зря перевела ее сюда из «эконома».

АРХИПУШКА
и не только

Прямо из Шереметьева-2 мы приехали на работу, чтобы обсудить результаты поездки с Игорем Борисовичем. Чертков остался очень доволен всем, что я ему рассказала. По его мнению, все происходило ровно так, как и должно было происходить. Мудак Егерев произвел на индусов впечатление... мудака, и это страховало нас от его возможных попыток сделать в Индии что-нибудь самостоятельно. Ему, конечно, объяснили, что для него такие попытки смертельно опасны, но... от клинического идиота можно ожидать любых неожиданностей. По поводу требований, выдвинутых Лалитом Чатурведи, Чертков не стал высказываться. Я поняла, что он не в состоянии решить все сам и нуждается в каком-то времени для оценки своих реальных возможностей.

Домой я отправилась на собственной «Тойоте». Леша еще не появлялся на работе с тех пор, как по моему указанию уехал с Евпатием к целителю. Дома я застала самую настоящую гулянку. Дети уже спали, а мама пила какую-то мутную жидкость, сидя за столом с Евпатием и каким-то еще пожилым дядькой. Дядька был красномордый, здоровенный и очень веселый. Оказалось, что это и был тот самый паралитик Данила Степанович, которого еще недавно еле живого повезли к колдуну-целителю. Незадолго до моего появления от них уехал водитель Леша, уставший с дороги и все равно лишенный возможности выпить со всеми медовухи, ведь он должен был еще ехать домой. Я не видела Данилу Степановича в его недавнем трагическом состоянии, но сейчас он был хоть куда. Он еще слегка прихрамывал, немного кривил рот и заикался, но под воздействием медовухи уже активно клеился к маме. Ее это очень смешило, а Евпатия, напротив, смущало и огорчало.

С моим появлением веселье вошло в новую стадию. Мне налили целую кружку пахнущего гречишным медом хмельного напитка и принялись пить теперь уже за мое здоровье. Несмотря на усталость, я с удовольствием выпила пару кружек за новоисцеленного. Евпатий подтвердил, что он помнит о просьбе, с которой я обратилась к нему перед их поездкой, и он готов поехать к Архипушке — так звали целителя — когда понадобится. А понадобилось, надо сказать, скоро.

Я, естественно, поинтересовалась у Евпатия, что именно делал пресловутый целитель с дядькой Данилой. Использовал ли он, спрашивала я, какие-то травы или всякую чушь типа заклинаний и приговоров? Но ничего более осмысленного, чем расплывчатое заявление о том, что у Архипушки есть своя «секретная метода», я не услышала. «Ну, и бог с ним, — подумала я. — Пусть темнит. Главное — помогло!»

Десять раз я напоминала Оле, что заказала для них с Леней VIP-зал на прилете, но, непривычные к «новорусским» веяниям, они проскочили мимо девушки с плакатиком и вышли там же, где проходили все прочие пассажиры. Честно говоря, слово «проскочили» никак не подходило к Лене, который, хоть и не пользовался креслом-каталкой, но тяжело, с трудно скрываемой болью, шел, опираясь на костыль и палку. Голова его также была ограничена в движениях большим пластиковым ошейником. Я, честно говоря, была немало раздражена, так как

Леня с Олей напрочь отказались принимать от меня билеты бизнес-класса. И это при том, что я вполне могла позволить себе арендовать для них отдельный самолет. Увидев, что они так и не появились в зале для привилегированных пассажиров, я, чертыхаясь, рванула к выходу из таможни и как раз застала их выходящими сквозь толпу «бомбил», призывно крутящих на волосатых пальцах ключи от своих тарантасов.

— Извини, — бросилась ко мне Оля. — Мы так и не поняли, к кому обращаться по поводу VIPа. Решили, что здесь быстрее...

— Там девица вас ждала, с плакатиком, с красненьким таким!

— Какая разница теперь! — прошептал Леня и улыбнулся мне. — Мы уже тут. Это главное!

Я подбежала к нему, подхватила за локти и, чуть приподнявшись на цыпочках, поцеловала в губы.

— Помнишь Уфу, вокзал, комендатуру?

— Да, спасибо тебе.

Он уже говорил мне это слово по телефону, но сейчас меня это «спасибо» словно резануло по сердцу.

— На здоровье! Дурак!

Леша загрузил в «Мерседес» их багаж и повез нас в отель. По дороге я узнала, что в последние месяцы проблемы и неприятности буквально сыпались на семью Ильиных. Мало этой аварии со всеми жуткими последствиями, так вдобавок ко всему неделю назад у отца случился инфаркт. Раньше родители собирались тоже приехать в Москву, но теперь мать круглые сутки дежурила у кровати мужа, и ни о каких поездках не могло быть и речи.

Огромный люкс, снятый мной за восемьсот долларов в день, состоял из двух спален, гостиной и небольшой кухни. Каждая спальня имела свою ванную комнату.

— Это безобразие! Ты ставишь нас в неудобное положение! — выговорил, я бы даже сказала, вышептал мне Леня.

— Да! А кто меня отправил в свое время в собственном вагоне-люксе? — напомнила я Лене его былой подвиг.

Он вздохнул, тяжело опустился в широкое кресло и перевел взгляд на окно. Из этого положения ему было видно только серое московское небо с плывущими по нему тяжелыми облаками. Я впервые задумалась о том, что мы совсем мало знакомы друг с другом. Тогда, в машине, мы не успели сказать друг другу и десятка фраз. А при первой встрече, в прошлой жизни, мы были совсем другими. Я не знала, о чем говорить с человеком, которого я давным-давно полюбила с первого взгляда, потом потеряла, а теперь опять нашла. Я не могла понять, он ли это или кто-то совсем другой?

Оля была в своей спальне и не выходила оттуда, наверное, чтобы не мешать нам.

— Кем ты сейчас работаешь? — Я сама удивилась, что у меня вырвался этот совершенно неуместный сейчас вопрос.

Но Леню это не удивило.

— Преподаю в школе программирование и компьютеры.

— Почему, ведь ты такой способный и умный?

— В школе должны преподавать способные и умные. Я уже отучился в институте и увидел однажды вечером ватагу детей — трех мальчиков и двух девочек, по девять-десять лет. Я заглянул в будку, откуда они выбежали, и увидел повешенную кошку. И я решил, что буду учить детей... тому, что сам умею... И постараюсь сделать так, чтобы они никогда не вешали кошек!

Я осторожно погладила его по голове и поцеловала в затылок. Он как-то странно сжался.

— Кстати, кошку я спас и назвал Шуркой. Мы ее с собой в Израиль взяли. Шея у нее на всю жизнь окривела, но год назад она нам пятерых котят принесла. Еле пристроили...

Я не могла контролировать свои глаза и отвернулась к окну. Чувствовала, как дрожит мой мокрый от слез подбородок. Это продолжалось несколько минут. Леня первым прервал молчание:

— Извини. Я очень устал, и мне больно говорить. Мы увидимся завтра после похода к врачу. Ладно?

Я еще раз поцеловала его и зашла к Оле.

— Он не знает, что я рассказала тебе обо всех его проблемах, — сказала Ленина сестра, сжав мою ладонь в своих руках. — Не подведи меня, ладно?

Я кивнула.

— Машина, на которой мы приехали, стоит внизу, у парадного входа. Пока вы здесь, она ваша двадцать четыре часа в сутки.

— К чему это? В этом действительно нет никакой необходимости!

— Простите, Оля! Не обижайтесь, но я не спрашивала вас, есть в этом необходимость или нет. Я просто сказала, что машина внизу. В восемь вечера на следующие двенадцать часов Алексея сменит Сергей. Через час вам подадут ужин, его принесут в номер...

— А ты не останешься с нами ужинать?

Я опять не удержалась и заплакала.

— Он устал. И, наверное, не очень хочет меня видеть! Я прибегу в любой момент, Оля! Правда — в любой момент! Но пусть он скажет, что ему нужно, чтобы я пришла!

Уже выбегая в коридор, я крикнула ей:

— Когда подавать завтрак, ужин и полдник, скажете сами. Можно по телефону. Никуда не нужно ходить!

Леня так и не позвонил сам ни разу. Я понимала, что ему самому трудно и больно говорить. Оля звонила, но он ее об этом не просил — она это делала, потому что мы так договорились. Я все это время была сама не своя и даже не понимаю, как, сидя за рулем, не устроила аварии. В это время я занималась созданием на фирме подразделения, которое будет торговать всякими продуктами и барахлом, в соответствии с тем, как мы договорились с Чертковым. Турбины внутри — растворимый кофе снаружи. Видимо, то, что я делала на автопилоте, было нормальным и правильным, но этим ведала какая-то внешняя часть моего сознания. Сама же я все время перемалывала только одну мысль, один вопрос мучил меня — кто мы с Леней друг другу?

Через день я без предварительного предупреждения приехала к ним в гостиницу. Леня спал после процедур. Я попросила Олю не будить его, но помочь мне разобраться в происходящем между нами.

Выслушав меня внимательно, Оля грустно улыбнулась и покачала головой:

— Я понимаю, что вам не просто. Но постарайтесь чуть-чуть отвлечься от своих личных страстей женского рода и встать на его место и понять, как себя при этих обстоятельствах чувствует мужчина.

— Я стараюсь... — пробормотала я.

— По-моему, стараетесь пока безуспешно. Увы! Каждый день нам с Леней звонит мама. Папе не становится лучше. Ни я, ни Леня не знаем, выживет ли он и увидим ли мы его, когда вернемся. Плюс к этому те проблемы, о которых вы якобы не знаете, но о которых сам Леня прекрасно знает от врачей. Плюс к этому то, что сегодня и здесь выразили крайнее сомнение в возможности его излечения от последствий травмы. И плюс к этому боль, которая не дает ему ни свободно говорить, ни нормально спать. Вот сейчас он заснул впервые за двое суток. И наверное, через час опять проснется, чтобы принять обезболивающее. Ночью он спать не будет. Я знаю. И теперь ответьте мне, каких эмоций, каких чувств, каких проявлений радости вы хотите от моего брата? — Олины глаза влажно блестели.

— Вам что, определенно сказали, что не смогут помочь?

— Да.

— А как же их реклама, что они могут вылечить все?

— У них есть замечательный ответ — мы можем все, кроме чудес!

Эти слова мне напомнили о чудотворце Архипушке, к которому Евпатий обещал привезти Леню в случае необходимости. Я рассказала о нем Оле, но та лишь махнула рукой.

— Ну о чем вы говорите! Мы же с вами все понимаем. Все это чушь, и чудес действительно не бывает. Леня никогда не согласится ехать ни к какому целителю! Слышите — никогда!

Через день Алексей мчал нас — Олю с Леней и меня с Евпатием — по Ярославскому шоссе в направлении Вологодской области. Евпатий сидел впереди справа, а мы с Олей по очереди поддерживали Ленину шею. На центральный подголовник заднего сиденья мы положили большую поролоновую подушку, на которую сидящий между нами Леня облокачивался верхней частью спины и затылком. Так мы надеялись снизить воздействие разбитой на многих участках дороги.

— Евпатий Микулович, скажите мне, пожалуйста, сколько вашему Архипушке надо дать денег? — спросила я Евпатия еще накануне.

Тот покачал головой.

— Он денег не берет. Он к деньгам даже не прикасается! Ненавидит он их.

— То есть мы едем к ненормальному?

— А вы, хозяюшка, нормальных целителей видели?

— Я лично никаких не видела! Впрочем, излечение вашего дяди произвело на меня впечатление.

— А от него все нормальные-то отказались.

— Так что же Архипушке все-таки везти — водку, французский коньяк, шампанское? Говорите же!

— Он спиртного не пьет, табак не курит, мяса и птицы не ест! Везти ему можно только еду. Причем еду самую простую — картошку, селедку, масло подсолнечное. Молочное он пьет только свое — у него коза есть. С огородом у него самого нет уже сил возиться. Может быть, мы ему чего-нибудь из теплицы нашей наберем, хозяюшка? Вы же знаете, у меня там все природное, без химикатов...

— Да уж! — вспомнила я особенности его агрономической деятельности. — Разумеется, все берем! Все, что выросло! Фрукты-овощи он любит, так я ананасов накуплю, бананов, апельсинов, киви...

— Киви, боюсь, он есть не будет, — выразил сомнение Евпатий.

— А это еще почему? Чем ему киви плохо? — удивилась я.

— Уж больно оно, простите, хозяюшка, волосатое это киви, шерстистое оно какое-то очень!

Последние двадцать километров наш «Мерседес» тащился не меньше часа. Я не понимала, как нам удалось не застрять на раскисшей дороге. Но Алексей был здесь уже второй раз, и, по его словам, теперь ехать ему было намного проще, чем тогда, в первый раз с Данилой Степановичем. Наконец мы прибыли. Леня очень устал от дороги, и мы с Олей дали ему вначале несколько минут посидеть спокойно, а потом очень осторожно вывели наружу и усадили на складной стул. Деревня Крюковище произвела на всех самое удручающее впечатление. По сути, и деревни-то уже никакой не было. Пара полуразвалившихся хибар возвышалась над тем, что обрушилось уже вовсе. В одной хибаре жил сам Архипушка, а в другой, чуть получше, обитала старуха Егоровна, у которой, собственно, и останавливались те, кто приехал к целителю. Ей тоже доставалась часть продуктов. Иногда она даже соглашалась взять немного денег, но только в том случае, если на другой день ожидалось прибытие в Крюковище автолавки. Держать деньги в доме она боялась, так как существовала опасность погибнуть от рук лихих людей — обезумевших алкашей из соседних деревень. По той же причине, как объяснял Евпатий, ни сам Архипушка, ни старуха Егоровна не дали «благодарным исцеленным» привести в порядок их убогие жилища. Даже сам намек на наличие хоть каких-нибудь средств, превышающих стоимость мешка картошки, мог стоить старому человеку жизни.

Егоровна вышла на крыльцо и, щурясь, осмотрела всю нашу компанию.

— Опять, нехристь, паралитика привез? — обратилась она к Евпатию.

Несмотря на то что Архипушка имел славу колдуна, Егоровна считала и его, и себя людьми православными.

— Привез, привез, Егоровна! — ответил старушке Евпатий. — Паралитик, не паралитик, но человек больной. Надеемся, что Архип Матвеевич нам поможет, как дяде моему помог.

— Ладно, заходьте, — Егоровна открыла калитку. — Не на улице же ждать! Только продуктов у меня нет, сами знаете! Хотите кушать, несите свое!

Леша с Евпатием вытащили часть сумок, внесли их во двор и поставили на крыльцо.

— Да мы же все привезли! Как всегда, Егоровна! Ты же знаешь! — затараторил Евпатий. — И тебе гостинцев привезли! Вот — торт вафельный! Ты говорила, что любишь — мы и привезли! И чаю вот пять пачек, какого ты в прошлый раз заказывала! Хотя русскому человеку, как я думаю, все же квас или взвар травяной лучше...

— Опять ты за свое! Говори говорильня — уж в прошлый раз от тебя мне все уши заложило!

Егоровна посмотрела в сторону соседнего дома.

— Вот, кто из вас с болящим, ведите туда. Архипушка вона к вам вышел, Архип Матвеич.

Мы оглянулись и увидели возле соседнего плетня невысокого кряжистого деда, заросшего седой бородищей. Он был бос, одет в старые линялые джинсы и в стеганую телогрейку. Рядом с ним стояла абсолютно белая коза. Она равнодушно жевала жвачку и безо всякого интереса нас разглядывала.

«Боже мой! Куда мы приперлись!» — подумала я. Долгая поездка была мучительна для Лени. Мы с Олей тоже страшно устали. Затекли наши руки, поддерживавшие Ленину шею, а он сам так мучился от боли, что искусал свои губы в кровь и до сих пор не мог выговорить ни единого слова.

К Архипушке подошли все, кроме водителя Алексея, оставшегося возле машины. Евпатий опять тащил пластиковые сумки с покупками. Оля подошла к целителю первой и, вытащив из портфеля увесистую пачку бумаг и рентгеновских снимков, протянула ему через забор.

— Здравствуйте, Архип Матвеевич!

В ответ на ее приветствие Архипушка кивнул. Одновременно заблеяла коза.

— Вот наши документы! Здесь есть снимки, результаты анализов. Выписка из истории болезни в переводе на русский язык.

Дед оглядел всю нашу компанию. Вслед за Олей стоял Евпатий с пакетами, а за ним — Леня с костылем и палкой. Я поддерживала его за локоть. Архипушка внимательно посмотрел на один из пластиковых пакетов, забитый экзотическими фруктами. Евпатий поднял пакет вверх, и старик вытащил из него маленький ананас и пару плодов киви. Вначале он протянул козе ананас. Та моментально вцепилась в бок ананаса крепкими желтыми зубами и с хрустом отгрызла большой кусок. Архипушка удовлетворенно кивнул и закинул одобренный животным фрукт назад в мешок. Потом он протянул козе киви. Та заблеяла и отвернулась.

— Больно шерстист! — заметил целитель надтреснутым старческим голосом.

— Вот видите, хозяюшка! Я же говорил! — обрадовался своей правоте Евпатий.

Мне страшно захотелось назвать его придурком и скорее уехать отсюда. Как можно доверить моего, нашего, Леню сумасшедшему старику. Но какое-то иррациональное чувство помешало мне это сделать. Архипушка внимательно посмотрел на Олю, замершую возле плетня с бумагами в руке.

— Сестрица? — Он то ли задал вопрос, то ли констатировал очевидный для себя факт.

Оля согласно кивнула.

— Уходи отсюда!

— Куда? — опешила Оля.

— К Егоровне иди. Поешь и спать ложись. Вечер уже. Скоро солнце сядет!

И впрямь, через час должна была наступить темнота.

— Какой тут сон? — вздохнула Оля, глядя на брата.

Оля наконец опустила руку с бумагами и, поняв, что Архипушка ничего читать не будет, засунула их назад в портфель.

— Ничего, уснешь! Иди, я сказал.

Коза сердито мекнула. Архипушка опять залез в протянутую Евпатием сумку и вернул животному надкусанный ананас. С каким-то необычным для травоядного утробным урчанием коза продолжила поглощать тропический фрукт.

— А ты что — баба его? — старик обратился ко мне со свойственной ему деликатностью.

— Вроде как да, — пожала я плечами.

— Как это вроде? Он с тобой как с бабой-то своей живет?

Леня вздрогнул от такой простоты. Но развернуться и уйти мы не могли. Практически любой ответ на этот милый вопрос звучал бы по-идиотски, но я нашлась:

— Пока нет, но при случае, надеюсь, попробует!

Дед хмыкнул.

— Готовить умеешь?

— Приходилось.

— Вместе с ним пойдешь!

Потом он повернулся к Евпатию.

— Ну, чего встал, землееб? Заноси сумки и назад к бабке ступай.

При слове «землееб» я не удержалась и хихикнула. Дед, похоже, был не лишен чувства юмора. Впрочем, более ничего смешного он так и не сказал. Евпатий забежал в избу и выскочил оттуда уже без сумок.

— Пока не скажу, к нам не суйтесь! — крикнул Архип Матвеевич вслед уходящему от нас Евпатию. — Егоровне скажи, пусть Козулю подоит.

«Козуля — хорошее имя для козы!» — подумала я.

Мы проковыляли в избу. С особенной осторожностью я помогла Лене взобраться на крыльцо. Полусгнившие доски стонали и трескались под ногами. Я обратила внимание, что слева от крыльца свален какой-то странный мусор: обмотанные грязными бинтами обгорелые костыли, пластмассовые распорки, обломки алюминиевых трубок. Венчал гору мусора старинный ночной горшок с отломанной ржавой ручкой и отбитой во многих местах эмалью. В избе было не то чтобы грязно, но как-то неуютно, пахло сыростью и запустением. Большую часть единственной комнаты занимала печь с лежанкой. Из мебели были только струганая лавка в углу и неказистый самодельный табурет возле печи. Когда мы вошли внутрь, Архип Матвеевич захлопнул входную дверь, кряхтя, сел на лавку и принялся изучать содержимое сумок.

— Картошка с селедкой — это хорошо! Селедки я давно не ел! — сказал он, не обращая на нас никакого внимания.

— Извините, пожалуйста, но я не могу больше стоять, — обратился к старику Леня. — Куда я могу присесть?

— А чего тебе сидеть? Все одно ничего не высидишь. Лезь давай на печь, на лежанку — там у меня тряпье накидано.

Внутри меня все клокотало. Как я смеялась всю жизнь над всеми этими рассказами про знахарей и колдунов, а тут сама влипла!

— Как он туда залезет? — прорычала я. — Он и идти-то не может!

— Ничего! Пущай попробует! — ответил Архипушка и изъял из полиэтиленового пакета две сельди холодного копчения. Рыбины шлепнулись прямо на лавку. Характерный селедочный запах моментально распространился по всему помещению. — Так лезешь, что ли? Или русского языка не понимаешь?

— У него поврежден шейный отдел позвоночника! Я вам уже сказала! — Я готова была разорвать горе-целителя на куски.

Леня бросил костыль и палку и вцепился в стенку печи.

— Ладно, попробую!

Я ухватила его за талию и начала толкать вверх.

— Не надо, — прохрипел он. — Пододвинь табуретку, пожалуйста...

Я сунула уродскую деревяшку Лене под ноги. Сделав нечеловеческое усилие, он сдержал стон и, сначала взобравшись на табурет, вполз на лежанку.

Дед тем временем нашел какой-то кусок фанеры, отдаленно напоминающий разделочную доску, и, положив на нее селедки, протянул Лене.

— Чтоб так просто не валялся на печи, давай селедку чисть!

— А где нож? И куда потроха выбрасывать?

— Нет ножа. Руками давай. А потроха на пол кидай. Все равно потом убирать!

— А руки вытереть?

— Тряпки под тобой лежат. Об них и вытирай!

Я не успела высказать все свое негодование по поводу этих дурацких указаний, как меня тоже припахали.

— А ты давай картошку вари!

Я никогда не была неженкой. С детства меня приучили к походному быту. Но возиться в такой грязи без ножей, нормальных мисок и котелков мне было мерзко.

— А как ее чистить? И где вода?

Архипушка с кряхтением пододвинул мне два мятых и ржавых ведра, в каждом из которых было налито меньше чем до половины отдающей болотной гнилью воды.

— В одном мой, а в другом вари. В мундирах вари — не чисть!

— Воды мало — давайте я к колодцу какому-нибудь сбегаю!

— Тут сиди! — прикрикнул на меня дед. — Нету у нас колодца! Засыпали колодец! А до речки полверсты — с тачкой ходим! Темнеет уже — не пойдешь никуда!

Леня с омерзением потрошил пальцами сельдь, а я, помыв два десятка картофелин в одном из ведер, переложила их в другое.

— Давай печь затапливай! — продолжал командовать Архипушка.

Я открыла створку и увидела там несколько недогоревших, явно сырых головешек. Дед протянул мне спички.

— Зажигай!

— Так они же не загорятся! Бумага нужна!

Архипушка опять закряхтел и потащился в дальний темный угол. Оттуда он вытащил обрывки старых газет и две ржавые керосиновые лампы. Лампы пришлись очень кстати. Электричества не было, а солнце за окном уже село. Он отдал мне газету, а сам начал возиться с лампами. К селедочной вони прибавился характерный тошнотворный запах керосина.

— Может быть, мы не будем ждать обеда, а займемся Лениным здоровьем! Не хочу я есть, понимаете?!

— Ты делай, что тебе говорят! — просипел старик и запалил наконец лампы. — Не ты здесь командуешь, девка!

Существенно светлее не стало. Зажженная мной газета прогорела в печи и погасла, оставив после себя немного пепла. Дрова так и не загорелись.

— Эх! Неумеха ты, неумеха! — отругал меня целитель. — Кому же ты нужна, такая криворукая!

Он опять порылся где-то в темноте и притащил кучу грязных тряпок. Принес он и банку с керосином. Смочив в нем тряпки, он затолкал их в печь и приказал мне:

— Давай! Поджигай теперь!

Я выполнила команду. Комната наполнилась едким вонючим дымом. Мы начали кашлять. Особенно досталось лежащему наверху Лене. Он буквально зашелся в кашле. Я бросилась к нему, но не успела. Задыхаясь на своей лежанке, он случайно сорвал пластмассовый ошейник-фиксатор и уронил его вниз. Вместе с ошейником на пол упали обе селедки. На одну из них я наступила и, поскользнувшись, с проклятиями рухнула на табурет. Тот оказался столь хлипким, что рассыпался подо мной.

— Что же вы творите такое! — заорала я на безумного Архипушку и, схватив ведро с грязной водой из-под помытой картошки, попыталась выплеснуть его в печь.

Но старик с удивительной силой выбил ведро у меня из рук, и грязная, смешанная с землей вода выплеснулась прямо на Леню.

— Спускайся, лежебока! — рявкнул «целитель». — Угоришь там в дыму! Вниз, давай!

Залитый грязной жижей Леня, продолжая кашлять, полез вниз. Спустив ноги с печи, он только было нащупал правой рукой прислоненный к стене костыль, как Архипушка первым вцепился в этот костыль и стал с его помощью проталкивать глубже в печь горящее тряпье.

— Чего стоишь, дура! — рявкнул он. — Давай табуретку кроши и в печь!

Дед сунул мне в руку ножку от только что рассыпавшейся табуретки и велел затолкать ее в топку. Сам же он проталкивал ее в глубь печи костылем. Теперь смердело уже не только тряпьем и керосином, но и горящими пластмассовыми частями Лениного костыля.

Описать ту мерзость, которая образовалась в избе, просто невозможно. Но хозяин жилища, наоборот, несколько успокоился. Отгоняя рукой клубы жирного дыма, он пристально смотрел на Леню. Тот стоял, прислонившись к бревенчатой стене, и сжимал в руках свою палку.

— Чего встал! — почти миролюбиво обратился к нему Архипушка. — Палкой своей шуруй давай!

— Где шуровать? — ответил Леня, заходясь кашлем.

Дым уже начал уходить куда-то вверх, но дышать было по-прежнему тяжело.

— В печи шуруй! Табуретку не жалей! Уже все равно пропала. Доламывай — и туда ее, в печь! И палкой, палкой шуруй!

Леня поплелся было к обломкам табуретки, но так же, как и я перед тем, поскользнулся то ли на самой селедке, то ли на потрохах и повалился на колени. Я вскрикнула. Но он вроде бы особо не пострадал и с каким-то непонятным отчаянием стал доламывать табуреточные ножки и швырять их в огонь. Старик уже вытащил из печи то, что осталось от израильского костыля, и швырнул в окно. Грязное стекло разбилось с печальным звоном. Но нет худа без добра, внутрь дома проникла живительная струя свежего воздуха.

«Псих и маразматик, псих и маразматик! — единственное, что крутилось в моем мозгу. — Как мне угораздило сюда припереться?! Зачем я уговорила Леню и Ольгу?! Евпатия убью и уволю, уволю и убью!»

Леня уже затолкал в печь все доски и «шерудил» в печи своей палкой, сделанной под заказ в той же ортопедической мастерской, что и погибший уже костыль. Дрова горели, палка воняла и превращалась в такой же кусок алюминиевого говна, как выброшенный в окно костыль.

«Ничего — я дотащу тебя на руках! — думала я. — А Евпатия точно убью! Прямо тут убью! Убью этого землееба! Какое правильное для него название — землееб!»

— Картошку-то на огонь ставь! — услышала я надтреснутый голос целителя. — Чего мы печь просто так, что ли, топим? Просто так дрова жжем?

Опять что-то сверхъестественное остановило меня, не позволив послать деда той самой или заделать ему ведром по башке. Не говоря ни слова, я шваркнула ведро с картошкой на чугунную конфорку. Леня, сидя на корточках, продолжал шевелить горящие деревяшки в печи. Что-то странное показалось мне в его занятии и в его позе, но мой усталый и отравленный дымом мозг отказывался понимать даже самые простые вещи. «Наверное, — подумала я, — мне странно, что у него такая закопченная и испачканная физиономия».

Архипушка тем временем подобрал с полу отвратительный кусок раздавленной селедки и, понюхав, сунул его себе в рот.

— Селедка слишком соленая, — заметил он, сплюнув на пол. — Такую отмачивать надо!

В неверном свете керосиновой лампы я все же увидела, что в бороде у него застряла обмотанная кишками селедочная кость. Тошнота стала невыносимой. Чтобы меня немедленно не вырвало, я даже ухватила себя рукой за горло.

— Не могу я больше! Архип Матвеевич! Выпустите меня, умоляю!

Мысль о том, что придется с ним вместе есть картошку из вонючего ведра, меня убивала. Воздуха, прорывающегося из разбитого самим хозяином окна, все равно не хватало, и я боялась, что не удержусь и просто-напросто захлебнусь собственной блевотиной. То, что Лене Архипушка помочь ничем не мог, да и не собирался, мне казалось уже очевидным.

— Ладно! Будь по-вашему! Да и надоели вы мне оба, — пробормотал старик. — Уходите прочь и езжайте домой! Только все ваши у Егоровны спят сейчас. Поутру домой поедете. Сейчас ступайте вона за дом. Там под навесом Козулино сено. На него и ляжьте.

С этими словами он поднялся с карачек, подошел к тому пакету, где были сложены фрукты, и протянул нам четыре плодика киви — все, что были привезены.

— Я, как картошка сварится, тут кушать буду, а вы это с собой возьмите на сеновал-то. Нам с Козулей они все равно ни к чему! — Он провел ладонью по бороде и еще больше размазал по ней селедочные потроха. — Шерстистые они больно, фрукты эти, — мы с Козулей брезгуем такие кушать!

Архип Матвеевич отвернулся и, отломив короткий кусок от прогоревшей Лениной палки, помешал ею закипающую картошку. И показался он мне таким старым и жалким в своем разрушенном доме, что не стала я ничего говорить ему из того, что накипело у меня за этот безумный вечер. Леня тоже молчал. Мы отворили дверь и пошли по темному двору, куда сказал Архипушка. Там и впрямь находилась целая гора сена, прикрытая сверху ветхим дощатым навесом. Обессиленные, мы буквально рухнули в душистую сухую траву.

Несмотря на усталость, спать не хотелось. Я обняла Леню и вдруг осознала, что обнимаю его впервые в жизни. Я сама положила его руку на свою грудь и мгновенно забыла обо всем: о своих проблемах, о его болезнях, о бестолково и пошло прожитых годах. Он ласкал меня и говорил нежные чудесные слова. Это глупо, но я даже не поняла, когда и как он проник в меня, я ощущала, что мы с ним единое целое. Это не было похоже ни на что из того, что случалось со мной прежде. Все мое тело содрогалось от счастья, когда я ощущала, что в мое лоно изливается семя любимого человека. Какими глупыми были мои сомнения тогда в Москве. Он мой, мой! А я — его! И это — навсегда! И плевать, что ни врачи, ни кудесники пока не смогли нам помочь! Вдвоем мы преодолеем и немощь, и боль!

Едва забрезжил рассвет, мы поднялись на ноги. Нужно было будить всю остальную нашу команду, разместившуюся у Егоровны. Пора ехать в Москву. На сене рядом с нами валялось четыре кивины, и, только взглянув на них, мы поняли, что голодны. Съев каждый по две штуке, мы направились к калитке. Со двора нас провожала Козуля. Она равнодушно смотрела нам вслед, не переставая жевать свою жвачку. И мне показалось, что от нее за версту разит ананасом.

Несмотря на ранний час, возле «Мерседеса» уже стоял Алексей. Он смотрел в противоположную от нас сторону и нервно курил.

— Доброе утро! — поприветствовала его я. — Буди остальных! Уезжаем!

Он уронил сигарету.

— Слава богу! Наконец-то! Я уже думал — все, кранты! Сгинули! А Чертков, не моргнув, меня в расход пустит! Слава богу, явились! Но сестру его сами будите! Полтора суток уже в отключке — даже в сортир не встает!

— Какие полтора суток?! — гаркнула я на него. — Ты что, с Евпатием браги его набрался? И шести часов небось не прошло!

— Шести часов?! — взвился Алексей. — Нате, посмотрите!

Он сунул мне в глаза часы с календарем. Если это была правда, то мы вошли в дом Архипушки тридцать два часа назад! Но я ясно помнила, что на всю эту пакость с топкой печи ушло никак не больше часа. Ну, еще пару-тройку часов мы пробыли на сеновале. И все! Я повернулась было к Лене, но он уже бежал к дому Егоровны проверить, что случилось с Ольгой. И вдруг меня поразило будто молнией! Леня *бежал! Бежал!* А ведь что-то дернулось во мне еще тогда, когда я увидела его сидящим на корточках возле печи! Мне что-то мешало понять тогда, что он не мог сидеть на корточках! И сейчас он не мог *бежать!* Безумный старик изувечил его костыль и сжег его палку! Но палка и костыли Лене были уже *не нужны!*

Навстречу бегущему Лене из избы вышла Егоровна с ведром-подойником, а вслед за ней брел заспанный Евпатий.

— Да не волнуйся ты! — крикнул он Лене. — Ей Архипушка велел спать до твоего прихода — вот она и спала! Просыпается уже!

Мне казалось, что теперь я уже окончательно сошла с ума.

— И вот этот водитель ваш, хозяюшка, Лешка, — форменный псих! Я же ему говорю — не дергайся! У Архипушки и неделями сиживают!

— Но дядьку-то твоего он за два часа излечил — сразу домой поехали! — вновь закуривая, завелся Алексей.

— С дядькой случай другой, — возразил Евпатий. — Дядьку от пьянства кондрашкой разбило. Его достаточно было пару раз вожжами по жопе отходить, вот все и прошло! Данила мне сам рассказывал потом про эдакую «терапию», но просил, чтоб я про методу лечения никому не говорил! Стыдно ему, вишь ты! А у Леонида случай другой! Ему, видать, по жопе не прописано! Террористический акт — дело сложное!

— Какая разница, от чего человек заболел, — гаркнул на него Алексей, — коли болезнь одна?!

— А это не нам с тобой судить! — развел руками Евпатий. — Такими делами Перун один ведает!

— Тьфу, нехристь! — повернулась к нему Егоровна, уже было дошедшая до ожидающей ее за плетнем Козули.

— Сама ты — тьфу! — Евпатий еще два раза плюнул через левое плечо и трижды постучал по калитке. — Чего перед добрыми людьми с пустыми ведрами расходилась! Нам же в дорогу сейчас!

Из избы тем временем вышли Леня с совершенно невменяемой Ольгой. Глаза ее округлились. Не веря случившемуся, она то и дело оглядывалась на брата. Потом она бросилась ко мне и предприняла попытку поцеловать мои до сих пор не мытые, воняющие керосином и селедкой руки. Я оттолкнула ее:

— Ты что, одурела?!

С ужасом и стыдом я вспомнила, как вела себя с Архипушкой, и побежала к его хибарке, чтобы поблагодарить и попросить прощения. Егоровна сидела на какой-то чурке возле самого крыльца чудесного целителя и доила Козулю.

— Стой! — крикнула бабка, когда я попыталась открыть дверь. — Нету его!

— Как это его нет? — он был же тут.

— Вчера еще ушел, — возразила Егоровна. — Я вот вечером вчера Козулю доила, его уж не было. Видать, на ручей ушел. Ни бидонов, ни тележки евоной нету. У нас колодец-то засыпали. Вот он на речку и ходит. Только маленькая она, речка-то, одно слово — ручей.

Я ничего не понимала.

— А когда он вернется?

— Откуда ж мне знать?! Он, бывает, долго ходит. Иногда бидоны там бросит, а сам то в лес, то в соседнюю деревню пойдет. Та уж вроде совсем пустая. А может, и есть еще кто из стариков живой. С Архипушкой-то не особо поговоришь. Мне-то говорит: «Язык у тебя, Егоровна, что помело! Иди вот Козулю подои». Вот и весь разговор.

— Мы должны ему дом отмыть, починить все и стекло вставить! — Я помнила, какой разгром был устроен в избе.

— Какое еще стекло? — удивилась бабка.

— Оконное, разумеется! Оно же вдребезги разбито! Еще бы ноги не порезал — он же босиком ходит!

— Так здесь же в дому только одно окно! — удивилась Егоровна. Пока она говорила, из-под ее пальцев вылетали тонкие белые струйки и с характерным звяканьем падали в ведро.

— Ну, — ответила я. — Оно и разбито.

Я сделала три шага, чтобы посмотреть на стену, в которой было прорублено маленькое оконце и... увидела, что давно не мытое заляпанное стекло абсолютно цело. Совершенно опешив, я вернулась назад и настежь распахнула хлипкую входную дверь. В единственной комнате пахло все той же сыростью, тоской и неуютом. Но грязи не было. Все та же печь с лежанкой, закиданной тряпьем, лавка в углу и неказистый табурет напротив топки. Отшатнувшись, я захлопнула дверь.

— Что ж за молодежь такая, — проворчала Егоровна, закончившая уже дойку. — Как это можно — в дом без хозяина?

В этот момент я взглянула почему-то на ту кучу мусора возле крыльца, что заметила, еще войдя вслед за Архипушкой в дом. На самом верху кучи, прямо поверх битого ночного горшка, валялись сломанные израильские костыли, обгорелая палка и пластмассовый ошейник-фиксатор, без которого еще недавно Леня не мог обойтись. Теперь я поняла, что это за куча!

Леня с Олей подошли к калитке, и я подала им знак остановиться.

— Егоровна! — обратилась я к старухе. — Здесь невозможно жить! Я куплю и Архипу Матвеевичу, и вам два дома в Подмосковье, а Козуля будет есть только ананасы! Скажите ему и собирайтесь! Через три дня я пришлю машины забрать вас с Архипушкой, козу и то барахло, с которым вы не захотите расстаться!

— Нет, милая моя! — ответила Егоровна, вытирая руки. — Не думай, что ты самая первая предлагаешь. Не поедет он никуда. А значит, и я тут останусь.

— Но почему?!

— А потому! Сама не знаю почему! Жизнь каторжную прожили, а перед смертью, как в ссылке, в своих же избах живем. Не понять тебе, коли я сама не понимаю. И он не понимает, но не поедет никуда. Так-то вот!

Бабка взяла ведро, на дне которого плескалось литра полтора козьего молока, и потащила его со двора.

— А если не хотите в долгу оставаться, то заезжайте, хоть в год раз. Проведайте — живы ли еще будем!

Ненавижу всякую шваль, от алкашей в подъезде до ублюдочного истеблишмента. Но в самое лютое бешенство приводит меня тихая покорность безответных моих соотечественников!

— Спасибо, Егоровна! Непременно будем заезжать! — единственное, что я смогла из себя выдавить, сдерживаясь, чтобы не наорать на старую женщину.

Взяв с собой Леню с Олей, я пошла к машине. Пока мы усаживались в «Мерседес», Леша обнаружил в багажнике забытые вчера два ящика рыбных консервов. В каждом из них лежало по тридцать двухсотграммовых банок туны в масле.

— Куда это? — спросил водитель. — Назад повезем?

— Отнеси Егоровне! Еще раз поблагодари и скажи, что обязательно скоро приедем!

Пока он таскал коробки, я обняла за плечи Евпатия.

— Спасибо вам, Евпатий Микулович! Вы можете просить у меня любую прибавку к жалованью! И я не буду возражать, даже если вы переебете не только всю теплицу, но клумбы, газоны и вообще любой приглянувшийся участок территории.

— Спасибо вам, хозяюшка! — прочувственно ответил мой язычник, и только тут я заметила, какими глазами смотрят на меня сидящие рядом Леня с Олей.

Они-то не были в курсе самоотверженной деятельности Евпатия, и наша с ним беседа их изрядно впечатлила.

НЕЧАЯННАЯ РАДОСТЬ
и не только

Евпатий, как выяснилось, не зря переживал, что утро началось с появления Егоровны с пустым ведром. По приезде в Москву мы узнали, что Ильин-старший умер, так и не узнав, что его любимый сын снова на ногах и вообще практически здоров. Потратив на сборы в гостинице не больше пятнадцати минут, мы помчались в аэропорт, и девятичасовым вечерним рейсом Леня с Ольгой улетели. Разумеется, у нас с Леней не было никакой возможности поговорить о совместном будущем, и, прощаясь, я в очередной раз не знала, возможно ли оно вообще. Мне было очень грустно — и то, что он потерял столь близкого человека, и то, что меня не будет с ним ни на кладбище, ни на протяжении семи дней траура, в течение которого всем членам еврейской семьи предписано сидеть в доме усопшего и вспоминать все то, что происходило в их совместной жизни. В эти дни приходят и родственники, и друзья, и соседи, чтобы тоже предаться воспоминаниям и как-то облегчить чувство горя. А меня-то как раз рядом и не будет!

Вроде бы Леня уже выздоровел и ничто не могло помешать нашему счастью, но покоя в моей душе не было. Я, наверное, очень паршивая мать. На следующий день после отлета ребят была суббота. С самого утра я пошла гулять с Дашей по поселку и окрестным рощицам. Дочка все время пыталась говорить со мной и о чем-то непрерывно спрашивала. Я же была в полной прострации и отвечала на ее вопросы не к месту и невпопад. После того как я нечленораздельно промычала что-то в ответ на вопрос о том, почему кошка не ест вату, Даша остановилась и развела руками:

— Ну как ты не понимаешь, мама! Она же просто не хочет!

Минуты две я осмысливала эту шутку, и дочка явно засомневалась в моей умственной полноценности.

Утром в понедельник мы провели с Чертковым несколько часов тет-а-тет. Он рассказал мне об очередной поставке в Анголу, которую успешно осуществил Егерев. В этот раз он вроде бы нас не обманывал. Мы знали и цену, по которой были приобретены пять «МиГ-23». Знали, разумеется, и сколько пришлось заплатить белорусам, на чьих складах хранились и сами самолеты, и необходимые для дальнейшей эксплуатации части, и комплектующие, и расходные материалы. Под видом сельскохозяйственных машин самолеты в разобранном виде были отправлены потребителю. А интересанты из российского Генштаба организовали втихую поездку в Анголу двух летчиков-испытателей для облета «МиГов» после сборки. В документах значилось, что эти два здоровенных сорокалетних полковника отправляются в Африку для прохождения санаторно-курортного лечения. Все было сделано отлично. Единственное, что напрягало Черткова, — это слишком уж большой процент, что клал в свой карман тот самый сынок одного из европейских лидеров, обеспечивавший солидный и респектабельный статус фирмы в мире.

— Либо этот сынок зарвался, либо Егерев все же подворовывает, крысятничает, как теперь принято говорить! — поделился он со мной своими соображениями.

— Вы можете это как-то проверить и предотвратить воровство? — спросила я его.

— Пока буду собирать информацию, — пожал плечами Игорь Борисович, — а там посмотрим!

— А в Индии, по-моему, все идет прекрасно! — с гордостью вставила я.

— Чтоб тебе не сглазить! Мы получили огромную заявку на расходные материалы для заводов «Хиндустан аэронавтик лимитед». По идее, кроме нас, ее никто выполнить вообще не может. Те же тормозные колодки для «МиГ-21». В индийских ВВС это пока самый массовый истребитель. Им надо иметь запас в несколько тысяч колодок, а нам они в Польше достались по цене лома. А те, кто избавляет индусов от головной боли по колодкам, получит в качестве приза и остальные заказы. Гупта твердо пообещал. Так что контракт, скорее всего, будет заключен именно с нами. Это только по авиационной промышленности! А индийское Министерство обороны нам заказало двадцать комплектов вертолетных лопастей, и, кроме того, благодаря нашим совместным усилиям с твоим любимым Семёном мы имеем хорошие шансы выиграть тендер на модернизацию.

— На Индии, надеюсь, заработаем и репутацию, и очень неплохие деньги, учитывая то, что мы с тобой лично ничего не делаем! — потер руки Чертков. — Только бздим, чтобы не сорвалось!

Он, как всегда, был прост и лаконичен!

От нашей с Егеревым компании Гупта получал огромный откат, а его фирма тем временем должна была поставить по привезенному мной контракту пять контейнеров «того самого» черного чая и специй. Мы будем продавать эту дрянь, пусть даже в убыток. Какую-то мелочь потеряем, зато покажем оборот и активную деятельность. Хотя, честно говоря, я надеялась и на то, что чай тоже сможет приносить прибыль.

Несколько дней я по понятным причинам не общалась с партнерами и на всякий случай спросила Черткова:

— Там, насколько я помню, только чай, немного перца и карри. Больше они ничего не вписали в спецификацию?

— Сейчас посмотрю. — Игорь Борисович с интересом зашелестел знакомыми листочками. — Нет! Ты невнимательно смотрела! Он нам еще поставит две тонны палочек!

— Каких палочек? — не поняла я.

— Ну этих... — Он, напрягая память, поморщился и щелкнул пальцами. — Ну, которые горят! Как они, бишь, называются?! О! Вспомнил — восточные зловония!

— Благовония! — поправила я.

— Да, да! Ты их особенно активно продавай!

— Да вы что, Игорь Борисович! Где их продашь?

— Где-где! В Караганде! Кстати, это идея! Отправь их кому-нибудь на консигнацию в СНГ. За взятку, разумеется! У тебя в Средней Азии кто-нибудь есть?

— В Киргизии клиенты были, — вспомнила я старую компьютерную эпопею.

— Вот и отлично! Шли туда половину всего этого говна: и палочки, и перец, и чай!

— Они зеленый чай пьют, а у нас — черный!

— Да ну их на хрен! Пусть к черному привыкают! На халяву-то! Нам же от них не столько деньги нужны, сколько имя и суета вокруг него! И здесь мы тоже будем свой товар продвигать! Мы должны быть на виду!

— Ясно. Фирма веников не вяжет — фирма делает гробы!

— Отлично. Кстати! Над проблемами господина Чатурвэди мы работаем. Если будет звонить, скажи, что занимаемся. Самое простое, кстати, — это с двойником твоим, с Анитой этой самой. Апелляция вроде бы прошла успешно, как и ожидалось. Дело пересматривается. Российские власти втихаря пошлют всех контролеров-наблюдателей подальше и тебя выпустят. То есть реально выпустят ее. Она, конечно, в рубашке родилась — за мента всего полгода отсидела! Так что, если гепатит ее не приберет, Лалит ее не только увидит, он еще и трахнуть сможет.

— Но вряд ли захочет! — заметила я.

— Его дело! — миролюбиво отозвался Чертков. — Самое сложное — отбить назад его помещение. Но потом он наш! Пусть только попробует не через нас по Ирану и Ираку работать!

Сразу после окончания семидневного траура мне позвонил Леня, сказал, что в новом учебном году продолжит работу в своей школе, но будет по возможности приезжать ко мне в Москву. Я чувствовала какую-то недоговоренность и напряжение в его голосе. Это одновременно и пугало меня, и приводило в бешенство. Какого хрена он не соглашается прилетать ко мне столько, сколько я захочу! При чем здесь его учительская зарплата?! Я проездной на самолет могу ему купить! И мне плевать, сколько это стоит! Все это я как могла спокойно и корректно высказала по телефону Ольге. Она уже неплохо меня понимала, наверное, даже лучше, чем ее брат.

— А как ты думаешь, — ответила она мне. — Ему как мужчине понравится, что ты будешь за все платить сама? И кстати, если понравится, я не уверена, что твое отношение к нему останется неизменным. Или я не права?

— Мне, прости, плевать, права ты или нет! У меня есть мужчина, любимый мужчина, а я не могу видеть его, обнимать его, спать с ним! У меня что — десять жизней?

— Ты хочешь, чтобы я помогала тебе или чтобы просто соглашалась со всем и вздыхала в трубку?

— Ты сама знаешь ответ!

— Тогда пойми, я не могу его заставить приехать к тебе! Я не могу заставить его любить тебя!

При этих словах я наконец впервые всерьез задумалась о Ленином отношении ко мне. Какая, к черту, любовь! Сколько лет прошло с нашей первой встречи! Кого он увидел сейчас перед собой вместо влюбленной в него по уши свежей и чистой девочки? Кого? А, вот кого — богатую молодую бабу, переспавшую с кучей разных долбоебов, родившую дочь хрен знает от кого и теперь желающую заполучить его за любые деньги! О какой любви тут может идти речь?!

— Все понятно, — сказала я Оле. — Извини, я просто сдурела! Я поняла теперь, что он меня не любит. И он прав! Я виновата перед ним. Со мной у него связаны одни проблемы и несчастья.

— Ты спасла его! И не только его, но и всех нас!.. Папа только не дожил... и оставил ему какое-то странное письмо.

— Спасла его не я! И ты это знаешь — просто нам всем повезло! Я не буду больше звонить сама! Прощай!

— Постой! — выкрикнула Оля, чтобы я не успела положить трубку. — Ты не права! Я говорила с ним и уверена в том, что он тебя... в общем, не сомневаюсь в его отношении к тебе. Просто то, что сделал тогда этот целитель, было чудо, но не сказалось на его...

Я поняла, что она хочет сказать, и опять вскипела:

— Да он трахал меня потом на сеновале не знаю сколько часов! Ты знаешь об этом?

— Он сейчас лечится от бесплодия! Он помнит, что сделал тебе предложение! Мой брат никогда не откажется от своих обязательств!

— Все, хватит! Нет у него передо мной никаких обязательств! Прощай! Не могу больше говорить! Извини!

Я положила трубку и твердо решила поставить крест на Лене и на всем своем иррациональном отношении к этому человеку. Да, он замечательный, добрый, умный! Да, он мог сделать меня счастливой на всю жизнь, если бы я не оказалась малолетней дурой! Да, все это так! Но теперь стало окончательно ясно — жизнь пошла по другому пути. Возврата нет! Расти Дашу, люби маму, жалей Рому и купи себе вибратор!

Ей-богу, понимать — это одно, а чувствовать — совсем другое! Две недели я ходила сама не своя, уже в привычном тумане занимаясь работой и скудными домашними обязанностями, пока не поняла, что... беременна. Я опять беременна! Надо сказать, что это был первый момент в моей жизни, когда я осознала, что сам Леня и его отношение ко мне уже не так важны для меня, как раньше.

Какая все это была чушь — импотенция! Бесплодие! Отличные увертки! Леня, дорогой! Ты — лучший в мире, и я тебя люблю! Но не хочешь меня — и не надо! Главное я от тебя уже получила! И не только я! У Даши будет брат! У мамы будет внук! Это точно будет мальчик! Я знаю! Ты узнаешь о нем, конечно. Я ничего не буду скрывать ни от тебя, ни от твоих родных, но и навязываться мне ни к чему! Я счастлива!

И это была правда! У меня не было ни токсикоза, ни слабости! Я делала свою работу, общалась со всякими бизнес-говнюками, но жила только одним — я добилась самого главного! Добилась!

Мое настроение с каждым днем становилось все лучше и лучше. К врачу я ходила не часто, УЗИ подтвердило, что у меня будет сын. В том, что я беременна мальчиком, у меня не имелось сомнений и раньше. Маму о своем положении я поставила в курс практически сразу, как узнала сама.

— Господи! А отец-то кто? — воскликнула она.

— В этот раз гарантирую, что хороший человек! Очень хороший! Самый хороший!

— Леня твой болезный?

— А кто же еще?

— Когда же вы успели?! Он-то знает?

— Пока нет, а потом посмотрю, говорить или нет...

— Как же это так?! — Мама пришла в полное недоумение. — Ведь ты же сама сказала, что он хороший и даже лучший в мире! Как же так...

— Все верно, мама. Только он мне теперь больше не нужен! Даже самый лучший! Так, оказалось, бывает. И я ему тоже не нужна!

— Так ты же его спасла, дочка! Как же так — теперь не нужна?

— А он, мама, можешь быть спокойна, ежели, не дай бог, со мной что-нибудь случится, то и кровь мне свою отдаст, и почку подарит. Я уверена. Но жить нам вместе не судьба.

— А ребенок что? Опять безотцовщина будет? С бабкой одной, а мать — всегда на работе. Дашка вот уже в который раз про отца спрашивает. Пока перевожу разговор, а что дальше делать?

— Про Дашу не знаю, честно говорю. А новенького я от Лени скрывать не стану. Зачем, с какой стати? Буду только счастлива, если он примет участие в воспитании.

Тут мне самой пришла в голову мысль о сюрпризе. Я твердо решила, что договорюсь с Олей, чтобы они с Леней, а еще лучше и с их мамой, приехали к моим родам или сразу после них. Но зачем я приглашаю и почему высылаю билеты, не говорить. Несмотря на все Ленино сопротивление, один конкретный раз он мне отказать не сможет, тем более что я перестала его дергать и не просила даже исполнять данное мне обещание иногда прилетать на выходные.

Прошло совсем немного времени до того дня, когда я позвонила Аркадию Аркадьевичу Шевчуку с просьбой дать мне совет...

КОСМОНАВТ
и не только

Космонавт пришел ко мне в коттедж уже на второй день моего пребывания на Кануе. Я поднялась в шесть утра и, чтобы не валяться просто так без сна в постели, решила сделать гимнастику и искупаться. После купания я часок погуляла вдоль берега и только после этого позавтракала в нашей «поселковой» столовой. Мой организм еще не перестроился на дальневосточное время, и основным сигналом ко сну для него являлся прием пищи. Я проглотила на завтрак острый тайский «Том Ям» с креветками, и, едва он осел в желудке, мозг начал отключаться. Сопротивляться незачем. Я пошла к себе и, не раздеваясь, плюхнулась на кровать. В этот момент кто-то энергично постучал. Пришлось встать и открыть дверь. Ко мне явилась целая делегация: огромный стриженный наголо мужчина лет сорока, чрезвычайно беременная крашеная блондинка модельного роста и маленькая кривоногая китаянка неопределенного возраста. Я сразу подумала, что эта восточная женщина — не тайка: уж больно белая была у нее кожа.

— Здравствуйте! — поприветствовала я странных визитеров. — Вы ко мне?

— Здравствуйте! — ответил мужчина. — Я Космонавт!

— Сириус? — пошутила я.

— Нет, — не понял шутки Космонавт. — Не Сириус! Я — Леха. Алексей.

Я кивнула.

— Много слышала о вас от Аркадия Аркадьевича! Но, может, вы пройдете? И дам своих мне представьте.

— А чего их представлять? — пожал плечами Алексей, проследовав в мою маленькую гостиную в сопровождении длинноногой фифы и китаянки.

Мы расположились в плетеных креслах вокруг маленького резного столика. Девица шепнула что-то типа «здрас-сьте», китаянка только кивнула и сразу спрятала глаза, что было ей совсем нетрудно сделать.

— Я к вам пришел по поручению Аркадия Аркадьевича. Он мне велел, чтобы я все вам тут показал и приглядел за вами. — Он покосился на беременную блондинку. — Я тут за всеми приглядываю...

— Спасибо, Алексей, большое! Но я, извините, не все! За мной можно не приглядывать, я девушка вполне самостоятельная. Еще раз благодарю вас.

Алексей недоуменно посмотрел на меня, но, вместо того чтобы признать разговор законченным, решил чуть изменить тему.

— Эти вот у меня в бунгало живут. Я купил его два года назад у немца. У него еще три бунгалы осталось. Он их сдает. Она вот, — он кивнул в сторону блондинки, — Маша. Тупицына ее фамилия, подруга одного моего приятеля из Саратова. Он — бывший боксер, а теперь зерном торгует. Они еще не поженились — он со старой своей никак не разберется. Но эта... Маша у него уже больше года. И вот, — он ткнул пальцем в Машин живот, — такое у них случилось. А в Саратове у них сейчас неспокойно — с чеченцами элеватор делят. Вот он ко мне ее и снарядил, от греха подальше...

Маша отвернулась, на лице ее лежала печать недовольства и обиды. Было понятно, что это и есть ее нормальное состояние. Космонавт тем временем перешел к представлению второй дамы:

— А эту я здесь для нее нашел. Она, типа, акушерка, но не из местных, а как-то из Китая попала. Немного русский понимает. Это меня друг из Саратова просил, чтобы чего не вышло, чтобы я для Машки какую-нибудь русскую нанял. Где я тебе ее найду, думаю? А вот, подвернулась. А как ее зовут, не разберешь. Вот скажи нам, как тебя зовут, — обратился он к китаянке.

Та, не поворачивая головы, издала несколько странных носоглоточных звуков.

— Я же говорил! — победно воскликнул Космонавт. — О чем отец с матерью думали, когда ее называли? Небось саке своего упились на радостях, что чудо такое выродили!

— Саке — японэ-ская во-ды-ка! — не выдержала китаянка. — Саке в Урумуч не пи-ют!

— Короче! Саке — не саке! Урумуч — не Урумуч! Василиса она у меня теперь называется! Правильно, Василиса? Василиса за Машкой хвостом ходит. А за деньги чего и не ходить? Что молчишь, Василиса? Правильно я говорю?

Обе мои гостьи сидели с одинаковым обиженным выражением на абсолютно разных лицах и смотрели каждая в свою стену. Я Алексея не перебивала, а он продолжал:

— Я же говорю, мы рядом живем, а сюда я ее вожу на процедуру — она тут дышит чем-то и пятки ей трут. За такие деньги, скажу честно, могла бы и сама себе все ноги растереть, но не мое дело. Это дело приятеля моего саратовского. В Саратове пятки тереть еще в пять раз дороже, говорит. А она привыкла. Он платит, а мне только развлечение. Я, пока ее трут, на берегу супчик ем и музыку вот слушаю, — он протянул мне маленькие наушники с длинным проводом, тянущимся к сумке у него на поясе. — Послушайте — Гималайская опера!

Я осторожно взяла их и приложила к ушам.

— Не слушай! — капризным тоном обратилась ко мне Маша. — Ребенка выкинешь!

Уж такими-то советами я точно пренебрегаю. Алексей с блаженным выражением на лице нажал на кнопку, и... я поняла, что Машино предупреждение, как ни удивительно, было разумным и гуманным. Дикая какофония звуков ворвалась в мой мозг. Помимо хриплого стона какой-то явно треснувшей во многих местах трубы, кто-то терзал натянутую жилу и бил в несколько барабанов сразу. Жуткий визгливый голос перекрывал временами стоны музыкальных инструментов. Какого пола исполнитель, я понять не могла. Но единственное, что пришло мне по его поводу в голову, это то, что трусов эта звезда вокала не носил никогда!

Я освободилась от наушников и протянула их владельцу:

— Спасибо большое! Это очень интересно, но я возьму это у вас в другой раз и специально выделю время, чтобы полностью сосредоточиться на этом... гм... произведении.

Космонавт сиял.

— Вы слышали тот фрагмент оперы, где вселенская мудрость высвобождается из царства хаоса!

— Это впечатлило! — не соврала я.

— Я хочу вас пригласить сегодня на ужин! У нас праздник!

— Какой?

— День рождения друга нашего приятеля.

— А я здесь при чем? Это даже неудобно — приходить к незнакомому человеку на день рождения.

— Это очень удобно! Мы здесь всегда так делаем! Приходите, пожалуйста! Мы вам многое здесь объясним, что тут и как. Жизни тайской местной научим. Вы же тут надолго!

А и впрямь, подумала я, пойду! Ничем я особенно не занята. Посмотрю на местную богему.

— Хорошо! Ваш друг любит хорошее виски? Я привезла на всякий случай несколько бутылок «Бомо». Ему бутылка семнадцатилетнего «Бомо» в качестве подарка пойдет?

— То, что надо! Лучше б чего подешевле, конечно. Ему, наверное, все равно, чем блевать. Так что это лучше, чем надо!

— Хорошо. Спасибо. Рассказывайте, куда идти.

Вечером я, прихватив бутылку, направилась в бунгало к Космонавту. Там к восьми часам вечера собралась весьма забавная компания. Плюс к уже виденным мной персонажам появились еще одна девица и смурной немец. Это и был владелец тех самых бунгало, расположенных на стометровом участке пляжа. В одном из них он жил, одно сдавал каким-то своим соплеменникам — сорокалетней чинной семейной паре с тремя белобрысыми детишками, — а в третьем проживала молодая российская актриса, которую я видела в паре паршивеньких спектаклей и в одном каком-то новорусском боевике. Но сама она играла неплохо, кроме того, весьма профессионально пела и аккомпанировала себе на гитаре. Звали девушку Женей, и, как выяснилось, она уже полгода жила на Кануе, куда приехала по приглашению самого Космонавта.

Алексей на каком-то этапе своей кануйской жизни пришел к выводу, что для продолжения изысканий в эзотерическом искусстве ему необходимо участие профессионалов в области музицирования и звукозаписи. Он вспомнил, что у него есть друг — Виктор, муж этой самой Жени. Виктор пел, играл на куче инструментов, руководил собственным весьма известным ансамблем и звукозаписывающей студией. Космонавт хотел, чтобы Виктор порекомендовал ему человека, который помог бы разобраться со всей привезенной на Кануй аппаратурой, и еще кого-нибудь, промышляющего композиторством и аранжировкой. Эти двое должны были поселиться в бунгало, только что купленном Космонавтом у немца, и творить «нетленку» под чутким руководством Алексея. Однако, когда Космонавт позвонил другу в Москву, того дома не оказалось. Трубку взяла Женя и весело сообщила, что они только что развелись и Виктор уехал куда-то со своей новой избранницей, а она, Женя, сидит дома без всякого дела в ожидании новых театральных постановок и предложений от телевизионщиков. Узнав, зачем Алексей звонит бывшему мужу, она заявила Космонавту, что владеет всеми необходимыми творческими и техническими навыками и может на пару месяцев приехать к нему, если он обеспечит ее проживанием и билетами. Наивный Космонавт радостно согласился и через три дня, полный надежд, встречал Женю в аэропорту. Девушка уже в самолете изрядно накачалась спиртным. Поэтому, когда по приезде домой Алексей предложил ей немедленно приступить к разборке ящиков с аппаратурой и изучению содержимого, нежное создание матерно высказалось в том духе, что Космонавт «тут уже совсем охренел на свежем воздухе» и что все переносится на завтра. Утром Космонавт с ужасом обнаружил Женю топлесс, возвращающуюся из соседнего бунгало с большим пакетиком сушеной травы в руках.

— Что это еще такое?! — воскликнул Алексей. — Брось эту гадость! Быстро завтракать, и приступаем к работе.

— Леша! Я же сказала еще вчера, ты — ох...! Сегодня, Космонавт, мы лети-и-им к звездам, блин! В астра-а-ал! Ра-а-бо-о-та — завтра!

И пошло-поехало! Каждое утро Женя купалась голая в океане. Потом надевала трусы и шла к немцу курить дурь. Днем она отсыпалась. Вечером немец приходил в бунгало к Космонавту, и они выпивали то, что немец приносил, а потом Женя немца выпроваживала. Про работу Алексей уже и не заикался. Сложившаяся ситуация не нравилась никому, кроме Жени. Немец наивно предполагал, что Космонавт с Женей живет, извиняюсь за грубое выражение, половой жизнью, а Леша считал, что если она так нравится немцу, то пусть он ее забирает к себе и делает с ней там что хочет. Жене все было по фигу. Однако переезжать к немцу она не хотела, так как не желала становиться, как она выразилась, «объектом его разнузданных страстей». В итоге все решилось как нельзя лучше для всех, кроме немца. Космонавт ненадолго, пока ему не прислали Машу, остался в гордом одиночестве, Женя получила в свое распоряжение отдельное бунгало, немец же допускался исключительно для совместного «обубыривания» травой и периодического пьянства у Космонавта. Его попытки заслужить любовь юной актрисы были пока совершенно безуспешными. И в будущем, похоже, он шансов не имел. Эту ситуацию и ее предысторию я восстановила из рассказов самих ее участников, но это было уже позднее.

Женя была в тот вечер в более или менее вменяемом состоянии. Она являлась всеобщим центром внимания, исполняя под гитару романсы, а заодно и кое-что из старого репертуара моего папы. Она, конечно, не понимала, что будит во мне странные ассоциации из моего теперь уже совсем нереального прошлого. Ничего не понимающий по-русски немец млел и смотрел на тетю с обожанием и тоской.

— Бедный ты, бедный! — жалел его периодически Космонавт и, по-видимому, чтобы утешить, добавлял, используя все свои познания в английском языке: — Рашн артист вери лесбиян!

Маша с Василисой имели на лицах обычное для себя обиженное выражение, но вроде в глубине души были довольны этим времяпрепровождением.

Все, кроме нас с Машей и китаянки Василисы, уже изрядно выпили, когда я все-таки поинтересовалась, кто у нас сегодня именинник и кому дарить бутылку.

— О! — вскричал Космонавт и ткнул немца пальцем в грудь. — Леонард! Ты же нам обещал, что мы едем поздравлять Тао. Почему мы еще тут?

Немец, понявший из всего только свое имя и имя Тао, закивал и посмотрел на часы.

— Oh! I forgot about!.. Now is a little later...[1] — заволновался было он, но, поймав удивленный взгляд предмета своего обожания, вскочил на ноги — But it's OK! Let's take my car and will go! It's half an hour drive only![2]

— Так что, именинник не здесь? — закономерно удивилась я.

— Нет, конечно, — ответил радостно Космонавт. — Именинник — Большой Тао! Он глава местной мафии! Здесь, на острове, его мафия все контролирует!

— Я как-то к мафиози не очень отношусь, — честно призналась я.

— Да мы же не вступать к ним в мафию едем! Мы просто поздравим пожилого человека с праздником, познакомимся. Вот Леонард говорит, что у него интересно там, даже зоопарк свой есть.

— Не поеду я ни к какому Тао! — заявила Маша. — К тому же он выпил, а теперь за руль садится! — Она с негодованием махнула головой в сторону Леонарда.

— Я тоже могу вести машину, если надо, — предложила я свои услуги.

---

[1] Я забыл об этом!.. Сейчас немного поздно... (*англ.*)

[2] Но все в порядке! Я только схожу взять свою машину, и поедем! Отсюда только полчаса езды! (*англ.*)

— А это как же? — Космонавт показал на мой живот.

— Ничего, — вступила в беседу Женя. — Пузико втянет и тихонечко поедет. Все лучше, чем этот... — Взглянув на своего немца, она внезапно зашлась безумным смехом. — Чем этот... недоделанный!

— А я все равно не поеду! — Маша, видимо, хотела, чтобы ее упрашивали.

Упрашивать Машу никто не стал, и ей ничего не оставалось, как и впрямь остаться.

— Мы с ней, — она кивнула в сторону китаянки, — останемся сериал смотреть.

Мы пожелали им приятного просмотра и вышли на улицу. Я села за руль маленького джипа, принадлежащего Леонарду, и, следуя указаниям хозяина машины, поехала по темному шоссе в глубь острова. Я знала, что заканчивается эта дорога въездом на объект противовоздушной обороны. База ПВО занимала всю центральную часть острова и была отгорожена по всему периметру высоким забором с колючей проволокой. Единственный чек-пост тщательно охранялся вооруженными до зубов спецназовцами. Но, как объяснил Леонард, не доезжая чек-поста, мы свернем и почти сразу достигнем пункта нашего назначения. Я представляла, что мы приедем сейчас на пиршество, подобное тем, что всем нам приходилось видеть в боевиках о гонконгских и прочих дальневосточных бандитах. Я даже представляла себе холодные усмешки главных бандитов, мрачные и бесстрастные лица непосредственных исполнителей преступлений и кукольные мордашки наряженных в кимоно мафиозных жен. Но мои ожидания никак не соответствовали представшей пред нами вскоре реальности.

Проехав двадцать километров по узкому асфальтовому шоссе, мы свернули на проходящую прямо через лес грунтовую дорогу. Нас окружала кромешная тьма, в которой шевелился, сипел и подвывал тропический животный мир. Ехать пришлось очень медленно. Через десять минут мы остановились на маленькой, покрытой красной кирпичной крошкой площадке. Никакого света, кроме света наших фар, не было и в помине. В некотором удалении угадывались очертания неказистой двухэтажной хибары, собранной из неровных бревен и кусков фанеры. Крыша здания была покрыта сухими пальмовыми листьями. Не выключая мотора, в свете собственных фар, мы направились к убогому строению. Когда мы подошли, у входа засветился огонек. Нас встретил сонный паренек лет шестнадцати, босой и весь какой-то замурзанный. На чрезвычайно корявом, но все же вполне понятном английском он сказал, что Большой господин Тао ничего не справляет и совсем недавно пошел спать. Я чувствовала себя крайне неудобно и пробормотала, что мы, мол, приедем как-нибудь в другой раз, а теперь пусть пожилой человек отдыхает, и, протянув сверток со своей бутылкой, попросила мальчика передать хозяину наш подарок и наилучшие пожелания, когда тот проснется. В этот момент наверху послышалось кряхтение и шарканье — по хлипкой деревянной лестнице к нам спускался очень худощавый и очень пожилой человек. Одет он был в старую линялую майку, шорты и шлепанцы с перепонкой. Увидев старого Тао, Леонард радостно залопотал на смеси английского с тайским. Немец уже много лет жил на Кануе и знал довольно много тайских слов, иногда он даже составлял из них несложные фразы. Тао общался с нами через все того же мальчика, встретившего нас внизу.

— Большой господин Тао приветствует своих гостей и приглашает всех сесть на веранде. Большой господин Тао извиняется, что не подготовился к приходу гостей, потому что гости сделали ему очень сюрприз.

Веранда начиналась прямо у крыльца. Здесь стояло несколько белых пластмассовых стульев и старый рассохшийся деревянный стол. Мы расселись. Лично я чувствовала себя ужасно. Лица Тао и его или слуги, или родственника, или, может быть, местного юного консельери, были усталыми и унылыми. Тао пробормотал что-то вроде благодарности за врученный ему подарок и послал молодого человека к покрытому пятнами ржавчины холодильнику-ветерану, стоящему тут же и прикрытому от непогоды лишь козырьком из тех же пальмовых листьев. На столе появился лед в пластиковой миске, резанный на кружки ананас и разномастные умеренной чистоты стаканы.

— Большой господин Тао никогда не празднует свои дни рождения, — еще больше поднял нам настроение паренек. — По нашей уважаемой местной традиции, день рождения — это очень горестный день, мы еще больше приближаемся к смерти. Поэтому Большой господин Тао сегодня очень печальный!

Мы с Женей уже примерно с одинаковым негодованием смотрели в сторону немца, на веснушчатом лице которого застыла идиотская пьяная улыбка. Лицо Космонавта закрывала тень, и его реакция на происходящее была непонятна.

— А еще, — не унимался юноша. — В позапрошлом году у Большого господина Тао в этот день умерла любимая жена, госпожа Линя, поэтому в этот траурный день Большой господин Тао обычно не принимает никого.

Наступило всеобщее унылое молчание. Потом старик снова заговорил. Судя по переводу, он все-таки хотел нас успокоить.

— Большой господин Тао говорит, что понимает: у иностранцев могут быть другие порядки, и поэтому он только благодарит вас за то, что вы в этот ужасный день сделали веселый сюрприз, чтобы разделить его горе. Только Большой господин Тао, наверное, не будет пить, так как он пьет только один крепкий напиток — виски с шотландского острова Айло, называется «Бомо».

Я чуть не вскрикнула от удивления. Действительно, жиденькие брови старика полезли на лоб, когда бутылка была развернута. Похоже, я случайно спасла ситуацию. Старик сам разлил напиток по заляпанным стаканам и продолжил говорить своим тихим голосом. Похоже, речь его перешла в тост.

— Большой господин Тао говорит, что он убил очень много людей, чтобы вам хорошо и комфортно отдыхать на этом острове. И ему очень приятно, что вы угадали, какой напиток ему понравится. Наверное, это беременная девушка угадала. Большой господин Тао так думает и благодарит. Поэтому Большой господин Тао говорит вам, что вы его друзья, и если вдруг с вами здесь будет кто-то невежливым и вообще куда-то вас не пустит или обидит, то вы скажите, что вы друзья Большого господина Тао, и они больше никогда так не будут... Или не будут вообще... Поэтому мы все сейчас, кроме девушки с животом, выпьем виски «Бомо», чтобы Большому господину Тао не так грустно было праздновать этот ужасный день. Потом вы поедете домой, а Большой господин Тао хочет сегодня перед сном еще много плакать.

Все, кроме меня, выпили и закусили ананасом. Старый таец опять что-то произнес.

— Большой господин Тао говорит беременной девушке, что он знает: мальчик будет, как он, зваться — Тао, а девочка — Линя.

— У меня же не двойня! — похлопала я себя легонько по животу.

При этом про себя я подумала, что вряд ли Тао — это именно то имя, которое я дам своему сыну.

— Большой господин Тао так говорит: мальчик Тао и девочка Линя, — был мне ответ.

Я не удержалась и, пользуясь тем, что кроме нас с Космонавтом и Женей по-русски никто не понимает, высказалась в том духе, что нам лучше всего уехать и не донимать несчастного, слабого на голову старика.

Леонард, разумеется, сказанного не понял и, покосившись на Женю, вставил что-то про осмотр зоопарка. Тао понял и ответил через мальчика:

— Большой господин Тао очень любит животных своего зоопарка. У зверей есть ласковая нежная душа, считает Большой господин Тао. Он не только не ест мяса, но даже не может представить, как можно нарушить ночью покой, например, кролика. Большой господин Тао полагает, что это жестоко, не давать зверям спать. Поэтому он просит приезжать смотреть его зверей днем.

Как бы в подтверждение этих слов где-то невдалеке то ли всхрапнул, то ли рыкнул утробным басом кто-то из «нежных кроликов» Большого господина Тао. Еще несколько ласковых соседей беспокойного зверька протяжно и жутко завыли.

МАША
и не только

Через два дня в девять часов я направилась в клинику, где мне предстояло рожать. Это небольшое медицинское заведение находилось примерно в десяти километрах от нашего поселка и состояло из двух процедурных кабинетов, операционной, трех одноместных палат и кухни. Так же, разумеется, там имелось несколько малюсеньких комнаток для нужд персонала и прачечная, но это все, как обычно, скрыто от глаз пациентов. Очередей здесь никогда не было, но иногда приходилось задержаться после приема, чтобы дождаться результатов какого-нибудь экспресс-анализа или УЗИ. Для этого случая была предназначена веранда, где можно было выпить чаю, сока или даже съесть тарелку огненного супа «Том Ям».

Не было никакой проблемы вызвать такси, но мне захотелось несколько дней покататься по острову самой. Я осознавала, что еще через неделю мое пузо просто упрется в руль и самостоятельные поездки станут невозможны, а потом вообще будет не до просмотра достопримечательностей. Получить в аренду удалось только малюсенькую «Судзуки». Больше, собственно, у нас в поселке взять было нечего, но для местных условий и это было отлично. Ни о каких пробках речи не было, и кондиционер отлично заменялся открытыми настежь окнами.

На прием я попала сразу. Врач оказался очень симпатичным и обходительным, но не тайцем, правда, а индусом по имени Харикумар. В самом начале приема он дал мне свою визитную карточку и велел в случае малейших проблем звонить ему в любое время суток. И он, и акушерки живут совсем рядом от клиники. Кроме того, имеется специально оборудованный микроавтобус с водителем, поэтому, в случае необходимости, от моего звонка до нашей встречи в клинике пройдет не более двадцати минут. Как я и ожидала, доктор подтвердил, что у меня все идет как нельзя лучше. Тем не менее мне пришлось сдать на анализ кровь и пописать в банку. После этого я прошла на веранду, чтобы, перед тем как сесть в машину, съесть острого тайского супа. Предполагая, что мне предстоит сдавать кровь, я не завтракала и была голодна.

Сделав заказ, я села в плетеное кресло возле единственного столика и приготовилась подождать несколько минут. Но как только я села, из дверей процедурной комнаты выплыла Маша. Увидев меня, она сменила на своем лице обычное надутое выражение на некое подобие улыбки, столь кислой, что в голове моей возникла только одна мысль: «И как же это тебя с такой рожей трахают, милая?!»

Мы поздоровались, и Маша присела рядом.

— Ты здесь что-то заказала, что ли? — спросила она меня.

— «Том Ям» с креветками.

— Как ты можешь есть эту гадость? — скривилась она.

— С удовольствием!

— Я из жидкого мамин борщ только люблю. Чтобы жирный и со свининой. А острого мы вообще ничего не едим. Это для желудка вредно.

— Кто тебе это сказал?

— Это все знают. Тут и говорить нечего!

— А тайцы только острое едят, и вроде ничего, здоровы, — возразила я.

— Да что с них взять! Они вообще не люди, а обезьяны какие-то! И по-русски не говорят! Тупые! Вот Василиса хоть как-то по-нашему понимает. Хотя тоже косоглазая.

Если бы не заказанный уже суп, я бы, конечно, сбежала от этой дуры. Но очень хотелось есть. Я надеялась, что она все-таки заткнется или вообще уйдет, но она не двигалась с места.

— Посмотри, какое я кольцо в Бангкоке купила!

Я посмотрела на повернутое ко мне широкое и безвкусное кольцо с огромными сапфирами, синим и желтым, окруженными доброй дюжиной бриллиантов.

— Роскошно, но, честно говоря, я видела здесь вещи более изящные.

«Ну теперь уж точно надуется и свалит», — подумала я. Но Маша, вместо того чтобы обидеться на упрек в безвкусице, только тяжело вздохнула.

— Да, ты права, там классные вещи были. Но эти булыжники дороже.

— Ты же не доллары себе на палец надеваешь. Если красивое дешевле, так это только лучше! Я так думаю.

— Ничего ты не понимаешь, — опять вздохнула Маша. — Ты на свои бабки живешь, а я должна моему дорого обходиться, понимаешь?

— Нет, не понимаю...

— Ну чтоб он не подумал, что я дешевка, что он со мной только для того, чтобы на блядей по пятницам не тратиться! Это у них между собой даже заведено так хвастаться, типа: «А меня моя с-сука опять на штуку грина выставила!» Сам сукой обзывает, а видно, что гордится!

— Красивая жизнь!

— Меня всему моя старшая сестра учила, Лидка. Она у нас в семье самая толковая. На экономике учится. Так она мне так говорила: «Ты, Машка, должна так считать — подели, сколько он за месяц, скажем, на тебя потратил и сколько раз вы за это время трахнулись. В среднем на сегодняшний день каждый трах должен стоить никак не меньше ста баксов. Это сегодня! А дальше, Машка, следи за инфляцией! Продешевишь — и пошлет он тебя подальше, как последнюю дешевку!»

— Хорошая у тебя сестра!

— Хорошая! Выше меня, ноги от ушей, а сиськи не меньше твоих будут! Модель!

— То есть у тебя это дело, — я показала жестом, какое именно «дело», — только через товарно-денежные отношения осуществляется?

— А то! — в Машином тоне прозвучала гордость. — Правда, — она хихикнула, — я один раз сама платила!

— Ему же? Твоему? Сдачу, что ли, вернула?

— Да ты что! — она почему-то перешла на шепот. — Хрен он от меня когда копейку назад получит! Нет! Я однажды на себя негритенка затащила!

— Зачем?

— Не понимаешь, что ли? Интересно мне стало. Про них же всякое рассказывают! А тут мы в прошлом году с моим на Маврикий поехали, типа, отдыхать. Я там, кстати, как раз и залетела сдуру. Сказала ему, идиотка, чтоб по-быстрому меня к кому надо отправил, а он вдруг: «Будешь рожать — и все тут! Наследника хочу! Родишь мне, блин, пацана — лимон на твой счет задвину!» Ну за лимон так можно и ежа родить! Мне в Саратове еще одна бабка опытная сказала, вроде парень будет. Говорят, знающая старуха. Но ничего, если что, я и за девку с него тоже по полной сдеру. Я цепкая — меня не нае...! Пацан сказал — пацан ответит! Но это уже я так тебе рассказываю, для общего развития!

— За развитие спасибо! — попыталась было я пошутить.

— Не перебивай! Вот! Тогда, на Маврикий этот, с моим еще два пацана из ихней тусовки поехали, но они без телок. То ли бабок на своих пожалели, то ли захотели местных шоколадок попробовать. Хрен их разберет!

Ну мой-то с ними днем квасил все время, а мне чего делать? То под пальмой загораю, то в номере кино смотрю — я туда полчемодана дисков с сериалами приперла. А выпивку и закуску по всему пляжу негритенок носил. Лет семнадцать-восемнадцать, наверное, ему было. Черный, но симпатичный такой, и кожа гладкая, и попа упругая — что надо! Забитый только какой-то. Ну мой, в общем, в очередной раз пошел квасить и пулю писать, а я и думаю — а что бы мне разок не попробовать! Один раз живем! Ловлю этого черного пацана прямо с подносом и показываю: иди, дескать, за мной в номер. Он, понятно, бежит, по дороге кланяется: «Йес, сэр! Вот ду ю вонт, сэр?» Ну думаю, сейчас покажу тебе, чего я вонт! Сэра себе нашел, обезьяна недоделанная! Привожу его в номер, сую десять баксов — меньше у меня не было, а больше — куда ему! Раздеваюсь, ложусь в кровать и говорю: «Давай, давай — гоу!» Он к дверям от меня бежит, идиот. Решил, дурак, что «гоу» — это, мол, уматывай, означает. Я за ним. Стоп, говорю! Он стоит, весь от страха трясется. Пока я с него шорты стянула, думала, он от страха помрет. Штука у него нормальная была, здоровая, хотя и ничего особенного. Но от страха, ясное дело, не стоит. Ну в этом я кой-чего понимаю — проблему решила — заторчал. В общем, натягиваю на него гондон и в постель заваливаю. Ноги свои ему на плечи кладу и подушку себе под задницу, чтобы в перину не проваливаться. А он до меня, наверное, только овец ебал. Дрыгается, как баран, — тупо и бестолково. Еще хуже, чем мой! Да еще причитает все время: «Сэнк ю, сэр! Экскьюз ми, сэр!» Чувствую, что сейчас или ржать начну, или в морду ему ногой дам. Переворачиваюсь, становлюсь раком и командую: «Финиш! Финиш!» Дескать, давай заталкивай и кончай скорей — все равно толку никакого! А он, видать, возбудился наконец. Так засунул, что у меня аж искры из глаз посыпались! Чуть яичники из ушей не вылетели. Кричу ему: «Совсем охренел, что ли, пидор черножопый?» Забыла, что он по-русски не понимает ни хрена, мудило. Ну, он тут завыл: «Ай эм сори, сэр! Соу сори, сэр!» — и кончил. Гондон порвался на фиг, а из меня еще потом полстакана вылилось. Он, видать, полгода копил. Я, честно говоря, как обрывки резинки этой увидела, так от страху чуть не померла. Сама знаешь — Африка, СПИД, малярия и прочая тряхомудия! Как приехала в Саратов, так проверяться побежала. Ну, слава богу, пронесло! Только ты никому! Ладно? А то мой узнает — убьет! За ним не заржавеет! Кстати! У меня к тебе вопрос.

— Ну?

— Ты не знаешь — у этих тайцев всех и вправду пиписьки маленькие?

Не получив от меня ответа, она вдруг нахмурилась, и на кукольном личике появилось встревоженное выражение. Явно в ее маленькой белобрысой головке зашевелилась какая-то тревожная мысль.

— Только ты точно про негритенка никому не расскажешь? Обещаешь?

— Точно, — успокоила я ее. — Да и некому мне рассказывать.

За ней приехало такси, и, чуть успокоившись после моих заверений о полной конфиденциальности нашей беседы, Маша умчалась. Мне принесли суп, и, только справившись с приступом голода, я наконец захохотала, представив себе несчастного африканского мальчика, нарвавшегося на любопытную Машу.

Позавтракав, я села в машину и поехала домой. Думая о своем, я проскочила поворот и оказалась на том самом шоссе, которое вело ко въезду на военную базу. Внезапно я решила не разворачиваться и ради смеха проверить утверждение старика Тао о том, что для человека, назвавшегося его другом, на этом острове нет ни границ, ни ограничений. Разумеется, мне было очевидно, что это все ерунда и тихий, безвредный старичок просто подвинулся рассудком от горя после смерти своей жены, причем свихнулся он настолько, что, похоже, и впрямь убедил в своем мафиозном всемогуществе несчастного Леонарда.

Не прошло и пяти минут, как я оказалась на чек-посту. Из будки ко мне вышли два здоровенных ускоглазых парня в бронежилетах и с автоматами наперевес. Затворами выразительно так щелкнули, что не по себе стало. Вежливо, но твердо один из них объяснил мне, что въезд на военную базу категорически запрещен и во избежание трагической случайности не рекомендуется даже приближаться к шлагбауму ближе чем на километр. У него был неплохой английский, и я подумала, что он офицер. Выслушав его, я извинилась и сказала, что, наверное, неправильно поняла своего друга, господина Тао, который очень рекомендовал мне полюбоваться нетронутой природой на закрытой территории. Реакция военных меня потрясла.

— Are you really friend of Mr.Tao?[1] — спросил меня офицер, уже вытягиваясь по стойке «смирно».

— Yes! I am![2] — скромно ответила я.

Он крикнул что-то по-тайски оставшимся на посту подчиненным. Все они вытянулись передо мной, приложив ладони к беретам. Шлагбаум открылся.

— You are very welcome, madam! Any time, madam![3]

На территории военной базы никаких строений, кроме одиноко стоящего на верхушке холма локатора, не было. Зато было несколько чистейших, никем не тронутых ручьев и не меньше десятка маленьких, переливающихся на солнце всеми цветами радуги водопадов.

---

[1] Вы действительно друг господина Тао? (англ.)

[2] Да, конечно! (англ.)

[3] Добро пожаловать, мадам! В любое время, мадам! (англ.)

МАЛЕНЬКИЙ ТАО
и только он

Мои телефонные разговоры с офисом длились не меньше двух часов в день. Как я и обещала, декретный отпуск оставался для меня весьма условным. Конечно, военных поставок я лично почти не касалась, но была в курсе происходящего. Несколько раз я говорила с Семеном и с Лалитом. Семен звонил из Германии, и мне было хорошо его слышно. Он сообщил, что в Эфиопии готовится большой контракт на модернизацию «МиГ-23» и на создание ремонтного предприятия для милевских вертолетов, эксплуатируемых на родине кофе. По тону Семена я почувствовала, что между ним и московским офисом имеется какое-то напряжение. Лалит элегантно притворялся, что звонит исключительно поинтересоваться моим самочувствием, но в разговоре упомянул, что уже видит первые результаты решения нами его проблем и надеется на скорый совместный контракт с одним из ближневосточных государств. Что же касается торговли индийским чаем, то, как я и надеялась, вопреки ожиданиям Черткова, нам удалось вклиниться в российский рынок, и я даже рискнула вложить изрядную часть своих личных денег в небольшую чаеразвесочную фабрику. Чертков не возражал, чтобы я поставила там директором Ирину. По крайней мере, на текущий момент лучшей кандидатуры я не видела, так что нужно было искать нового секретаря и дополнительных сотрудников для работы с оптовыми покупателями и таможней. Как могла, я занималась этой проблемой на расстоянии. Не реже раза в неделю я получала экспресс-почтой документы, которые приходилось подписывать, но все серьезные решения я переносила на время своего возвращения в Москву.

Как-то вдруг я осознала, что, хотя я и не прекращаю работать, это уже не воспринимается мной как средство выживания. Во времена торговли компьютерами от каждой сделки зависело мое дальнейшее существование. Сейчас же остался только азарт. Я не знала, хорошо ли это, и не понимала, сколько такое положение может продлиться.

В один из дней, вернувшись с утреннего купания, я обнаружила на скамеечке возле своего дома Семена. Оказалось, что он прилетел буквально на пару часов из Бангкока, где находился в командировке. Я бросилась к нему в объятия. Я знала, что Семен самый близкий и верный мой друг, и безумно соскучилась по нему. Нельзя сказать, что я совсем забыла его холодность и нежелание стать моим любовником, но после встречи с Леней и беременности я уже была ему за это благодарна. Семен выглядел неважно и устало — очевидно, что-то у него шло не так.

— Почему ты не предупредил меня? — спросила я. — Ты специально прилетел сюда, чтобы встретиться со мной?

Он отрицательно покачал головой.

— Нет, я проталкиваю в Бангкоке контракт на ремонт и модернизацию чешских учебных самолетов. Здесь в ВВС есть эскадрилья «Л-39», и одна из израильских фирм предложила их модернизировать: поставить современную авионику, заменить табло приборов мониторами и ввести автоматический контроль за выполнением учебных программ. Мне поручили решить пару связанных с этой сделкой деликатных проблем, и вот я в Таиланде. Вот и заглянул.

— А позвонить, по крайней мере, чтобы я была дома?

Он опять покачал головой.

— Ничего не хочу говорить по телефону!

— Настолько?

— Да, настолько! Я, конечно, поздравляю тебя с будущим пополнением и догадываюсь о том, почему в этот раз ты так счастлива. Но я предупреждаю — выводи свои деньги из бизнеса и вывози их из России!

— Честно говоря, я не понимаю твоего беспокойства. Только сейчас мы затеяли чаеразвесочное предприятие...

— Вы или ты?

— Ну... как тебе сказать...

— Дорогая моя! Я не все могу сказать, но поверь мне, что ты оказалась в том бизнесе, где, конечно, при известном везении, можно стяжать миллиарды, но можно и потерять голову. Большинство, скажу честно, теряет голову...

— То есть ты предлагаешь мне выйти из нового бизнеса?

— Без резких движений, постепенно.

— А чаеразвесочная фабрика?

— Я считаю, что этот бизнес неотделим от всего прочего. Чай тебе поставляет Гупта. Для него это такое же прикрытие истинной деятельности, как и для Игоря. Если ты станешь лишней, ты не вернешь ни копейки. Да чаеразвесочная фабрика твоя не будет стоить и ломаного гроша без демпинговых поставок Гупты! Ведь он даже не стремится зарабатывать на этом товаре. У него другой бизнес. А тот, кто живет чаем, никогда не даст такую цену.

Слушать все это было тревожно и неприятно.

— Я с тобой в свое время договаривался, что твои деньги — это кредит, который мы возвращаем назад после каждой сделки. Ничего не изменилось? Вы не меняли этой договоренности с Чертковым?

— Сейчас я уже не в состоянии так тщательно отслеживать ситуацию. Но дела идут так хорошо, что пусть деньги крутятся...

— Крутятся?! — раздраженно воскликнул Семен. — Если они крутятся, то ты их никогда не увидишь!

— Так это же общий бизнес! — возразила я. — Мне что, никому не верить?

— У меня была знакомая старушка. Профессорша. Жила она в коммуналке на Котельнической набережной и владела семью иностранными языками. Звали ее Эмилия Михайловна. Так вот, она всегда говорила мне: «Сеня! В наше время нельзя верить даже собственной жопе! Ты думаешь, что она п..., а она уже давно с...!»

— И что?

— Только спустя годы, дорогая моя, я понял, насколько Эмилия Михайловна была права!

Я пожала плечами и постаралась не выдать Семену своего смятения. Мы пообедали морепродуктами в нашем маленьком поселковом ресторане, и я повезла его в аэропорт.

— Я не мог объяснить тебе ничего больше, — сказал Семен на прощание, — но помни всегда, что грош цена богатству, которое требует жертв и риска для твоей семьи!

Я кивнула и крепко пожала руку человеку, с которым, казалось бы, совсем недавно трахалась ночь напролет. Какое счастье, что он остался моим другом! Несмотря на возникшее после этого визита тревожное ощущение, я не стала пока ничего предпринимать, потому что осознавала, что изменить свое положение в бизнесе, находясь в десяти часах полета от дома, я все равно не в состоянии. Не было другого выхода, кроме как только ждать, когда отойдут воды и начнутся схватки!

До родов оставалось порядка трех недель, когда позвонила несколько встревоженная мама и сообщила мне, что и у Даши, и у Ромы краснуха. Чувствуют они себя оба неплохо, но ни о какой поездке не может быть и речи. Я маму успокоила, сказав, что главная ее забота — это Даша, что у меня все прекрасно, а деньги могут решить здесь любые проблемы, тем более что это у меня не первые роды и я даже не волнуюсь. Зато мама обрадовала меня, сказав, что звонил Леня: у него приближаются двухнедельные пасхальные каникулы, и он хочет приехать ко мне в Москву. Как мы и договаривались, ни о моей беременности, ни о том, где я нахожусь, мама не сказала ни слова. Не сообщила она и номер моего нового мобильного телефона. Просто сказала, что сейчас я за границей и перезвоню ему сама. Мама — молодец!

За это время вокруг меня произошло несколько событий. Во-первых, Космонавт умчался на полгода в Гималаи общаться в городе Ришикеш с каким-то скурившимся гуру и изучать мелодику каких-то совершенно особых музыкальных инструментов. Во-вторых, к оставшимся жить в его доме Маше и Василисе присоединился противный китаец, работающий массажистом в одном из близлежащих отелей. Оказалось, это бывший врач, доктор Чен, в свое время заведовавший гинекологическим отделением в пекинской больнице. Василиса работала у него операционной сестрой, и они попались на криминальных абортах. Василисе удалось вывернуться и даже бежать за границу, а доктор отсидел от звонка до звонка, лишился диплома, но по выходе из тюрьмы тоже ухитрился перебраться в Таиланд. Встретились они случайно, прямо у него в кабинете, когда Василиса сопровождала Машу, пожелавшую в очередной раз сделать массаж ног. В общем, двух дней не прошло с отъезда хозяина бунгало, а жильцов у него стало уже трое. Маша заявила, что ей только спокойнее, когда у нее под боком не только акушерка, но и врач. В-третьих, в Москву отбыла Женя, получившая лестное предложение сниматься в многосерийной мыльной опере «Третий не лишний» в роли спивающейся девственницы. С ней вместе умчался и Леонард, сдавший впопыхах два бунгало каким-то мутным и явно неплатежеспособным растаманам. Перед отъездом он оставил мне доверенность и попросил в случае необходимости по его просьбе пересдать или вообще продать эту недвижимость, если для дальнейшей жизни возле обожаемой им Жени ему потребуются деньги. Не знаю, почему я вызвала у него такое доверие, но, по-видимому, других кандидатур в «душеприказчики» у Леонарда просто не было.

У меня для общения оставались только соседи по поселку, но никто из нас к дружеской близости не стремился. Мы вежливо здоровались при встрече, спрашивали друг у друга, как дела, и с улыбкой шли каждый по своим делам. Меня образовавшийся вокруг вакуум не волновал.

Я все чаще говорила со своим ребенком. Он был молчаливым, но очень внимательным слушателем, и, когда я говорила о чем-то особо важном и серьезном, он замирал внутри моего живота, не толкаясь и не пихаясь просто так, как это случалось в другое время.

— Ну что, родной! Мы с тобой уже есть друг у друга! И мы есть у бабушки, и у Даши, и даже у твоего дефективного дяди Ромы! А это значит, что мы уже все равно победили, правильно?

Живот мой чуть-чуть вздрагивал чуть повыше пупка — значит, правильно!

— Теперь у нас есть еще один шанс быть всегда с твоим папой, правильно?!

Еще один деликатный толчок.

— А если этого не получится, то все равно у тебя лучший в мире папа и по-своему неплохая мама!

Чуть более сильный — возмущенный!

— Правильно! Мама тоже лучшая!

Вот, теперь получено согласие!

— Ну, что? Пошли звонить папе! Пригласим его на день рождения!

Два восторженных толчка!

Я набрала номер и сразу услышала столь приятный мне голос. Правда, сейчас он не волновал меня, как прежде. Скорее я волновалась при мысли о подготовленном сюрпризе. Разговор наш был очень короток. Я только сказала Лене, что жду его не в Москве, а на Кануе и у него здесь будет прекрасная возможность отдохнуть, а кроме того, я приготовила для него сюрприз, о котором до самой нашей встречи не скажу. Как обычно, Леня не захотел лететь за мой счет и заверил меня, что билеты для него не проблема. Через час он перезвонил и сказал, что через неделю прилетает. Обрадованная, я положила трубку. Мой мальчик тоже недвусмысленно выразил свой восторг — ведь у него появилась прекрасная возможность в первый же день своей земной жизни увидеть сразу и маму, и папу!

За день до Лениного приезда родила Маша. Произошло это ночью. Она оказалась очень здоровой девкой — все произошло столь быстро, что Василиса с доктором Ченом приняли роды прямо в бунгало, не вызывая никого из клиники. Василиса пришла ко мне с этим известием уже наутро. По ее словам, от них только что ушел доктор Харикумар, подтвердивший, что разрешение от бремени прошло как нельзя успешно. Он высоко оценил работу китайского коллеги и сделал несколько назначений. Василиса передала мне Машину просьбу зайти вечером в бунгало ее навестить и поздравить, правда, на вопрос про пол и размер младенца не ответила, сославшись на неизвестный мне до этого якобы китайский обычай не показывать и не обсуждать новорожденного ни с кем, кроме ближайших родственников, до тех пор, пока тот не достигнет месячного возраста. Таким образом, я поняла, что посмотреть на ребенка мне так и не удастся и придется удовлетвориться общением с его идиоткой мамашей. Однако, учитывая, что и мне самой оставалось «ходить» недолго, я решила все же не отказывать соплеменнице.

Вечером я явилась в обиталище Космонавта. Обстановка мне сразу показалась странной. Несмотря на утверждения о полном и всеобщем благополучии, в огромном бунгало царила нервная суета. Василиса усадила меня в кресло перед входом, сказав, что Маша сейчас кормит и надо подождать. Меня взяло зло. Какого черта! Я что, напрашивалась сюда, чтобы мне еще ждать! Но решила пока промолчать. Чувствуя мое настроение, Василиса явно забеспокоилась и как-то очень подобострастно предложила принести мне чего-нибудь попить. Я выбрала грейпфрутовый сок, через минуту получила его и выпила почти залпом. Только проглотив, я почувствовала, что к обычной приятной грейпфрутовой горечи примешалось еще какое-то мерзкое послевкусие. Действительно, подумала я, все, что исходит от Маши с ее странной свитой, гадко и противно — от разговоров до сока. Я подождала еще минут десять и пришла к выводу, что с меня хватит. Я решила встать и уйти. Но, к ужасу своему, обнаружила, что ноги меня не слушались. Потом я почувствовала, что руки тоже мне не подчиняются. Последнее, что я помнила, — как беспокойно толкнулся в животе мой мальчик. Он понял, что происходит неладное, раньше меня.

Очнулась я в клинике. Я лежала в палате. Надо мной склонился испуганный доктор Харикумар и одна из его медсестер. Неприятно тянуло живот, в вене на левой руке торчала игла, подсоединенная к подвешенной над кроватью капельнице.

— What happened with me?[1] — едва смогла я прошептать.

---

[1] Что со мной произошло? (*англ.*)

Доктор Харикумар дрожал всем телом. Он сказал, что неизвестные привезли меня ночью в клинику в бессознательном состоянии. Двери были без особого труда взломаны, после чего они затащили меня в операционную и сделали мне кесарево сечение. Он не знает, кому и зачем это могло понадобиться, но единственное, чем он меня может успокоить, что сделано это было, судя по всему, квалифицированно. Швы наложены профессионально. Наркоз был тоже применен достаточно грамотно, притом, что сознание я потеряла, скорее всего, от приема какого-то сильного снотворного или наркотика, а может, и их комбинации. Оставили меня с капельницей, в зафиксированном состоянии. Пришедшие утром медсестры страшно перепугались и вызвали шефа. И вот он здесь. Все теперь под контролем.

— Где мой сын? — прохрипела я по-английски.

Доктор замешкался.

— У вас родился чудный, здоровый и очень красивый ребенок, — он развел руками. — Но, это, простите, девочка! Полюбуйтесь, какая чудесная!

Ко мне поднесли завернутое в простынку дитя. Я, дрожа от слабости и от волнения, приподняла голову и увидела... темненькую мордочку с явно негроидными чертами лица. И все поняла!

— Где Маша?! Вы же этого ребенка видели вчера у Маши! — захрипела я на Харикумара. — Это она родила эту девочку! Вы же знаете! Вы сговорились!

— Я ни у кого не был вчера! — затрясся еще пуще прежнего доктор. — Я не слышал ничего о том, чтобы та русская женщина рожала! Здесь ее не было, и мне никто не звонил!

Наступила полная ясность. Эта дрянь, рассказав мне свою историю с негритенком, впервые задумалась о том, кто же на самом деле будущий отец. Боясь за свою шкуру да еще надеясь получить обещанный за наследника миллион долларов, решила рожать дома со своими китайцами. Убедившись, что все случилось именно так, как она опасалась, саратовская шлюха уговорила своих подельников вырвать моего сына даже не из рук моих, а еще из живота. Они вытащили его еще маленького и неготового к жизни в этом жутком мире и сейчас, наверное, уже бегут в свой Саратов. Единственное, на что мне оставалось надеяться, — что эти купленные за какие-нибудь ничтожные гроши китайцы не дадут ему погибнуть. А дальше я доберусь до них, верну сына и сама еще не знаю, что сделаю со всей этой мразью.

Девочка тихонько заскрипела, и мне вдруг стало так жалко ее, не нужную никому на свете. Я потянулась к ней, и медсестра испуганно отпрянула. Харикумар и его персонал наконец поняли, что случилось, и не знали теперь, чего от меня ожидать. Я приспустила одеяло и, не имея сил говорить, показала, что буду кормить младенца.

Слава богу, молоко пришло, и я, кормя несчастную девочку, подумала вдруг, что мне воздастся за это, и мой сынок тоже будет сыт и здоров. Мы скоро будем с ним вместе!

Девочка поела и уснула. Мой мозг из последних сил бился над планом и порядком действий, когда в комнату быстрым шагом вошел Харикумар с огромным букетом в руках.

— К вам приехал муж! — проговорил он и поставил цветы в пластиковое ведро. — Он хочет видеть вас и дитя!

Я застонала. Леня! Бедный Леня!

— Вы же все понимаете! — прохрипела я. — Выпроводите его отсюда! Пусть уезжает к себе домой! Скажите, что здесь карантин, что у меня послеродовое бешенство! Скажите, что ребенок здоров, но ему его не покажут! Умоляю! Придумайте что-нибудь!

— Мы ему все объясним! — воскликнул Харикумар.

— Он не поверит! Он решит, что я вас уговорила. Он уверен, что он бесплоден! Он должен уехать!

Я не знала, что доктор сказал Лене, но тот действительно сразу же уехал. Мы не увиделись даже на миг. Да, я сама так хотела! Но... Я понимала, что сил у меня очень мало, но действовать надо срочно. Я позвала доктора Харикумара

— Доктор! У меня к вам три просьбы!

— Любые! — ответил он.

— Первое, позвоните моей секретарше Ирине и расскажите ей все. Пусть передаст дальше. Попробуйте найти в Ришикеше или где угодно в Гималаях Алексея, владельца бунгало, и узнать у него, как отыскать Машиного мужа. Но только узнать! Ничего не предпринимать! И главное, третье. Они, может быть, еще в Таиланде! Они не могут уехать, не оформив документов на ребенка. Поэтому свяжитесь с Тао.

— С...

— Да, свяжитесь с Большим Тао и передайте ему, что Маленький Тао похищен при рождении! — Слезы застилали мне глаза. Сквозь пелену я посмотрела на спящую рядом со мной темненькую девочку. — И скажите ему еще, что Маленькая Линя... она — у меня!

МОЯ СУДЬБА

Часть 1

ПОРТРЕТ ВОЖДЯ
и не только

Ненавижу ждать! Ничего нет хуже, чем листать календарь или следить за стрелками часов, размышляя о том, что сейчас делают те, от кого зависит твоя дальнейшая жизнь. Ожидание всегда пассивно. Ожидание давит на психику. Ожидание порождает ощущение собственной беспомощности. И наверное, самое отвратительное — это ожидание собственной смерти. Я не дремучая пугливая дура. Я читала Библию и Евангелие. Я читала и Платона, и Монтеня, и Толстого. Я прекрасно понимаю, что бессмысленно бояться того, что неизбежно. А смерть, как говорят американцы, столь же неизбежна, как и налоги. Насчет налогов я как российский предприниматель, конечно, могу и поспорить, но что касается смерти... Я считаю себя христианкой, а потому верю в то, что в силах Всевышнего смертию смерть попрать. Но до сих пор это было как-то абстрактно. А вот сейчас попрать смерть мне придется собственной смертию! Не абстрактно, не когда-нибудь в неопределенно далекой старости, а сейчас, сегодня. Перспектива моей гибели теперь уже стала совершенно отчетливой. Я понимаю, что шансы выжить у меня невелики, но почему-то нет никакого желания сдаваться без борьбы. Наверное, меня так и не дождутся в раю — ведь я не научилась подставлять правую щеку, получив удар по левой. Как-то не выходит. Да и евангельское «возлюби врага своего» остается для меня, увы, не более чем пустой фигурой речи. Куда ближе мне ветхозаветное «Око за око! Зуб за зуб!». Но тут, каюсь, моя натура не дает мне сдержаться, и бешеная ярость выплескивается наружу. Еще никого в этой жизни я не ударила первая — но за свой зуб, а тем более за зуб близкого мне человека порой вырываю всю челюсть, а за глаз могу снести голову. И сплю после этого абсолютно спокойно! Мне не снятся по ночам ни размазанные по раскаленному асфальту мозги убитого мной юного камнеметателя, ни расползающиеся на носилках тела тети Тони, Коси и Гоги. Да и Леха с Колей не являются ко мне в спальню в предрассветный час. Следует сказать, что жизни последних пятерых не на моей совести, но я не предприняла ничего для их спасения и не скорбела о них, а, наоборот, скорее радовалась свершившемуся! Наверное, мне суждено за все ответить перед Всевышним, но ведь он сам одарил меня инстинктом самосохранения и сам послал мне детей, за которых я, как всякая самка, готова порвать на части любого хищника. Ведь не просто так окружил он меня людьми, которых я люблю и за которых отвечаю. И что мне делать, если они слабее меня и нуждаются во мне? Или я не должна защитить их от опасностей и тревог?! Я готова к твоему суду, Господи! Я отвечу за все! Можешь считать это молитвой. Правда, передо мной нет иконы. Одна из стен залита красным, но во мраке кажется, что пятна на ней черного цвета. С противоположной стороны висит сохранившийся с незапамятных времен пыльный портрет бывшего вождя, под ним — почти стершаяся надпись, гласящая, что он, блин, все еще живее всех живых. Раньше даже в нормальном свете не обратила бы внимания ни на портрет, ни на надпись. Во мраке Владимир Ильич выглядит еще гаже, чем обычно.

Хрен с ним! Я не Маяковский, и с лысым сифилитиком мне говорить не о чем. Хотя, может быть, эта зловещая, освещенная лишь бледным лунным светом рожа — последнее попавшееся мне на глаза произведение искусства. На старом директорском столе валяется старая бухгалтерская книга, на ней пистолет Макарова и два полных магазина к нему. Это все, на что мне остается рассчитывать. И помощи прийти неоткуда. Ну что ж! Этого и следовало ожидать! И на том спасибо, что есть этот ствол со спиленным номером. «Макаров» — это, конечно, дерьмо, но мастерство не пропьешь. Скоростная стрельба была в стрелковой секции моим коньком, и я надеюсь, что успею все отстрелять. В этом случае минимум каждая вторая из шестнадцати пуль ляжет в цель. Это восемь попаданий, и половина из этих попаданий будут летальными. Четверо плюс один, тот, которого я уже «успокоила». Итого пять... Пять... Язык не поворачивается сказать «пять человек». Да, мне плевать на изгибы их извилин, я не толерантна, терпеть не могу Достоевского со всеми его убогими копаниями в раскольниковских душах. Я буду убивать, пока не убьют меня! Я не желаю, подставив вторую щеку, насадить свое горло на нож и пасть смертью овцы, предназначенной для шашлыка! Перед тем как получить меня, они захлебнутся собственной кровью. Так, по-моему, всегда говорят друг другу суровые дядечки из боевиков. Только там эти слова произносят актеры, не нюхавшие затхлого запаха таких вот пустых, зловонных коридоров. И, похоже, именно такое место станет последней моей остановкой на земле.

У меня есть прекрасный уютный дом с теплым паркетным полом. Когда-то я останавливалась на ночлег в хороших отелях, мои каблуки цокали по полированному пятизвездному мрамору, а ступни обволакивал горячий песок побережья тропических морей. Но свои последние шаги мне предстоит сделать по стертому, потрескавшемуся линолеуму, пахнущему хлоркой и мышиным калом. На него мне предстоит рухнуть — то ли лицом, то ли затылком — это уже все равно...

В старом двухэтажном здании темно и тихо. Электричества нет, и мне самой не разобраться с разбитым электрическим щитом и вырванными из него проводами. Телефоны не работают — ни обычный, на директорском столе, ни мобильный, вытащенный мной из кармана куртки покойника. Я зажгла фитиль жестяной керосиновой лампы, надела на нее стеклянный колпак и пошла на свой последний, возможно, обход. Правая рука свободна. Держать оружие в ладони нельзя — пальцы устанут и будут дрожать. «Макаров» заткнут за пояс. Вынуть его оттуда — ничтожная доля секунды. Тот, кому суждено возникнуть предо мной первым, пистолета уже не увидит. Я — девушка ученая! Спустившись по скрипучей деревянной лестнице, я прошла мимо попахивающей химией комнаты — видимо, лаборатории. Парадная дверь закрыта на засов. Отлично! Пожарный выход, разумеется, завален никому не нужным дерьмом. Тут и ржавые запчасти, и штук двадцать старых огнетушителей, и грязные пластмассовые бочки с засохшей внутри краской. Здесь же не меньше двадцати железных кроватей с ржавыми панцирными сетками. Видимо, хозяйственное начальство не позволило выбросить всю эту пакость, спасенную из то ли сгоревшего, то ли развалившегося много лет назад совхозного общежития. Пройти здесь невозможно. Окна, выходящие на территорию, забиты ржавыми железными листами. Не очень красиво, зато мне удобно! В общем, пойдут они только через центральный вход. Двери, конечно, без особых трудов выломают. Те несколько столов и бочек, что я подкатила к входу, не станут серьезным препятствием, но вызовут у них несколько секунд замешательства, достаточных для того, чтобы отправить на суд Всевышнего еще несколько никчемных, неудавшихся душ.

Я вернулась на второй этаж, в директорский кабинет, поставила на стол непотушенную керосиновую лампу. Пусть горит — на мою жизнь керосина хватит! И снова — двое в комнате: я и Ленин! Я подошла к окну. Во все стороны простирается темнота, во дворах лишь пара костров. Я знаю, как все должно начаться: с вереницы автомобильных фар за железнодорожным переездом. Ну вот, это оно и есть! Из кромешной тьмы вынырнули пять пар белых огней и одна одинокая фара. Может быть, вторая лампа перегорела? Но нет — это мотоцикл. Характерный звук. Вот так! И все они — по мою душу! Я еще раз проверила свой небогатый арсенал и привела его в боевую готовность. Что ж, Господи! Я иду к тебе! Прости за то, что прибуду в дрянной компании!

КИТАЙСКАЯ ЦЕРЕМОНИЯ
и не только

Кажется, совсем немного времени прошло с тех пор, как я, охваченная тоской и отчаянием, валялась на больничной койке. Я умею терпеть боль, но не переношу ощущения бессилия — оно буквально выворачивает мой мозг наизнанку. Я решила обратиться за помощью к Большому Тао. Когда-то я сочла, что рассказы о главе местной мафии — всего лишь сказка, рассказанная немцем, влюбленным в юную актрису. Я была уверена, что это просто треп, рассчитанный на то, чтобы произвести впечатление на неприступную девушку Женю. А мы с Алексеем, прозванным Космонавтом, играли роли статистов в забавном спектакле. Но после того как военные, едва я назвала имя старика, предоставили мне возможность путешествовать по закрытой части острова, я поверила в реальные силы этого человека.

В день, а точнее, вечер нашего знакомства он сказал мне, беременной одним ребенком, что у меня появится сразу двое детей. Он просто констатировал, что мальчика я назову в его честь — Тао, а девочка будет носить имя Линя, как его покойная жена. Я так и не поняла, почему он был так уверен, что я назову в честь него сына и что на моих руках окажется еще один ребенок, девочка. Или Большой Тао не только мафиози, но и провидец?! Да нет, чушь это все! Почему же я все-таки назвала детей Тао и Линя?! Я все же надеялась на его помощь! Пусть мой сын будет Маленьким Тао и пусть чужая темненькая девочка, увлеченно сосущая мою грудь, носит имя покойной жены старика! Пусть! Лишь бы он оценил это и реально смог мне помочь найти и спасти своего маленького тезку!

Доктор Харикумар давал мне успокоительное, чтобы я могла спать, и я действительно много спала. Я не помню, снилось ли мне что-нибудь. Я ощущала невероятную слабость, а перед глазами постоянно плыл разноцветный туман. Я уже вставала и даже сидела с девочкой на той самой веранде, где ее ублюдочная мать рассказывала мне про негритенка, который, судя по всему, и оказался отцом Лини.

Доктор подтвердил мне, что сам лично ездил к Большому Тао, чтобы рассказать о случившемся. По словам Харикумара, старик очень взволновался и пообещал помочь, но прошло уже двое суток, а вестей все не было. Молчала и Москва, хотя я успела обратиться за помощью к своим коллегам. Правда, дозвониться мне удалось лишь до Ирины, но я помнила, что она поставит в курс дела всех, кого необходимо. Мама, разумеется, ни о чем не должна была знать, и я решила, что несколько дней буду имитировать плохую телефонную связь, а дальше — само что-нибудь придумается.

Рано утром я проснулась не от плача девочки, а от осторожного прикосновения. Чья-то легкая, сухая, пахнущая сандаловым маслом ладонь коснулась моих волос. Я открыла глаза и увидела, что мы с Линей не одни в этой просторной затемненной палате — на пластмассовом стульчике возле моего изголовья сидел старый Тао. Это он погладил меня по голове. Прищурив и без того узкие глаза, старик улыбался. Теперь он смотрел на спавшее дитя. Рядом с ним стоял доктор Харикумар. На лице индуса застыло озабоченное выражение. Жестами я поздоровалась с гостями и, убедившись, что в комнате больше никого нет, обратилась к Харикумару.

— Доктор, — я говорила шепотом, чтобы не разбудить девочку, — вы сможете немного попереводить? Большой господин Тао почему-то без переводчика. Он не владеет английским, а я — тайским.

Доктор развел руками:

— Я же индус, вы знаете. Я могу произнести на тайском только несколько фраз. Мой рабочий язык — английский, а родной — малеялем. На малеялеме говорят в Керале, откуда я родом. Но нам это не поможет.

— Так что же нам делать?

Тао оторвал свой взгляд от Маленькой Лини и пристально посмотрел мне в глаза.

— Раз все так сложно, придется нам говорить по-русски! — произнес он это с сильным акцентом, но, в общем, почти правильно...

— Так что же вы раньше не сказали, что говорите по-русски?! — воскликнула я.

— А ты меня разве спрашивала?

— Где вы его выучили?

— Там же, где все, — в Советском Союзе. Я учился в Тимирязевской сельскохозяйственной академии, — он усмехнулся, — специализировался по маку и конопле.

Я вспомнила несколько замечаний относительно состояния головы старого Тао, высказанные мной во время нашего ночного визита к нему. Помнится, я поделилась тогда с Космонавтом и с Женей мыслью, что зря мы потревожили старого и, видимо, уже слабого на голову человека. Я даже не переходила на шепот, так как была уверена, что никто другой меня не поймет.

Большой Тао, конечно, услышал и понял ход моих мыслей. Он усмехнулся:

— Не беспокойся! То, что ты сказала тогда, — это ничто по сравнению с тем, что обо мне говорили твои соплеменники. Я не обижаюсь... Ты же просто меня пожалела. К тому же я действительно уже старый. И действительно мне тогда было грустно и плохо...

Доктор Харикумар ничего не понимал и вертел головой во все стороны. Я объяснила индусу, что происходит. Вслед за произнесенными мной словами старый Тао утвердительно закивал. Некоторое время все молчали, и я поняла главное — моего мальчика, увы, пока еще не нашли. На меня накатила новая волна отчаяния, но Тао продолжил:

— Нам удалось задержать в аэропорту Бангкока доктора Чена. У него просрочен паспорт, а продление подделано. Российскую визу он получил, но из Бангкока улететь не смог. Он рассказал нам все, что знал.

— Где он?! — Я подскочила на кровати. — Я убью его!

— Я не дам тебе этого сделать. Когда умирала моя Линя, — глаза старика увлажнились, — я пообещал ей, что не позволю никого больше убивать на этом острове. Да это и ни к чему. Он сам еще может нам пригодиться. А его труп не нужен никому.

— Я хочу посмотреть на него! Я хочу взглянуть в его глаза! Куда надо ехать?

— Никуда, — спокойно ответил Тао и поклонился дрожащему всем телом Харикумару. — С любезного разрешения доктора Харикумара, Чен пока побудет здесь, в лечебнице. Он в соседней палате.

Я, не одеваясь, босиком побрела к дверям. Меня шатало. Харикумар подхватил меня под локоть, а Тао в резиновых шлепанцах зашаркал сзади. Я решила, что люди Тао страшно избили китайца, но не испытывала к Чену никакой жалости. Понятно, конечно, он мог не просто варварски прооперировать меня, но и зарезать вообще, но от этого моя ненависть к этому жуткому человеку не становилась меньше. Я ввалилась в соседнюю палату и сразу увидела безумные, вытаращенные глаза китайца. Пол-лица его закрывала пластиковая кислородная маска. Он не спал, но говорить, наверное, не мог. На кронштейне перед его глазами вместо телевизора стояла банка с каким-то раствором, в котором плавали какие-то мерзкие ошметки. Я не сразу догадалась, что это такое.

— Извини, но нам пришлось все же наказать нашего китайского друга. Не из жестокости. Просто другие должны знать, что за такие нехорошие поступки всегда приходится отвечать. Я решил, что будет достаточно просто лишить его яиц. А саму операцию сделал очень хороший врач и, разумеется, под наркозом. Под местным наркозом, разумеется.

Я повернулась к доктору Харикумару. Индус был слишком смуглым, чтобы побелеть лицом и приобрести цвет накрахмаленной простыни. Цвет его лица стал серым, как грязная штукатурка. Он отрицательно покачал головой.

— Нет, нет, что ты! — понял ход моих мыслей Большой Тао. — Я не мог попросить о таком одолжении уважаемого доктора Харикумара. Для этого нашелся другой, но тоже очень квалифицированный хирург, к которому я и обратился.

— Я не слышала, чтобы здесь в округе практиковал еще один хирург.

— Ты права, дорогая! Но я попросил самого доктора Чена оказать мне такую небольшую услугу. — Он жестко уставился в глаза обезумевшего китайца. — Ведь правда, уважаемый доктор Чен, это была совсем несложная операция?! Почему ты не отвечаешь мне? Забыл русский язык? Ну ничего! Тебе еще будет предоставлена возможность освежить свою память! А пока любуйся плодами своего хирургического мастерства!

Китаец и так практически неотрывно смотрел на установленную в метре от его лица банку.

Я не могла подобрать слова, чтобы отреагировать на произошедшее.

— Вы что, заставили его самого себя кастрировать?

— Я не заставлял, — мягко поправил меня старый гуманист. — Я только попросил. Но, знаешь ли, на Кануе, когда я прошу, мне редко отказывают... последние лет двадцать...

— Да, господин Тао, я заметила! Я тоже... Вы же знаете, как я назвала детей!

— Я оценил! — кивнул мне старик. — Я не провидец, конечно, но почему-то в тот миг, когда ты появилась в моем доме, я уже знал, что маленькие Тао и Линя скоро придут в этот мир. У нас с женой детей не получилось... — На глаза старика навернулись слезы.

Из моей комнаты послышался плач.

— Маленькая Линя проголодалась. Может быть, вы расскажете мне, что происходит, пока я буду кормить?

Я сама не понимала, откуда у меня брались душевные силы на это внешнее спокойствие. Как у меня сохранялась способность здраво рассуждать и о чем-то осознанно говорить? Если бы я перестала держать себя в руках, то просто рухнула бы на сверкающий каменный пол и билась головой о полированные плиты. О боже! Внутри все мое естество содрогалось, и про себя я визжала, как делала бы это вслух всякая баба на моем месте: «Где мой ребенок?! Где мой сын?! Найдите, найдите мне его!!!»

Очевидно, я еще валялась без сознания под действием наркоза, слишком сильного для такой операции, как кесарево сечение, когда трое преступников с моим ребенком в руках вылетели из Кануя в Бангкок. Пока неизвестно, сколько денег они дали за то, чтобы получить российское свидетельство о рождении мальчика и визы для Василисы и Чена. Но Большому Тао уже было известно имя российского вице-консула, получившего взятку и оформившего документы в обход всех законов. Маша с Василисой и моим сыном отправились из Бангкока в Москву дневным рейсом Аэрофлота, и остановить на границе их уже не успели. А доктор Чен явно сэкономил — продление его паспорта было подделано так грубо, что на это без всяких указаний сверху обратили внимание сами пограничники. И уже потом полиция международного аэропорта Бангкока по запросу коллег с Кануя отдала им никому не нужного китайца. А дальше — все понятно. Перед тем, как выполнить над собой несложную операцию, Чен рассказал все, что знал. Знал он, правда, немного. Главное — то, что мой мальчик родился абсолютно здоровым. Рост — пятьдесят сантиметров, вес — три килограмма и сто граммов, никакого гипертонуса, никакой желтухи. Василиса за ним умело ухаживает, а Маша, превратившаяся после родов в дойную корову, может выкормить еще минимум пятерых таких, как мой Тао. Китайцу не было известно, куда именно в России направятся Маша с ребенком и китаянкой после прилета в Москву, зато он указал на нужного нам вице-консула — Александра Петровича Назарченкова. Тот, несомненно, должен был знать, по крайней мере, адреса и телефоны, по которым нам предстояло искать суку Машу. Вопрос только, как можно поймать и допросить защищенного неприкосновенностью дипломата? Я осознавала, что по доброй воле получивший взятку чиновник никогда не даст выйти на того, кто ему дал эту взятку. Однако Большой Тао заверил меня, что проблем не возникнет и через несколько дней вице-консул будет у нас в руках, все расскажет и предоставит любую помощь.

Высказавшись в таком духе, старик Тао попрощался и покинул меня, пообещав позвонить и приехать, как только появятся новости. Доктор Харикумар удалился в свой кабинет. Как я поняла, после всего случившегося он вообще не уходил из клиники и даже ночевал в процедурной комнате на большом массажном столе.

Покормив девочку, я соединилась с Москвой и попыталась обсудить с Игорем Борисовичем то, что со мной случилось. Но вместо сочувствия и предложений о помощи я оказалась с головы до ног облитой словесными помоями.

— Меня зае... твои приключения! — заорал на меня Чертков. — Если есть в мире какое-то г..., ты непременно его найдешь и влезешь по самое горло! Мне что, больше нечего делать, как по всей Саратовской области какую-то б... искать?! Думай, с кем общаешься! Рожала бы в Кремлевке, как все нормальные люди! А ты, с брюхом своим, охренела совсем! Ничего не делаешь! Одни проблемы от тебя! Индусы рекламации выставляют! Кто контракт подписывал?! А?!

— Какой контракт? Все контракты подписывает Егерев!

— Ах, какой контракт?! На колодки тормозные для «двадцать первых» «МиГов» — вот какой контракт!

— Все контракты подписывает Егерев! — повторила я.

— Ты на Егерева не списывай! Мы про него все знаем! А визировал кто? Кто будет за эти е... рекламации отвечать?

— За какие, черт возьми, рекламации? Так мы же поставили их уже!

— Поставили, блин?! А почему там выточки не круглые, а прямоугольные?

— Спецификациями и чертежами инженеры, специалисты занимались — не я! Они не подходят, что ли?! — Сейчас было самое время говорить о выточках на этих долбаных тормозных колодках.

— Подходят, подходят!.. Ни посадочные размеры, ни материалы не изменились! Выточки эти технологические, только для упаковки в ящики. А х... толку?! ГОСТ еще при советской власти сменили, а индусы, сволочи, говорят, что знать ничего не хотят! И платить не будут, и колодки не отдадут, и новые контракты с нами денонсируют! Им прицепиться надо было к чему-то! И они нашли! Из-за тебя, б...! Из-за твоего е... Гупты!

— Почему моего! Это ваш Гупта!

— Мой?! Это ты с ним пила! Не я!

— Какого хера вы на меня орете?! — Меня всю трясло.

В трубке запикало.

Сказать, что произошедшее усугубило мое отчаяние, — ничего не сказать. Да, Чертков, как и Семен, участвовал в моем вызволении из тюрьмы Ха'Шарон, куда я попала за то, что убила молодого террориста, покушавшегося на жизнь моего любимого. Да, Игорь Борисович сделал меня равноправным партнером в серьезном международном бизнесе. Если бы не он, я бы никогда не стала владелицей роскошного дома в одном из самых престижных мест ближнего Подмосковья и, наверное, не встретила бы язычника Евпатия, а значит, и целитель Архипушка никогда не спас бы моего Леню, и я не забеременела бы от того человека, которого так любила. Все сплетено в один клубок, и этот отвратительный, циничный Чертков, как ни крути, глубоко внутри этого клубка. И тем не менее положение стало невыносимым, и не просто невыносимым — наконец осознав, что и мое финансовое благополучие тоже под угрозой, я позвонила Ирине. Она разговаривала со мной спокойно и доброжелательно и в отличие от Черткова выслушала меня до конца и ответила, что найдет способ перерыть всю Саратовскую область, где, по словам Космонавта, трудился в хлебном бизнесе Машин любовник бывший боксер Бухарцев. После этого, заверила она меня, не будет никаких проблем провести «операцию по спасению». Я немного успокоилась и поинтересовалась, что же на самом деле произошло с нашими индийскими партнерами.

Ирина подтвердила слова Черткова. Похоже, Гупта последние несколько недель лихорадочно искал, к чему придраться, чтобы расторгнуть внезапно разонравившийся ему контракт, и без особого труда нашел. Действительно, многие части к авиационной технике несколько изменяются, оставаясь в то же время полностью совместимыми, — это связано и с изменением ГОСТов, и с переносом процесса изготовления с одного завода на другой. Обычно это не вызывает затруднений в работе. Поставщик просто предъявляет покупателю документы, подтверждающие полную совместимость и пригодность измененной конструкции. Однако у клиента, если он не заинтересован в продолжении сотрудничества, всегда остается возможность устроить скандал, остановить оплату и разорвать контракт. Само же разбирательство переносят в арбитражный суд, и оно занимает месяцы или даже годы. А в нашем случае рассмотрение дела в арбитражном суде и вовсе невозможно, учитывая конфиденциальность осуществляемой сделки. Короче, Гупта явно нашел другого партнера, по тем или иным причинам более подходящего, чем мы, и одним выстрелом решил убить трех зайцев: избавиться от обязательств по продолжению бизнеса с нами, мотивируя это поставкой не соответствующей контракту продукции, присвоить недоплаченные нам деньги и, наконец, выслужиться перед индийским Министерством обороны и руководством авиастроительного концерна, продемонстрировав им свою бдительность. Полученный товар, разумеется, пойдет в дело и даже будет оплачен за вычетом двадцати-тридцати процентов через гибралтарский офшор самого Гупты. Но мы этих денег не увидим никогда! Понятно, что не этот потерянный миллион вывел из себя Игоря Борисовича. Для Егерева это не бог весть какая сумма. Главная проблема — провал на важнейшем индийском направлении. Друзья-генералы могут не простить Черткову такого провала, причем их не будет волновать, чья здесь вина. Однако по старой номенклатурной привычке он все же нашел виноватого во всем — главным виновником поражения на «индийском фронте» стала я.

Итак, то, о чем мне говорил во время своего краткого визита Семен, стало принимать черты мерзковатой реальности.

ДРАКОН ТАО
и не только

На следующий день я была уже в намного лучшем состоянии, чем накануне. Пока мы с Линей спали, из соседней палаты исчез доктор Чен, а на его месте оказалась сухопарая неопределенного возраста немка из нашего поселка. Я пару раз встречалась с ней в SPA-салоне и знала, что она работает директором по связям с общественностью в какой-то очень крупной фирме в Дюссельдорфе. Забеременела она после многих мучений посредством ЭКО. Одним из последствий такого способа зачатия стало то, что родила она сразу тройню. Суета вокруг многоплодной пациентки, слава богу, отвлекла милейшего Харикумара от раздумий о только что произошедших в его клинике ужасных событиях. С немкой не обошлось без оплошности — в спешке работники стационара забыли вернуть на место телевизор, и несчастная мать-героиня еще два дня любовалась плавающими в банке перед ее носом яйцами китайского медика. Впрочем, женщина отличалась истинно тевтонским хладнокровием и не роптала. Только на третий день она поинтересовалась у медсестры, нельзя ли вместо этой «икебаны» установить на кронштейне телевизор. У нее, как оказалось, все же были недюжинные духовные запросы, и она боялась пропустить слишком много серий любимого сериала про украинского боксера, пережившего травму головы, страдающего провалами в памяти и до смерти влюбленного в слепую тайскую массажистку.

После обеда в моей палате вновь появился Большой Тао. Я только что отказалась от услуг медсестры и сама меняла девочке памперсы. Тао поздоровался и постоял пару минут, пока я не закончила.

— Я договорился по поводу девочки с одной очень хорошей семьей, где два месяца назад родился ребенок...

— Не поняла!

— Я хочу облегчить тебе жизнь, дорогая, и намерен пристроить Линю к кормилице, пока не смогу принять ее в свой дом.

Я посмотрела на маленькое светло-коричневое личико девочки, и мне опять захотелось плакать.

— Это моя дочь, господин Тао. Ее зовут Линя. Это была ваша просьба. Я выполнила ее. Но это моя дочь! Неужели вы не чувствуете, что она уже стала совсем моей?!

— Но ведь когда мы найдем — я надеюсь, когда мы очень скоро найдем — Маленького Тао и эту Машу, ты заберешь своего мальчика, а Линю вернешь ее матери?

Кровь ударила мне в голову.

— Вы что, господин Тао... Вы совсем... Извините, конечно, но я уже сказала вам — это мой ребенок, моя дочь, моя Линя! И эта тварь никогда не получит девочку! Я позабочусь о том, чтобы ее уши были заспиртованы в одной банке с яйцами доктора Чена!

Я орала так, что на шум примчались две сестры. Тао жестом отпустил их и дослушал мои вопли до конца.

— Спасибо тебе, дочка! — сказал он неожиданно тепло. — Я надеялся, что ты так и ответишь! Я не ох..., как ты едва мне не сказала...

— Извините...

— Я не обижаюсь. Я в тебе не ошибся! Собирайся. Доктор Харикумар сказал, что тебе незачем лежать в этой палате. Вы с Линей переезжаете в мой дом. Там вам будет лучше.

— Я думаю, мне лучше возвратиться в свой коттедж, — возразила я. — Там я ни от кого не завишу. Даже от вас, господин Тао!

— От меня теперь ты зависишь всегда! Запомни это. Я знаю, что говорю. Я решаю ту проблему, которую ты попросила меня решить. И решаю ее так, как сам считаю правильным... Предупреждаю: ты всегда можешь высказать свое мнение, и я непременно приму его к сведению и учту в своем решении... возможно! Но после того, как я принял решение, ты его исполняешь. Так на этом острове поступают все... ныне живущие...

Через полчаса мы с Линей были уже готовы. Огромный джип Большого Тао припарковался возле самого входа в стационар, и бритый наголо пожилой водитель помог нам удобно устроиться. Доктор Харикумар попросил меня через пару дней заехать в клинику, чтобы снять швы. Кроме того, он велел появляться у него как минимум раз в неделю, чтобы контролировать развитие Лини. «Интересно, контролируют ли эти твари состояние здоровья моего мальчика?» — подумала я и судорожно прижала к себе шоколадную девочку. С каждым часом я все больше и больше воспринимала Линю как своего ребенка. Она никак не ассоциировалась у меня со своей биологической матерью — Машей Тупицыной.

Перед выездом из больницы я наконец позвонила маме. Свое молчание я объяснила перебоями в подаче электричества на отдаленный остров и рассказала, что все еще дохаживаю остаток срока. Мама, разумеется, всему поверила и доложила, что дети уже совсем здоровы, а Евпатий занялся выращиванием трюфелей. Он попросил маму узнать, не буду ли я возражать, если он приобретет свинью и обучит ее отыскивать выращенный урожай. Слов у меня не нашлось! Даже матерных! Я несколько раз открыла рот, как вытащенная на берег рыба, но в итоге впервые после постигших меня несчастий захохотала.

— Повелеваю! — хрюкнула я в трубку. — Мужик Евпатий пусть свиньей обзаведется и науку грибосбора ей преподаст. А в дальнейшем означенный Евпатий свиньей оной будет володеть и ответ за деяния той свиньи нести будет!

После разговора с мамой я вдруг осознала, что совсем перестала думать о Лене. Все связанное с ним казалось засевшим где-то в глубинах моего подсознания. Я понимала, что теперь уже точно наши судьбы разошлись навсегда. Я никогда не смогу взять себя в руки и рассказать Лене очередную безумную историю. К чему изводить хорошего человека рассказом, в который все равно невозможно поверить, сколь бы правдив он на самом деле ни был?!

Доктор Харикумар вышел меня проводить. Опустив стекло, я задала ему напоследок только один вопрос:

— Скажите, доктор, а что вы сказали моему... то есть отцу моего мальчика, когда он приехал сюда?

Индус потупил свой взор:

— Простите, но... я рассказал ему все, как было... Меня замутило.

— И что?.. Что он ответил?

— Ничего. Поблагодарил меня и ушел... Точнее — почти убежал! Бегом! Простите меня...

— Что вы, доктор! Все правильно. Так и должно было случиться. Спасибо вам!

Итак, все даже проще, чем мне казалось! Что ж! Так тому и быть! Я вытерла тыльной стороной ладони глаза и еще сильнее прижала к себе Линю.

Не более получаса ушло у нас на дорогу к уже знакомой мне лачуге Большого Тао. Честно говоря, теперь я надеялась, что убогим выглядит лишь фасад здания, а внутри все куда роскошнее. Это оказалось, мягко скажем, не совсем так. Сам старик, насколько я могла судить, жил действительно в совершенно спартанских условиях. Никаких признаков удобств и комфорта в его доме не наблюдалось. Впрочем, он меня в свои покои не приглашал. Сразу за хибарой хозяина был расположен маленький, но очень чистый пруд с зеленоватой, но прозрачной водой. Среди ярко-зеленых стеблей и корневищ кувшинок и лотосов сновали красные и золотистые рыбешки. На противоположном от жилища Тао берегу пруда были построены три простых небольших аккуратных деревянных домика. В одном из них поселились мы с Линей. Несмотря на его скромный размер, внутри имелись все удобства, какие бывают в современном цивилизованном жилище, — прекрасный туалет с душем, кондиционер, холодильник, газовая плитка и даже телевизор, который, впрочем, я так ни разу и не включила. Вообще-то говоря, мне не надо было ничего более роскошного. Это было отличное место для того, чтобы окончательно выздороветь и как можно скорее перейти к активной фазе охоты за похитителями Маленького Тао. Моя кровать и кроватка для Лини были уже готовы и застелены. В холодильнике лежал запас самых необходимых продуктов. Хмурый лысый таец, водитель Большого Тао, уехал в поселок, чтобы забрать из моего бывшего домика самые необходимые вещи. Надо сказать, что он справился менее чем за час. Разложив то, что он привез, я покормила Линю, прилегла на кровать и задумалась о ближайших планах. Внезапно в дверь тихонько постучали, и передо мной появился хозяин дома. Вместе с ним вошла маленькая сморщенная старушенция.

— Это Мея, — представил он пожилую женщину, — профессиональная няня и сиделка. Она ухаживала за моей женой, а теперь будет помогать тебе с маленькой Линей.

Старушка улыбнулась и сделала маленький короткий поклон.

— Мея немного понимает по-английски, — продолжил Тао. — Когда тебя не будет дома, она будет находиться здесь, возле девочки. Если ты дома, но тебе понадобится ее помощь, нажми сюда, — он показал мне на маленькую красную кнопку возле выключателя, — и она быстро придет.

— Спасибо большое! — Я и впрямь была рада появлению у меня помощницы.

Женщина поклонилась еще раз и на ломаном английском попросила разрешения подойти к ребенку и познакомиться с ним. Когда тайка склонилась над кроватью, мне показалось, что Линя едва заметно ей улыбнулась. Удивительно — ведь обычно дети в первые дни своей жизни еще не умеют улыбаться.

— Мы опять не попали в мой зоопарк, — вздохнул Большой Тао. — Стемнело. Но ничего. Ты здесь теперь не на один вечер, так что еще навестишь моих зверушек.

— Конечно, — ответила я. — Но все-таки, как вы думаете, господин Тао, когда мы получим всю необходимую информацию, чтобы я смогла сорваться?

— Ты же понимаешь, что тебе никто не ответит на этот вопрос. К тому же, скажу тебе честно, действовать пока стоит не тебе, а другим людям. Не обижайся, но ты сейчас не боец — ты кормящая мамка с распоротым животом. Я понимаю, что бессмысленно призывать тебя к спокойствию, однако... Учти, я оценил то, что ты по моей просьбе назвала сына диким для России именем... моим именем. Я понимаю, разумеется, что ты сделала это в расчете на мою помощь. Ты эту помощь получишь! И ты получишь ее, и Маленький Тао получит назад свою мамочку. Поверь! Посмотри мне в глаза!

Я посмотрела в глаза Тао и чуть не закричала — они чем-то напомнили мне мой извечный кошмарный сон, в котором я вижу надвигающиеся на меня ячеистые глаза гигантской стрекозы. Я не сразу поняла, что ячейки в глазах старика — это просто отражение прямоугольных деревянных жалюзи на окнах. Но все равно в себя я пришла не сразу. А может быть, это отражение не было случайностью. И тем не менее, поймав его взгляд, я поняла, что жалость не является главной отличительной чертой характера Большого Тао. Мягкая манера разговаривать с людьми — это лишь наиболее удобная для него самого форма... Форма, и только! С содроганием я представила себе, что испытывал ненавистный мне китаец, когда старый Тао, так же спокойно глядя в его раскосые глаза, «попросил» его отрезать самому себе яйца. Бр-р-р!

— Сегодня пятница! — сказал старик. — Последний день рабочей недели. Ты покормила девочку?

— Да. А какая связь?

— Мы с тобой идем в ужинать в «Дракон Тао». Это самое роскошное место на острове. Это мой клуб. Мея останется с Линей.

— Я, честно говоря, не голодна. К тому же всегда можно поесть дома...

Тао усмехнулся:

— Я, как мне кажется, не спрашивал тебя, голодна ли ты. И, по-моему, не спрашивал твоего совета, хорошо ли есть дома. Я, кстати, сам всегда ем дома. Я сказал тебе — мы идем в «Дракон Тао». А это значит, что нам необходимо туда пойти, и мы туда пойдем. Переоденься, если считаешь нужным, и будь готова через двадцать минут.

Я сама не поняла, почему даже в мыслях не пыталась сопротивляться Большому Тао. Раз нужно идти, то, разумеется, пойдем! И конечно же, я считала нужным переодеться. На мне были хлопковые капри и короткий цветастый халат почти совсем без рукавов. Такая форма одежды позволяла мне не чувствовать жары и делать все самое необходимое. Кроме того, не более пары секунд требовалось для того, чтобы в случае необходимости вытащить затребованную младенцем сиську.

Через пятнадцать минут я была уже готова. Как ни странно, я легко влезла в вечерний брючный костюм, пошитый специально для меня в одном из лучших дизайнерских ателье Москвы. Заказан он был сразу после отъезда Лени с Олей, когда я еще не знала о своей беременности. Я боялась, что зря беру этот костюм с собой, так как после родов он должен стать мал. Но пессимистический прогноз не оправдался, меня в этот раз практически не разнесло. Чуть подкрасившись перед зеркалом, я проверила, как спит Линя, не мокрая ли она. Старая Мея, стоявшая рядом с кроваткой, положила мне на руку свою пергаментную ладонь. Не знаю почему, но это легкое прикосновение успокоило меня. Я улыбнулась ей и вышла на стоянку. Большой Тао уже сидел на переднем сиденье рядом с водителем. Я пристроилась сзади, и мы спокойно двинулись в сторону океана.

Я уже слышала раньше о клубе-ресторане «Дракон Тао», но никак не ассоциировала это название с именем своего нового друга. Каждое второе учреждение общепита в этих краях содержит в своем названии что-то драконье, и к этому я как-то сразу привыкла. Об этом заведении мне рассказал в свое время Космонавт. Он же поведал мне, что это единственное место на острове, где, наряду с фейсконтролем, существует еще и дресс-код. Но главной проблемой была регистрация всех клиентов. Судя по всему, для Космонавта все это было неприемлемо, и он даже не пытался туда сунуться «похлебать супцу» — любимое его выражение.

Ресторан располагался даже не на берегу, а, по сути дела, в самом океане. Он был построен из дерева и стоял на высоких сваях в небольшой лагуне на мелководье. От берега к нему вела извилистая деревянная дорожка, освещенная факелами. Никаких электрических осветительных приборов в ресторане не было вообще. Только свечи и факелы. Где в «Драконе Тао» находится кухня, я так и

не поняла. Ослепительной красоты официантки возника-
ли из ниоткуда и исчезали в никуда. Меня потрясло то,
что в ресторане не было меню и никто не приносил посе-
тителям счет.

— Это клуб, — пояснил Большой Тао. — Здесь нет
посторонних посетителей. Каждый член клуба имеет право привести с собой не более трех гостей. Выбор блюд
совсем невелик — каждый вечер не более пяти для любителей рыбы, морепродуктов и вегетарианцев. Мяса
здесь не держат. Что готовить, определяет повар в зависимости от сезона и своей фантазии. Напитки к блюду
подбирает сомелье. Он предлагает выбор из двух-трех
вин. Для тех членов клуба, кто вообще не пьет алкоголь,
в баре имеется пять лучших в мире сортов минеральной
воды. Включая боржоми, разумеется! Счет составляет
обычно от двухсот до пятисот долларов на человека и
высылается на электронный или почтовый адрес члена
клуба. Оплата только с банковского счета. Чаевые за-
прещены.

— А если счет покажется клиенту...

— Члену клуба! — поправил меня Большой Тао.

— Если счет за ужин покажется члену клуба, — продолжила я, — чрезмерно большим. Что делать тогда?

— Тогда он может его не оплачивать, но... тогда он навсегда выбывает из числа членов клуба «Дракон Тао».

— И часто такое случается?

Старик пожал плечами:

— За десять лет существования клуба ничего подобного не случалось ни разу! Но очередь в члены клуба велика. При первом посещении кандидат оставляет залог и
заполняет анкету. Не менее месяца уходит на проверку
данных.

Этот короткий разговор состоялся, пока я и старый
Тао шли от берега к входу. Мы представляли собой довольно странную пару: молодая и, как мне самой кажет-

ся, еще вполне эффектная женщина в вечернем костюме и в авторских украшениях из чешского хрусталя и мой спутник-таец — сутулый, худощавый старик в цветастой шелковой рубахе, шортах и резиновых шлепанцах-вьетнамках. На левой руке его, правда, красовались черные керамические часы «Радо», но издалека они вполне могли сойти за копеечную подделку. На входе нас уже ждал, как я поняла, администратор или метрдотель. Это был сорокалетний, необычайно рослый для этой страны человек, одетый во фрак. Он с достоинством поклонился мне и приложился губами к сухой ладони моего спутника. Большой Тао что-то тихо сказал по-тайски, и человек с поклоном развернулся и нырнул во тьму.

— Я думаю, что мы с тобой получим удовольствие от беседы, которая будет происходить за соседним с нами столиком, — шепнул мне на ухо Большой Тао. — Но сами молчим! Как это по-русски: когда я ем, я глух и нем!

Я согласно кивнула.

После Лалита Чатурвэди и Крошки Сингха Большой Тао был третьим знакомым мне иностранцем, столь свободно владеющим русским языком.

Уже сервированный для нас столик находился с краю зала. Вместо сплошной стены за нашими спинами была витая деревянная решетка, сквозь нее блестела черная водная гладь, в которой отражались холодная белая луна и желтые языки факелов. Зал был полон. На небольшом возвышении располагались друг против друга два рояля: белый и черный. Белый был пока закрыт, а на черном играла неопределенных лет тайка в вечернем фиолетовом платье. Пустовал только один, соседний с нами, столик.

— Сегодня вечером сюда придет поужинать столь интересующий нас российский вице-консул Александр Петрович Назарченков, — сообщил Большой Тао и посмотрел на часы. — Через полчаса он займет место за соседним столиком.

— Он также член клуба?

Старик отрицательно покачал головой:

— Нет, он гость.

— Ваш гость?

— Что ты! Его приведет Дайана.

— Кто, простите, его приведет?

— Позавчера машину вице-консула стукнула спортивная «Мазда». Произошло это прямо на глазах у самого Александра Петровича, как раз собиравшегося выезжать на работу. Удар пришелся таким образом, что «Мазда» почти не пострадала, но переднее крыло назарченковской «Тойоты» смялось так, что деформация металла мешала нормально поворачиваться передним колесом. Из спортивной машины выскочила очень красивая девушка. Ты скоро сможешь оценить, что она... скажем так, действительно очень хороша. Она немедленно сняла с шеи кулон из белого золота с крупным голубым сапфиром и отдала его дипломату. «Это утешение для вашей жены!» — сказала она Александру Петровичу, и тот безропотно принял вещицу стоимостью в несколько тысяч долларов США.

— Господин Тао! — перебила я старика. — Учтите, что все ваши расходы, связанные со мной, я считаю себя обязанной возместить! Наличными, чеком, банковским переводом — для меня это не имеет значения! Я...

Большой Тао жестом остановил меня.

— Ты в первый и в последний раз заговорила со мной о деньгах! Не забывай, что твой мальчик — Маленький Тао, а девочка — Маленькая Линя.

— Я просто не хотела вас затруднять деньгами, господин Тао! Я и так...

— Я не русский олигарх, конечно... — мрачно ответил старик, — но пока, слава богу, даже миллион долларов немного для меня значит. Тем более мне некуда его тратить, кроме как на детей, которых у меня самого нет...

Не было, пока не появились Маленький Тао и Линя. Не смей меня оскорблять обсуждением денежных проблем!

Он снова уперся взглядом в мои глаза. И снова в его зрачках отражалась решетка, витая деревянная решетка ограды. И снова кошмар моих снов всплыл жутковатой явью. Я поняла, почему это место названо «Дракон Тао». Ведь он и впрямь дракон! Конечно, может быть, он добрый дракон? Но, увы, — нет! Драконы не бывают добрыми. И злыми драконы не бывают. Дракон может быть только драконом. И Большой Тао — Большой Дракон. Во всяком случае, я думаю, он сам себя видит именно драконом, старым и уставшим.

Словно угадав мои мысли, старик усмехнулся и продолжил:

— Александр Петрович принял подарок, и девушка предложила подбросить его до посольства на своей роторной колеснице. Она попросила господина Назарченкова не вызывать полицию и не составлять никаких протоколов, так как она боится, что это станет известно ее папе и, главное, дяде, подарившему ей спортивный кабриолет. Она пообещала, что за два дня «Тойоту» приведут в порядок, а на это время пригласила господина Назарченкова съездить с ней на Кануй, где у ее семьи есть вилла. Разумеется, вся поездка будет за ее счет. Александр Петрович от природы туповат. Он самоуверенно решил, что сам лично очень нравится девушке. Он предупредил начальство, что в выходные его не будет в Бангкоке, без труда наплел что-то жене, впавшей в эйфорию от полученного в подарок кулона, и примерно двадцать минут назад приземлился в аэропорту Кануя. Через несколько минут Дайана со спутником сядут за соседний столик.

— А эта Дайана тоже член клуба?

— Дэйв, отец Дайаны, здесь шеф-повар. А дядя — владелец клуба.

— Значит, Назарченкова приведет сюда ваша племянница.

— Пожалуй, что так... племянница... — с неожиданной странной грустью вздохнул старик.

В этот момент передо мной возникла тарелка дымящегося супа. На середину стола установили серебряное ведерко со льдом, в котором торчала запотевшая бутылка с белым эльзасским креманом. С легким хлопком бутылка открылась, и мой бокал наполнился ароматным игристым вином. От лопающихся на поверхности вина пузырьков исходил неповторимый аромат винограда сорта гевюрцтраминер. «Ну что ж, — подумала я. — Видимо, в моем молоке всегда будет шампанское!» И тут же стало очень тошно, когда я осознала, что не могу проверить, не пьет ли сейчас какую-нибудь бурду та дрянь, что кормит моего ребенка.

— Этот суп приготовлен в твою честь, — прервал мои размышления Большой Тао. — Том-ям а-лярус.

— Не поняла, — удивилась я и взяла в руку серебряную ложку с эмалированным золотым дракончиком на ручке.

— Вначале варится крепкий рыбный бульон из нескольких сортов рыбы. Дэйв обычно использует местную туну и парную норвежскую семгу, которую нам доставляют самолетом. Затем бульон процеживается, и сварившаяся рыба возвращается в него уже отделенная от костей и кожи. Отдельно готовят брез — пассеруют лук, мелко тертую морковь, чеснок, соленые огурцы, острый стручковый перец и томатную пасту...

— Но ведь так варят рыбную солянку?

— Правильно! Только Дэйв, после того как брез попадает в бульон, добавляет туда немного морепродуктов, корень лимонной травы, сок лайма и свежий имбирь. Это существенно дополняет и даже меняет вкус супа.

Я попробовала. Было потрясающе. Это и впрямь был том-ям, но в то же время типичный русский вкус тоже, несомненно, присутствовал. «Хорошо бы, чтобы и Маленькая Линя одобрила это огненное блюдо», — подумала я, заливая пожар во рту ледяным игристым вином.

— Наш с Дэйвом отец хотел, чтобы мы, как и он, стали поварами. Он начал учить нас обоих, но надежды оправдал только мой брат.

Большой Тао объяснил мне происхождение своих познаний в кулинарии, но сам при этом ничего не ел. Перед ним стоял большой хрустальный стакан, на дне которого плескалось его любимое виски. Вообще мой кавалер изрядно выделялся среди остальных посетителей клуба — на фоне элегантных мужских костюмов и женских вечерних платьев его зеленая шелковая рубашка, расписанная золотыми драконами, смотрелась странно. Хорошо еще, что голые костлявые ноги и его невообразимые тапочки не были видны из-под скатерти.

Наконец появились наши долгожданные соседи: высокий светловолосый красавчик лет тридцати от роду и ослепительная тайка в потрясающем вечернем платье в национальном стиле. Необыкновенный наряд девушки подчеркивал ее тонкие черты, достоинства фигуры и совершенство смуглой бархатной кожи. Только очень пристальный взгляд мог бы определить, что бедра ее, возможно, несколько узковаты. Но относительно узкие бедра и очень специфический подъем щиколотки являются известной отличительной особенностью тайских женщин и никак не умаляют красоты многих из них. Сверкающие на Дайане бриллиантовые украшения были отнюдь не громоздки, а, наоборот, соразмерны, изящны и элегантны. Она вошла в обеденный зал клуба, сияя красотой, в облаке какого-то неизвестного мне аромата. Мне до сих пор такой парфюм нигде не попадался. Вице-консул по всем понятиям был тоже очень хорош собой. Лично я не очень люблю высоких блондинов с пухлыми ярко-красными губами, но, думаю, что я здесь не в большинстве. Туповатое выражение лица, по мнению многих представительниц слабого пола, только украшает мужчину, так что наверняка женским вниманием Александр Петрович обойден не был. Судя по выражению лица тайской принцессы, она была в нескрываемом восторге от своего кавалера. Заняв место за столиком, Дайана скользнула взглядом по залу. Нас с Большим Тао она вроде бы и не заметила. Спутник же ее, напротив, уставился на меня в упор и даже ухитрился незаметно для окружающих подмигнуть. Обладая немалым опытом общения с подобными типами, я поняла, что господин Назарченков успел надраться за время короткого перелета из Бангкока. Мысленно раздев меня, Александр Петрович с брезгливым выражением на лице осмотрел моего спутника. Судя по всему, особенно не понравилась строгому дипломату легкомысленная рубашка с дракончиками. Будучи на все сто процентов уверен, что русского языка никто из нас не понимает, он пробурчал:

— Б...! А я слышал, что в это заведение не пускают старых обезьян!

Большой Тао улыбнулся уставившемуся на него молодому человеку одними губами. Лицо «старой обезьяны» оставалось умиротворенно-спокойным. Разумеется, старик ничем не выдал, что прекрасно все понял, и господин Назарченков соизволил повернуться к своей блистательной спутнице. Они продолжили уже, видимо, давно начатый разговор на английском языке. Насколько я расслышала, русский дипломат предлагал девушке поскорее направиться к ней домой и выяснял, можно ли будет побаловаться травкой. Если бы мне не было известно, что Большой Тао не знает английского, то я бы определила, что на его бесстрастном лице отобразилось некое подобие удовлетворения беседой наших соседей. Я перешла от супа к муссу из туны с чили и водорослями. Тао не спеша отхлебывал свой «Бомо», продолжая хранить молчание. Меня обслуживали очень быстро. Очевидно, персонал был предупрежден, что у нас немного времени. На десерт мне подали мороженое с зеленым чаем и мятой. От кофе с коньяком я отказалась и, осознавая себя кормящей матерью, не стала даже допивать до конца свой эльзасский креман. Показывая, что закончила ужинать, я немного отодвинула от себя пустой бокал и вазочку из-под мороженого. Тао допил одним глотком виски и встал. Он галантно подал мне руку, и мы удалились под удивленными взглядами членов клуба.

Я поблагодарила Большого Тао за великолепный ужин и попросила передать мою благодарность его брату — шефу. Тао согласно кивнул.

— Все идет как надо, — с удовлетворением отметил он. — Я даже не рассчитывал, что он такой дурак.

— Но они ведь говорили на английском, — удивилась я.

Тао кивнул.

— Но ведь вы, господин Тао, по-английски не говорите!

— Честно говоря, — улыбнулся старик, — это не совсем так. Во всяком случае, я на нем довольно неплохо... слушаю.

Я опять не без трепета припомнила нашу первую встречу.

— Да, маленький Мики ввел вас тогда в заблуждение. Я действительно предпочитаю не афишировать того, что знаю и умею. К тому же я терпеть не могу этого тупого немца, который непонятно с чего всегда мнил себя моим другом.

— А это разве не так? — улыбнулась я.

— У меня нет друзей, — печально отозвался Большой Тао. — Кроме Лини... Большой Лини... у меня не было здесь близких людей. — Он остановился и пристально посмотрел мне в глаза. — Когда-то я так не думал... Я считал, что у меня много хороших... верных друзей. Подобные заблуждения очень, очень дорого мне стоили.

Тем временем мы уже подошли к джипу Большого Тао. Мотор работал, и водитель, сжимая руль, сидел на своем месте. Похоже, он вообще не выходил из кабины. А рядом был припаркован мотоцикл, и возле него нас дожидался Мики. Теперь я уже знала, как зовут того парня, что встречал нашу гоп-компанию возле дома своего господина. Мики низко поклонился хозяину, после чего приветственно кивнул и мне. Тао сказал ему несколько непонятных мне слов, и мотоцикл немедленно умчал парня во тьму. Мы не спеша двинулись домой.

Большой Тао проводил меня до моего домика и, заглянув внутрь, отдал какие-то распоряжения Мее. Тут же он объяснил мне, что велел старой женщине остаться при мне, так как через пару-тройку часов наши с ним дела продолжатся.

Нужно сказать, что после ужина я ощущала некоторую сонливость. Низ живота еще изрядно тянуло, только послезавтра мне предстояло заехать в клинику, чтобы снять швы. Исполнив материнский долг, я препоручила также одобрившую ужин с креманом Линю тайке и прилегла немного отдохнуть.

ВИЦЕ-КОНСУЛ
и не только

Через два с половиной часа Большой Тао разбудил меня, и я подскочила, готовая снова ехать с ним куда-нибудь в глубь темного ночного острова. Но ехать никуда не пришлось. Вначале мы просто прошли на ту самую веранду, где в свое время нас принимали со всей компанией «поздравлятелей» во главе со сластолюбивым немцем. Сейчас там сидел Мики в наушниках. Он внимательно следил за происходящим на двадцатидюймовом экране старенького телевизора, стоящего перед ним на столе, и делал какие-то неспешные плавные движения джойстиком. Вначале я подумала, что юный секретарь Большого Тао просто решил поиграть немного в свободное от работы время с какой-нибудь новомодной приставкой, но оказалось, что это не так.

Мики сказал что-то своему хозяину, и Большой Тао пояснил, что минут через пятнадцать господин вице-консул наверняка будет готов с нами пообщаться.

— А это что? — спросила я, кивнув на телевизор.

— Это мерзость! — скривился старый таец. — Но очень поможет нам общаться с господином Назарченковым конструктивно.

Я встала за спиной Мики и всмотрелась в экран. Зрелище действительно было воистину рвотным. Четыре видеокамеры, которыми Мики управлял на расстоянии, были установлены в спальне, где «приятно» проводил время Александр Петрович Назарченков. Происходящее снималось этими четырьмя видеокамерами и отображалось на четырех сегментах разделенного экрана. Вице-консул был не только пьян, но и явно обкурен. Лицо его, занимающее крупным планом один из сегментов экрана, выражало тупую прострацию. Из угла рта текла слюна, а из левой ноздри постоянно выдувался сопливый пузырь. На остальных картинках господин Назарченков был представлен с других ракурсов. Из одежды на нем оставался только один носок на левой ноге, часы и золотой крестик на шее. Он стоял на карачках. Сзади к нему пристроилась прекрасная Дайана... Точнее, она была не совсем Дайана! То есть это, с позволения сказать, существо имело красивую женскую грудь и... все мужские причиндалы, которыми оно сейчас вовсю и пользовалось. Назарченков, похоже, даже не понимал, что с ним в настоящее время происходит. Раскачиваясь в такт движениям Дайаны, он только пучил глаза и открывал рот, словно выброшенная на берег рыба. Я поняла, что просто не слышу звуков, поступающих в наушники управляющего съемкой молодого человека. Тао сделал жест, и Мики протянул наушники мне. Как раз в эту минуту вице-консул заговорил.

— Take on your account, — промямлил он заплетающимся языком. — I am not only diplomat! Not at all![1] — Дальше российский дипломат крайне косноязычно попытался объяснить партнеру-извращенцу, что он не просто посольский работник, но некто несравнимо более важный. Александр Петрович оторвал правую руку от кровати, изогнулся и, почесав волосатый зад, торжественно заявил, что на самом деле он не кто иной, как работающий под дипломатической крышей разведчик.

---

[1] Примите к сведению... Я не только дипломат... Вовсе нет! (англ.)

Я еще раз просмотрела по очереди все сегменты экрана и сняла наушники. Омерзение от увиденного было столь сильным, что мне почти непреодолимо захотелось побежать к ближайшим кустам и выплеснуть на землю шедевры кулинарного искусства и добрые полбутылки столь любимого мной игристого вина. Большой Тао и Мики ухмыльнулись, заметив мою реакцию на гадкое порнодейство. Преодолевая отвращение, я ткнула пальцем в Дайану, дрыгающуюся на экране.

— Это что же — Дайана, ваша племянница — она...

Тао грустно вздохнул:

— Дэном его зовут! На самом деле был племянник, а теперь почти племянница. — В ответ на мой немой вопрос о том, как такое вообще могло случиться, он развел руками. — Да — пидор! Да — Ladyboy[1]! А что я могу сделать? — В его голосе не пойми откуда появился унылый местечковый акцент. — Весь мир обезумел! Жалко брата! Ну да ладно!.. От Дэна хоть иногда какая-то польза есть... Сейчас, например...

Тем временем неподалеку послышались звуки полицейской сирены. Сквозь неплотный строй стоящих по обочинам пальм засверкали проблесковые маячки патрульной машины. Старик этим нисколько не обеспокоился — наоборот, он отправил Мики встречать гостей.

Трое полицейских неспешно вылезли из автомобиля и, кивнув в сторону молодого человека, направились навстречу хозяину и по очереди поздоровались со стариком. Делалось это, судя по всему, по старшинству. Рукопожатия осуществлялись чрезвычайно почтительно и, как это здесь принято, только двумя руками и с поклоном. Большой Тао сказал что-то по поводу меня, после чего и я удостоилась сдержанных приветствий. Один из полицейских взглянул на экран и скорчил брезгливую физиономию.

---

[1] Трансвестит (*англ. сленг*).

Стражи порядка неспешным шагом направились к одному из гостевых домиков, самому отдаленному от моего нового жилища. Большой Тао и Мики пошли за ними. Я замкнула странную процессию.

Дайана-Дэн, судя по всему, был каким-то образом предупрежден Мики и уже скрылся. Наверное, он выпрыгнул через открытое огромное окно — подоконник располагался на высоте коленей. Дальше он мог уйти куда угодно, в том числе и в дом Тао. Его никто не искал. Когда мы вошли в спальню, нашим взорам представилось ожидаемое отвратительное зрелище — теперь уже в цвете и с соответствующими запахами. Вице-консул безвольно распростерся поперек большой грязной кровати. Лежал он на животе, ноги свешивались до самого пола, единственный носок был спущен до середины ступни. В дополнение ко всему от нескольких брошенных прямо на пол недокуренных косяков гадко пахло марихуаной.

Я почувствовала, что к моему горлу вновь подкатывает рвотный ком, и с неимоверным усилием подавила спазм.

Александр Петрович был в полной отключке, лицо его покоилось на изгаженной зелеными соплями подушке. С отвисшей нижней губы стекала слюна. Несмотря на то что четыре скрытые видеокамеры наверняка продолжали работать, один из полицейских достал из сумки небольшой фотоаппарат со вспышкой на длинном штативе и сделал не меньше десятка снимков как всей комнаты, так и самого дипломата. По его команде мы отошли, чтобы не оказаться в кадре.

— Его заберут? — спросила я Большого Тао.

Тот отрицательно покачал головой:

— Надеюсь, что нет! Он же дипломат... представитель великой державы...

— Но он же ничего не сможет сказать! — Я кивнула в сторону безвольно раскинувшегося тела.

Словно отвечая мне, старший из полицейских вынул из кармана маленькую металлическую коробочку, извлек из нее шприц, уже заполненный каким-то раствором, направился к господину Назарченкову и, внимательно осмотрев обесчещенные «тылы» вице-консула, брезгливо скривился и сделал инъекцию в плечо «пациента». Ждать реакции пришлось недолго. Через несколько минут Александр Петрович застонал и открыл глаза. Первым, что он увидел при этом, была не предвещающая ничего хорошего усмешка Большого Тао. Старик расположился в большом плетеном кресле напротив кровати, он был единственным из нас всех, кто сидел. Похоже, остальных вице-консул пока вообще не заметил.

— Who... you[1], — куда-то потеряв «are», пробормотал Александр Петрович, пытаясь приподняться на локтях.

— Ху я?! — засмеялся Большой Тао. — Ху я?! А ю, ю-то, сам — ху?

Мотая во все стороны головой, вице-консул встал на карачки и икнул, потом зацепил большим пальцем правой ноги носок на левой, и тот упал на пол. Александр Петрович, с трудом сохраняя равновесие, поочередно почесал одной ногой другую.

— Я — старая обезьяна, как ты изволил сегодня выразиться, ужиная в моем ресторане! — тихо и до ужаса бесстрастно произнес старик. — А ты кто? Точнее, кем ты был?

— Я требую к себе обращения на «вы»! — прохрипел господин Назарченков. — Я — вице-консул Российской Федерации!

Только теперь Александр Петрович заметил, что, кроме старика в шелковой рубашке и шлепанцах, в комнате находятся еще трое полицейских и мы с Мики. Он инстинктивно попытался выпрямиться и прикрыть правой ладонью гениталии, а левой — зад. Разумеется, при решении столь непосильной задачи вице-консул Россий-

---

[1]Кто... ты? (*искаж. англ.*)

ской Федерации потерял равновесие и свалился лицом в подушку.

Самый младший и он же самый маленький из стражей порядка только что закончил собирать пинцетом окурки и продемонстрировал «улов» Большому Тао и своим коллегам.

— Это — марихуана. Наркотик. За транспортировку наркотиков в Таиланде предусмотрена смертная казнь.

— Х...ня! Я ничего никуда не транспортировал! Это — раз! — Вице-консул предпринял очередную попытку перестать упираться в кровать руками и стал загибать пальцы. И снова свалился. — И у меня дипломатический иммунитет, — промычал он в подушку. — Это — два! — Он повернулся на бок и медленно пополз к краю кровати, успешно достиг цели и попытался решительно встать на ноги.

— Вы, б..., знаете, что такое иммунитет?! Иммунитет — это на проф-ф-фес-с-сиональном языке значит дипломатическая неприкосновенность! — С этими словами он принял наконец вертикальное положение, держась обеими руками за спинку кровати. Но, не простояв и пяти секунд, мучительно взвыл, ухватился за собственный зад и повалился обратно на свои скомканные простыни. — Господи! Что же это?! Что с моей жопой?!

Я не удержалась:

— А вы не помните разве, что к вашей, как вы культурно выразились, жопе дипломатически прикасались.

— Как это — прикасались?!

— Как следует прикасались, — кивнул Большой Тао. — Причем с полного вашего согласия!

— По полной программе! — еще раз подтвердила я.

Полицейские ни слова не понимали из нашей беседы, но всем своим видом подчеркивали глубокое уважение к господину Тао.

— Где эта б..? Дайана или как ее там еще...

— Дэн, — подсказал старик. — Дэн! Это — мальчик, несовершеннолетний подросток. Вы совратили его!

— Провокация! — господин Назарченков дернулся, и вновь боль в заднем проходе заставила его застонать. — Я похищен! Требую доставить меня на территорию посольства Российской Федерации.

Он повторил эти же слова на английском. Полицейские согласно закивали. Александр Петрович сполз под кровать и вытащил оттуда смятые брюки с застрявшими в них трусами. В это время Мики буквально на несколько секунд выскользнул из комнаты и появился уже с маленькой видеокассетой в руках. Старший из полицейских сказал несколько фраз господину Тао. Тот моментально ответил, после чего снова по-русски обратился к вице-консулу:

— Безусловно, в отличие от вашего гомосексуального партнера мы не будем... гм... нарушать вашу... гм... дипломатическую неприкосновенность. Через полчаса вас доставят в аэропорт. Утром вас уже препроводят... гм... с полным почетом в посольство Российской Федерации. Вас сопроводит лично капитан полиции Нан.

При этих словах Большого Тао старший из полицейских с достоинством поклонился стоящему враскоряку вице-консулу. Большой Тао продолжил:

— Капитан Нан подтвердил, что без согласия России вы не можете быть привлечены ни за наркотики, ни по статье о совращении несовершеннолетних...

Вице-консул с третьей попытки с кряхтеньем и стонами натянул штаны.

— Какое там, на х..., совращение! Она же, ну, то есть он, меня сам... в смысле... того... Ну, не я его, а он меня!

Недобро ухмыльнувшись, Тао перевел полицейскому слова господина Назарченкова. Ответ последовал незамедлительно.

— Не имеет значения, кто кого! Ему только шестнадцать лет! — перевел Большой Тао слова полицейского.

Мне было не до шуток, конечно, но я опять не смогла не влезть:

— Если бы вы не совратили юное создание своей грязной жопой, он мог бы, например, учиться в школе, петь в хоре или играть со сверстниками в развивающие игры!

Тао, пожав плечами, заключил:

— И то, что не вы его отымели, а он вас, так... вам так больше нравится, наверное!

— Мне так больше нравится?! — возопил дипломат. — Да у меня от жопы ничего не осталось! Ни встать, ни сесть, блин!

Глаза Большого Тао хищно блеснули. Он взял из рук Мики видеокассету.

— Да нет, господин вице-консул! Пожалуй, сесть у вас хорошо получится! Но не здесь, разумеется, а дома — на родине!

— То есть?! — Александр Петрович поднял брови домиком.

Перед тем как поднять с пола рубашку, он понюхал вынутую из брюк собственную руку. Затем с омерзением вытер ладонь о простыню.

— На этой кассете полуторачасовое порно, господин Назарченков. Вы там в главной, хотя и пассивной роли. А в начале фильма вы еще к тому же учите несовершеннолетнего юношу, как правильно курить марихуану.

— Подделка! Фальшивка!

— Это вы жене будете рассказывать, а не нам, — жутковато улыбнулся Большой Тао. — А самое главное, что есть на кассете, — ваш захватывающий рассказ о работе в российской разведке. Уж не знаю, где вы состоите на службе, в ФСБ, СВР или ГРУ, но для нас не составит проблемы сделать так, чтобы каждая из этих организаций получила свой подарочный экземпляр фильма, а потом этот киношедевр не без нашей помощи увидят многие тысячи благодарных зрителей-извращенцев в Интернете. Вам найдется, с кем из вышестоящих коллег поговорить о презумпции невиновности.

— Этого не может быть! — Александр Петрович мгновенно преобразился настолько, что, казалось, почти перестал существовать. — Я же не мог!..

— Могли, могли! Не сомневайтесь, Александр Петрович! Мы и сами не понимаем, зачем бахвалиться перед молодым человеком, который и так уже вас... так сказать... К чему вам это было надо? Впрочем, на этот вопрос вы будете отвечать уже не нам! — Улыбка сошла с лица старика. — Собирайтесь, господин вице-консул. До аэропорта вас с почетом отвезут в полицейской машине.

— Я могу купить эту кассету? — промямлил поверженный дипломат. — Назовите цену!

Перевода этой фразы не потребовалось. Засмеялись все, кроме меня. Даже самый маленький полицейский осторожно хихикнул в свою смуглую ладошку.

— Нас не интересуют деньги. И кассета навсегда останется у нас! — ответил Тао. — Но вы можете попробовать сделать так, что ее больше никогда и никому не покажут.

— Что я должен делать?! Что?! — Александра Петровича била дрожь.

Большой Тао сделал паузу, потом взял меня за руку и, глядя в испуганные бегающие глаза вице-консула, отчетливо проговорил:

— У этой старой обезьяны, — он ткнул себя в грудь пальцем, — есть дочь... приемная дочь. А у дочери моей, в свою очередь, возникли некие проблемы. Проблемы эти возникли, кстати, при непосредственном вашем участии, дорогой Александр Петрович. Но, я так думаю, вы сделаете все для их скорейшего разрешения.

НЕОЖИДАННАЯ ВСТРЕЧА
и не только

Я сама не понимала, что творилось в моей душе, когда небольшой французский самолет «АТР-72» оторвался от гладкой бетонной полосы кануйского аэропорта и взял курс на Бангкок. Кто мне Линя — дочь поблядушки Маши Тупицыной и совращенного ею безвестного черного паренька? Но я чувствовала, что она — моя настоящая дочь! Если бы не она, я бы просто сошла с ума, лишившись моего Тао.

Вернуть сына — моя главная цель, но и расстаться с дочкой, не достигшей и месячного возраста, было совершенно невыносимо. Мою грудь распирало от молока, и я страстно желала прижать к себе моего мальчика до того, как оно иссякнет. Я дала себе слово сцеживаться не реже, чем каждые три часа. Большой Тао не дал мне взять с собой Линю, и, честно говоря, он был прав. Старый таец нанял в кормилицы девочке ту самую молодую мать, о которой говорил в самом начале. Он назвал меня своей приемной дочерью. Теперь они с Линей ждут меня и Маленького Тао. И я знала, что он не кривит душой, говоря о своем отношении ко мне и моим детям! Я понимала, что Большой Тао сделает все ради здоровья и благополучия девочки. Увы, власть старика была безграничной только на Кануе. Его возможности, как я понимала, сильно уменьшались даже в остальных частях Таиланда и практически сходили на нет за его границами.

Российский вице-консул господин Назарченков подтвердил, что получил от Маши внушительную взятку и снабдил ее выданными без надлежащих оснований документами на ребенка. Кроме того, он поставил, вопреки правилам, срочную визу обоим китайцам. Это, впрочем, как я уже знала, не помогло доктору Чену.

Назарченков сделал для нас все, что пока от него требовалось. В течение недели я получила из консульства новый комплект документов, подтверждающий, что именно я являюсь матерью близнецов Тао и Лини. Получила я и всю информацию о Маше: адрес, по которому она зарегистрирована, и телефон. Мы с Тао не рискнули требовать объявления Маши Тупицыной в розыск. Господин Назарченков готов был немедленно объявить ее мошенницей и похитительницей. Более того, после выдачи мне документов на детей он очень желал дезавуировать Машины документы, но очень сложно было просчитать, что она или ее любовник могут сделать, когда поймут, что за ними идет реальная охота. Про Машиного любовника у Назарченкова действительно никакой информации не было. Во всех Машиных документах значился только тот адрес, по которому она была зарегистрирована вместе со своими родителями.

Я пока еще не знала, кто мне поможет в России. Чертков прекратил со мной всякое общение, а Ирина мрачным голосом сообщила, что сделала все, что могла, но никакого предполагаемого Машиного любовника господина Бухарцева в Саратовской области ей найти не удалось.

Ирина ушла от ответа на мои вопросы о том, как идет чайный бизнес, что творится с моими собственными пущенными в дело деньгами и что реально происходит на фирме. Похоже, скверные предсказания Семена начинали потихоньку сбываться. Нечего и говорить, как мне было нервно и тошно. А кроме того, я все-таки не могла избавиться от печального осознания того, что мой Леня не сделал ни малейшего усилия, чтобы, вопреки моему решению, все же остаться со мной. Я понимала, что доктор Харикумар сказал правду — услышав, что произошло, он развернулся и ушел... почти убежал. «Ну что ж! — все время повторяла я про себя. — Ушел и ушел! Он должен был уйти! Я сама бы так сделала!» Но веселее от таких размышлений не становилось. Кто угодно должен был развернуться и уйти после рассказа доктора Харикумара. Кто угодно, но только не он, не мой — когда-то мой — Леня!

Кстати! Я вдруг осознала, что мне в Москве придется ночевать в своей городской квартире, где я уже давно не была. Мама не должна знать, что я приезжаю. Последнее время я часто звонила ей и рассказывала, что легко и быстро родила сына. Его имя, правда, вызвало у мамы глубокое недоумение, но она и не такого могла ожидать от своей невменяемой дочери. И она была права! Я давала ей послушать в трубке плач Маленькой Лини, и она была убеждена, что это Тао. Я даже не представляла себе мамину реакцию, когда выяснится, что у нее появился не один внук, а целых двое. Причем внучка, вдобавок ко всему, еще и черная! Но пока, даже звоня из Москвы, я буду притворяться, что нахожусь на Кануе, куда ей с детьми пока приезжать не стоит.

Чрезвычайно огорчало меня и то, что я так и не смогла связаться с Космонавтом. Алексей буквально растворился среди миллиарда индусов. С неимоверным трудом мне удалось связаться с Аркадием Аркадьевичем Шевчуком, который к тому моменту уже месяц как отдыхал на курорте Канкун в Мексике. Меня интересовало только одно — знает ли он, где мне найти Космонавта, у которого должны быть все сведения о его саратовском приятеле. Но перед тем как я получила наконец отрицательный ответ на свой короткий вопрос, мне пришлось выслушать пространный рассказ о постигшем Аркадия Аркадьевича потрясении. Четыре с половиной недели назад он возвратился в Москву с полюбившегося ему Занзибара. Приехав из аэропорта домой, вошел в подъезд и обнаружил, что вместо прежней пожилой интеллигентной консьержки появилась красномордая, не внушающая доверия тетка. Подойдя к ней поближе, Аркадий Аркадьевич убедился, что женщина спит, распространяя вокруг запах дешевого алкоголя. Дрожа от возмущения, он вошел в лифт и сразу почувствовал, что в кабине не просто гадко пахнет, но нестерпимо смердит, а когда он ткнул пальцем в нужный этаж, то тут же ощутил, что вляпался. Присмотревшись, он с ужасом убедился, что все кнопки залеплены зелеными соплями, а возмутившая его естество вонь исходит от большой кучи, наваленной в дальнем углу кабины. Разумеется, уже утром следующего дня белоснежный лайнер уносил потрясенного господина Шевчука в сторону курортов Карибского моря.

Я не стала ничего рассказывать Аркадию Аркадьевичу о своих проблемах, и он, конечно, даже не вспомнил о том, в каком положении я была, когда мы последний раз виделись.

Ну вот, пересадка в Бангкоке — и я снова в воздухе. «Возможно, это последний раз, когда доводится лететь первым классом», — подумала я, раскладывая широкое, как настоящая кровать, кресло. Я использовала обратный билет, купленный еще в прошлой, богатой жизни. Если же мои партнеры и впрямь вышвырнули меня из бизнеса, то придется отныне летать экономом... Если мне вообще придется еще летать...

Измученная беспорядочно мятущимися мыслями и омерзительным процессом сцеживания в тесной туалетной комнате, я наконец вышла из самолета. Багажа у меня было мало, документы оставались всегда при мне.

Я беспрепятственно прошла по зеленому таможенному коридору и направилась к стойке такси. Ирина не знала точной даты моего приезда, и водителя прислать было некому. Звонить Леше сама я тоже не стала. Сейчас лучше всего ни с кем в Москве своими планами не делиться. Я успела сделать лишь пару шагов по залу прилета, как меня дернули за рукав.

— Куда едем, подруга? — услышала я хрипловатый женский голос.

Я никогда не пользуюсь услугами бомбил. Даже не обернувшись в сторону назойливой таксистки, я попыталась вырвать руку, чтобы идти дальше.

— Ты что, любезнейшая, сама себя перестала узнавать?

Остановившись, я повернулась в ее сторону. Передо мной стояла Анита Хулиевна Вердагер собственной персоной. В отличие от нашего первого свидания сегодня она была одета в ярко-красную нейлоновую куртку и коричневые вельветовые джинсы.

— Ты уже свободна? — только и вымолвила я.

Анита звонко расхохоталась:

— Это ты уже свободна, голубушка! А я давно свободна! Только откинулась, как у нас говорят, ровно неделю назад!

— Слава богу! — непроизвольно воскликнула я.

Мне стало ясно, что, несмотря на все недоразумения между мной и коллегами, работа по моему «освобождению» была доведена до конца. Впрочем, не исключаю, что однажды запущенный процесс завершился без участия Игоря Борисовича и его друзей. Не знаю.

— Ты что, решила заняться извозом? — Я увидела, что Анита крутит на пальце брелок с автомобильными ключами.

Девушка вновь радостно рассмеялась.

— Нет! Я друга встречаю! — Она внимательно посмотрела на то и дело открывающуюся за моей спиной автоматическую дверь. — А вот и он! — По-детски взвизгнув, недавняя заключенная бросилась мимо меня к только что вышедшему пассажиру. Через долю секунды она уже повисла на шее... Лалита Чатурвэди. Неужели брахман так быстро перестал быть невъездным?

Новенькая «Тойота» Аниты стояла на одной из дальних парковок, и мы с Лалитом минут десять ждали, пока она подгонит ее к терминалу. Мне хватило пяти из них, чтобы в двух словах изложить индусу свою проблему. Под конец моего рассказа он сильно нахмурился, щелкнул золотыми застежками своего роскошного коричневого портфеля и вытащил оттуда какую-то российскую газету. Я ее узнала по первой странице — такую же в точности мне предлагали перед вылетом из Бангкока, но я тогда была погружена в свои раздумья и не взяла ее. Лалит раскрыл газету на второй странице и протянул мне. Четверть листа занимала фотография, на которой Егерев был запечатлен на приеме в Кремле в окружении весьма важных персон. Я опешила, но ошибки быть не могло. Тут же была статья о том, что именно Арсению Натановичу теперь поручено крепить военно-техническое и прочее сотрудничество России со странами третьего мира.

— Так он же полное уе...ще! — воскликнула я.

— Это не всем и не всегда мешает!

— На него нельзя положиться ни в чем! Он — слабоумный говнюк!

Лалит тяжело вздохнул и развел руками:

— Поэтому я сейчас здесь!

— А вы теперь уже можете свободно въезжать в Россию? Ваши проблемы решены?

Индус усмехнулся и протянул мне паспорт. В графах «First name» и «Given name» было написано «Kamal Kaриг». Маленькая фотография буквально светилась благородной и спокойной улыбкой Лалита.

— Не поняла!

— Это паспорт на имя моего шофера. Камаль не ездит за границу. И никогда не поедет. То есть в этой жизни — никогда. В следующей жизни, может быть, он станет каким-нибудь Туром, извиняюсь, Хейердалом. В Министерстве внутренних дел никто никогда не станет присматриваться к фотографии, тем более что у него, как и у меня, темная кожа, мы примерно одного возраста и у него, как и у меня, благородные черты лица.

— Вы молодец, Лалит! Впервые вижу поддельный паспорт!

— Почему же поддельный?! Самый что ни на есть настоящий неподдельный паспорт!

— Но это значит, что вы поддельный!

— Нет! И я тоже настоящий. По отдельности все настоящее! Синтетическим является только наше совмещение. Впрочем, думаю, что нам обоим сейчас не до философских изысканий!

— Мне-то уж точно!

Анита лихо подрулила к бордюру. Мы быстро забросили вещи в багажник и залезли внутрь. Лалит сел рядом со своей давней приятельницей, а я развалилась на заднем сиденье.

— Что с твоей печенью? — заботливо спросил Лалит Аниту.

— Пока работает. Но, боюсь, придется идти на химиотерапию. Иначе, говорят, скоро загнусь...

— Поедешь со мной в Индию, — сказал ей Лалит. В его словах не было даже вопроса.

— Боюсь, что у меня будут проблемы с загранпаспортом, — возразила Анита.

Тут встряла я:

— На тебя имеется полный комплект документов. Все это валяется у меня в столе на работе.

— Уже не валяется! Мне Ирина Евгеньевна все отдала, но заграничного паспорта там не было. Я не знаю, смогу ли вообще его получить в ближайшее время.

— Он уже есть, насколько помню, — ответила я. — По-моему, я его принесла домой и положила на полку в своем кабинете. Найдем.

Услышав мои слова, индус удовлетворенно кивнул.

— Где ты живешь? — спросила я Аниту.

— Пока что в его квартире... — Она показала на Лалита. — У него есть своя квартира на Юго-Западной.

— А где ты жила... до...

— До тюрьмы?

— Ну да!

— Ты что, издеваешься?

— С какой стати? — удивилась я.

— Так ты что, не знаешь, что ли?

— Нет... А чего я не знаю?

— Ты документы на свой новый дом смотрела?

— Нет... то есть я их видела, но не особо вникала. Свидетельство о госрегистрации точно видела...

— А договор продажи?

— Нет.

— Ты живешь в моем доме. В доме моего деда, можно сказать. Царствие ему, моему деду, небесное!

В голове моей что-то щелкнуло.

— Так, значит, у тебя, по крайней мере, сейчас полно денег! — констатировала я.

— С какого такого хера полно?! — Анита так дернулась, что нас едва не занесло.

— Как это с какого хера? У меня за этот дом сняли со счета охренительную сумму. — Я на пальцах изобразила, сколько мне обошелся этот дом в миллионах долларов.

— Я его отдала не за деньги, — проговорила Анита. — Я отдала его за то, чтобы сидеть по-человечески, чтобы выйти живой, и поскорее!

Я замолчала. Значит, Чертков просто наврал мне, что купил дом за мои деньги! Ну что ж! Претензий тут не предъявишь — он тотчас же объяснит, что деньги разошлись на оплату конфиденциальных услуг, потребовавшихся для решения вопроса о моем освобождении. Да в какой-то степени оно, может быть, так и есть. Но зачем было врать? Зачем?

— Хорошо, — восстановила я прерванный разговор. — Предлагаю поехать куда-нибудь всем вместе. Например, ко мне в мою московскую квартиру. Там обсудим, чем мы можем быть друг другу полезны.

Честно говоря, я была не уверена в том, что Лалит и тем более Анита захотят и смогут мне хоть чем-нибудь помочь. В своей потенциальной полезности для них я, по понятным причинам, также сомневалась. Однако индус незамедлительно принял мое предложение.

— Прекрасно! — сказал он весело. — Я как раз размышлял, с кем бы мне сейчас выпить. Давно не брал рюмку в руки! Если, правда, не считать одной-единственной вечеринки с русскими бизнесменами и меломанами.

— Можно подумать, — прыснула Анита Хулиевна, — ты не можешь выпить у себя дома в Дели!

— Не могу, — печально вздохнул Лалит. — Ни пить, ни курить дома не могу! У меня уже полгода родители живут. У них в Бихаре в доме ремонт идет. Они не должны знать, что я курю и это... — Он щелкнул пальцами по темно-коричневому кадыку.

Анита развеселилась еще больше:

— Тебе сколько лет, Лалит?

— Пятьдесят один... Но это неважно. Они — родители, и я стесняюсь. У нас это не принято.

— Так выпил бы в самолете... — не унималась Анита. — Зачем тебе шесть часов трезвому лететь?

— Это ты, конечно, права, дорогая! Но я чуть-чуть волновался сегодня. Я ведь в первый раз прилетаю в Россию не как Лалит. Я сегодня — Камаль Капур и должен об этом всегда помнить и не запутаться! Тут же граница, таможня... И я все время повторяю про себя: «Я — Камаль! Я — Капур!»

Миновав Химки, мы въехали в плотную и унылую московскую пробку. Лалит достал пачку сигарет и спросил:

— Вы не возражаете, если я покурю?

Я сконфузилась.

— Извините Лалит, но я как бы кормлю... Вы же знаете...

— Ах да! — Индус хлопнул себя ладонью по лбу и убрал сигареты.

— Кого ты кормишь?! — ошалело спросила Анита.

«Действительно, — подумала я. — Кого я, черт побери, кормлю?» Я непроизвольно заплакала, вспомнив, как разговаривала с брыкающимся в моем животе Маленьким Тао, как убаюкивала мою маленькую шоколадную Линю. Вспомнила и про Дашу, которой даже не могу сказать, что я рядом.

— Детей кормлю! У меня двойня — мальчик и девочка!

— Где они?! — Анита обернулась и испуганно осмотрела салон машины.

— Девочка на Кануе, в Таиланде, а мальчик где-то здесь... Я приехала его найти и забрать!

Анита повернулась к Лалиту. Тот, подтверждая мои слова, кивнул. Не говоря более ни слова, она свернула к бензозаправочной станции и остановилась возле одной из колонок.

— В общем, так, я сейчас заправлюсь. Дядя Лалит, иди на свежий воздух покури. Только подальше куда-нибудь, чтобы мы все тут не сгорели. А ты, безумная девушка, расскажи и мне, что у тебя творится. А то мне много всякой херни в этой жизни рассказывали, но ты, похоже, всех переплюнула!

Лалит вышел из машины. Застегнув пальто на все пуговицы, он отошел от колонки метров на двадцать и закурил. Я осталась сидеть в машине. Нахлынул очередной приступ стыда и неловкости перед Анитой Вердагер. Этой серьезно больной молодой женщине почему-то пришлось за меня сидеть в тюрьме и лишиться дома. Я услышала, как зажурчала струя льющегося в бак бензина, и моя дверь открылась.

— Вылезай! — скомандовала просунувшаяся внутрь Анита и мягко добавила: — Пожалуйста, выйди.

Услышав это «пожалуйста», я немедленно вылезла наружу на пованивающий бензином воздух.

— Ты что, думаешь, что виновата передо мной?

— Ну... как бы... да!

— Я почувствовала это. Но ты учти, что ты меня только выручала. Я села не из-за тебя. А из-за этого е... мента, царствие ему небесное! Не должна я была его... того... Ну, в общем, брать грех на душу. Понимаешь?

Я молча кивнула.

— А если уж совсем честно, то пить, перед тем как за руль сесть, я не должна была — за это и заплатила. Понимаешь?

Мне нечего было сказать.

— А ты мне на счастье подвернулась. Если бы не ты, то получила бы я настоящую двадцатку, да такую, что со своим гепатитом и до сегодняшнего дня не дотянула бы. Понимаешь?

Заправочный пистолет щелкнул — бак наполнился.

— А если бы я сдохла, то на х... мне этот дом? Ни к чему! К тому же ты за него заплатила. Не мне, правда!.. Так что живи — радуйся! Мне теперь главное из гепатита вылези. Остальное — хрень на постном масле! Понимаешь?

— Готова тебе помочь, чем смогу!.. И даже чем не смогу...

— Спасибо, родная! У меня, слава богу, еще Лалит есть! Дядя Лалит, блин! У него своих детей нет, так он мне вместо моего папочки-урода был за отца, можно сказать. За приходящего, правда, но отца!

— Мне он сразу понравился! — поддержала я Аниту. — Приятный мужик, породистый!

Анита внезапно хлопнула себя ладонью по лбу.

— Да! Скажи, у вас при доме Евпатий наш остался?! Не выгнали его?

— Да ты что! Он на месте! Конечно, на месте!

— Яйца-то свои отмороженные и простату несчастную он вылечил? — усмехнулась она.

— Да! Еще до того, как я там появилась.

— Ну слава богу! А то ему вся его тряхомудия для дела нужна, а не для баловства, как некоторым! — И мы обе захохотали.

Лалит докурил и возвратился к машине.

— Залезай, курилка брахманская! — Перед тем как завести мотор, Анита прижалась к седому индусу и нежно поцеловала его в щеку.

«ЧАЛМА СИНГХА»

и не только

Первый разговор у меня на старой квартире, в общем, не получился. Лалит сказал, что он очень устал и перед серьезной беседой должен расслабиться. Расслабился он как-то уж очень по-русски. Найдя в холодильнике почти полную литровую бутылку водки, он, к моему ужасу, за десять минут выпил все до последней капли. Уважаемый брахман был не в состоянии дождаться, пока мы сядем вместе за стол, как предполагалось вначале. Он не выдержал даже двадцати минут, пока Анита ходила в магазин. Расправившись с последним стаканом, он заел выпитое заветренной шоколадкой и отключился на диване в гостиной.

Убедившись, что вернуть его к жизни до утра не удастся, я позвонила к себе на фирму.

— Игорь Борисович на совещании у Арсения Натановича, — строго ответил мне Антон. — Я переключу вас на Ирину Евгеньевну.

Иринин голос показался мне не просто чрезвычайно холодным, но и напряженным. Она никак не отреагировала на сообщение о том, что я в Москве. Я не получила от нее ответа ни на один вопрос, кроме того, что она выразила сомнение в том, что господин Чертков когда-нибудь в ближайшее время меня примет. Он очень загружен. Сейчас он выполняет много важных поручений, полученных от Арсения Натановича. «Это ж надо! — усмехнулась я про себя. — Еще недавно Чертков объяснял Егереву, что у кого тот должен нюхать, а теперь он выполняет «много важных поручений, полученных от Арсения Натановича»!

— И я сейчас тоже очень занята! Мы с вами поговорим позднее! — сказано это было с сильнейшим упором на слово «позднее».

Реакция Антона и Ирины на мой звонок привела меня в бешенство и отчаяние одновременно. Я понимала, что осталась здесь совсем одна. Семен неизвестно где, и, как я поняла, у него самого множество подобных проблем. Большой Тао в Таиланде. Он, конечно, дал мне телефон какого-то своего друга в Москве, но вряд ли от этого будет много пользы. Лалит Чатурведи приехал сюда под чужим именем и валяется сейчас пьяный на моем диване. Тоже мне — брахман! А Леня... Леня заслуженно и окончательно вычеркнул меня из своей жизни. Хреновато все как-то!

Через пятнадцать минут появилась Анита с покупками, и мы с ней направились на кухню, чтобы закусить и пообщаться. Я поведала ей о том, что случилось с Лалитом, но она только пожала плечами:

— Что делать! Издержки российского образования. Мало ли на Руси было великих людей, которых сгубило пьянство? Вот теперь среди них и брахманы завелись!

Я, разумеется, помнила нашу первую встречу с Лалитом и наш полет в Дели в компании крошечного сингха. Но, признаться, не ожидала, что столь серьезный человек может вот так взять и напиться в мгновение ока в чужом доме.

— Ничего! — махнула рукой Анита. — Это у него от ностальгии. К тому же он рассказывал сегодня, что у него дома живут родители, а при них — сухой закон.

— Трогательно! — отметила я с иронией. — Родителей он уважает. А при нас все можно, выходит!..

— При нас можно все! Это правда! — подтвердила Анита. — Но и нам можно все!

Она вытащила из полиэтиленового пакета бутылку «Хеннесси ХО» и два лимона.

— У меня тоже были свои мечты!

— А как же твой гепатит?

— Ладно!.. На один раз я с собственной печенью договорюсь!

Во время разговора я взглянула на наши отражения в зеркальном кухонном шкафчике и в очередной раз убедилась, что у моего тюремного «двойника» действительно есть со мной немалое сходство.

Накрывая на стол, я одновременно разбирала и принесенные Анитой пакеты. То, что мы собирались есть и пить сейчас, я оставила на столе, а остальное засунула в холодильник. Чай, кофе и сахар поставила на открытую полку возле плиты. На пачке чая я задержала свое внимание — назывался он «Чалма Сингха». Я повертела картонную коробочку в руке и, потрясенная, узрела портрет Манго Сингха в фиолетовой чалме. Под портретом крошки-индуса красовалась надпись: «Отныне вы не станете уже пить обычный чай! Ваш выбор — «Чалма Сингха»!» И сбоку тоже было написано: «Чалма Сингха» намного вкуснее и ароматнее обычного чая». Понятно! Наши ребята вовсю раскручивают новый бренд. Интересно, они продолжают покупать чай у Гупты или после возникновения трений берут его в других местах?

За ужином Анита кратко, деловито и без особых эмоций рассказала мне о том, что происходило с ней после того, как мы при столь необычных обстоятельствах распрощались с ней в тюрьме. Она подтвердила, что за расквашенную рожу Кеменковой ей и вправду почти ничего не было. Все оставшееся время она провела в относительно человеческих условиях. Один раз даже появились какие-то шведские инспектора и попытались задать разнообразные вопросы, в первую очередь касающиеся условий содержания в тюрьме. Интересовались они и всей моей криминальной историей, пытаясь выяснить, не являлось ли совершенное Анитой, то есть мной, разумеется, преступление результатом национальной или религиозной нетерпимости. Анита внимательно выслушала все вопросы, задаваемые ей на корявом русском языке, и, обозвав посетителей с...й белоглазой чудью, открытым текстом предложила им е... друг друга во все места. И сами шведы, и тюремное начальство остались такой реакцией почему-то чрезвычайно удовлетворены. На основании допроса Аниты Хулиевны Вердагер было сделано одобренное всеми сторонами заключение, которое гласило, что осужденная не имеет склонности к расовой и религиозной нетерпимости. Скандинавы решили также особо отметить, что, несмотря на всю тяжесть содеянного, она осталась личностью вполне толерантной и креативной.

Выслушав эту историю, я захохотала. Думаю, смех мой был вызван не столько занимательным рассказом, сколько моим собственным истерическим состоянием. Я не знала, с чего мне теперь начинать. Проще всего было скинуть с кровати благородного брахмана или разбудить его, облив холодной водой. Но я понимала, что это ничего не даст. Лалит явно принесет больше пользы, когда на самом деле проспится и протрезвеет. Похоже, это произойдет только наутро.

Едва мы допили чай, раздался телефонный звонок. Позвонивший представился как Али-Хассан Култыгов, друг Большого Тао. По-русски Али-Хассан говорил абсолютно чисто, может быть, даже чуть правильнее и тщательнее, чем коренные москвичи. Он сказал, что его близкий друг господин Тао обратился к нему с просьбой помочь мне и он готов приехать ко мне завтра около часа дня. Я поблагодарила господина Култыгова и продиктовала свой адрес. Большой Тао вновь сдержал слово!

В Москве было только десять часов вечера, но мой организм пока продолжал жить по таиландскому времени, и усталость буквально валила меня с ног. До завтрашнего утра делать что-либо было все равно невозможно, и я направилась спать. Анита проявила деликатность и спросила, не помешает ли она мне, если еще часок посмотрит телевизор на кухне под «Хеннесси» с лимоном. Разумеется, меня только порадовало, что она может хоть от чего-то в моем доме получить удовольствие.

Проснулась я, как и следовало ожидать, когда еще не было и шести часов утра, и, приняв душ и приведя себя в порядок, вышла в гостиную. Оба мои гостя спали. Лалит лежал на диване в том же положении, в каком я его оставила вчера вечером. Анита, видимо, перед тем как заснуть, изрядно нагрузила свою несчастную печень вожделенным коньяком, разложила в кабинете кресло и повалилась на него, не раздеваясь.

Я направилась на кухню, убрала незначительные последствия Анитиной одинокой попойки и села завтракать. Итак, размышляла я, прихлебывая кофе со сгущенкой, что мне предстоит сейчас сделать? В первую очередь необходимо разыскать эту тварь Машу, объяснить ее любовнику, что мой мальчик не имеет отношения ни к нему, ни к его б... У меня на руках имелось тайское свидетельство о рождении младенца Тао, легализованное в российском консульстве, и справка, подтверждающая мошенническое происхождение документов, выданных гражданке Тупицыной Марии Александровне. Я понимала, что вряд ли саратовский зерновой магнат Виктор Павлович Бухарцев, задолбанный женой, любовницей и чеченцами, будет отстаивать свои сомнительные права на моего мальчика. Тем более ему незачем мчаться на Кануй за чернокожей девочкой, прижитой Машей от юного африканца. Теперь что дальше? Дальше главное — найти моего ребенка и отобрать его! Потом все будет уже намного проще — я должна понять, что у меня с бизнесом и деньгами. Похоже, здесь все не особо оптимистично. Я уже посмеялась про себя над тем, как Игорь Борисович Чертков теперь почтительно прогибается перед недавно еще презираемым им уродом Егеревым, а со мной даже не желает говорить по телефону. Рабочие дела мои явно нехороши. Как минимум нехороши! Из всего этого следует, что, получив на руки Маленького Тао, я должна забрать отсюда Дашу с мамой, а заодно и несчастного брата Рому и уматывать в Таиланд под крыло к «удочерившему» меня Большому Тао. В Швейцарии у меня еще осталось немного не пущенных в дело отцовских денег. Их должно хватить на переезд и на покупку нескольких бунгало на Кануе. В одном, по примеру Жениного немца, мы сможем жить сами, а остальные я буду сдавать любителям здорового образа жизни из Европы и Америки. Таким образом можно наладить на какое-то время спокойную жизнь для всего моего семейства. Уже потом я решу, бросаться ли мне отбивать свой бизнес и свои деньги у бывших партнеров. Черт побери — у очередных бывших партнеров!

Теперь мне оставалось поинтересоваться у уважаемого брахмана, каковы цели его приезда в Москву. Даже в стельку пьяный Лалит Чатурведи оставался птицей высокого полета, и я понимала, что только что-то очень серьезное могло его заставить прилететь на свою вторую родину с чужими документами. Такие вещи слишком рискованны — в конце концов, не только со мной он мог вот так случайно встретиться в зале прилета.

Я зашла в гостиную и с раздражением убедилась в том, что Бахус и Морфей до сих пор не выпустили моего гостя из своих цепких объятий. Ладно, в конце концов каждая нормальная женщина при виде пьяного или похмельного мужика звереет и исполняется некоего садизма. Я решила проявить в отношении Лалита известную изощренность. В одном из отделений моей сумки лежал «драгоценный» подарок Космонавта — диск с тибетской ораторией «Реинкарнация», написанной по просьбе новоявленного мецената его другом, беспробудно пьющим композитором из Мытищ. Я вставила диск в проигрыватель, и гостиная наполнилась чарующими звуками вступления. Звуки эти если и были для кого-то привычными, то не столько для тибетцев, сколько для самих жителей Мытищ. Солировал один-единственный музыкальный инструмент, и ему вторили два голоса. Инструмент, судя по всему, представлял собой ржавую железяку, ерзающую по оконному стеклу. Певцы же, насколько я смогла понять, воспроизводили звуковую гамму, характерную для утренних похмельных часов в мытищинской привокзальной уборной. Один из солистов надрывно икал, а другой тщетно пытался исторгнуть из отравленных недр своего организма выпитое и съеденное им накануне. При этом он добивался от собственного истерзанного алкогольными суррогатами организма лишь мучительных и громогласных рвотных спазмов.

Уткнувшийся носом в подушку Лалит застонал и, не поднимая головы, произнес нечто совершенно неожиданное и по понятным причинам потрясшее меня:

— Космонавт, улетай со своей м... музыкой на Луну! Сил больше нет!

Он знает Космонавта?! Откуда? Я схватила Лалита за плечи обеими руками и начала трясти изо всех сил.

— Лалит! Просыпайтесь и расскажите, откуда вы знаете Алексея?

— Какого еще Алексея? — простонал господин Чатурвэди. — Алексия, патриарха, знаю, каюсь... А Алексея никакого не знаю! Звук! Уберите звук!

— Не морочьте мне голову, Лалит! — Я перевернула его на спину и впилась взглядом в его мутные зрачки. — Алексей, он же Космонавт. Это его диск.

— О боже! — Лалит с усилием сел на диван. Опершись на подушку, он достиг положения неустойчивого равновесия. — Как меня измучил этот эзотерист! Из-за него я две недели назад так напился, что не смог прийти домой и пожелать родителям спокойной ночи! Позор на мою седую голову!

— Простите, Лалит! Но сегодня вы напились безо всякого его участия!

— Ну вот я и докатился! — мрачно заметил брахман. — Видимо, я уже совсем русский, коли и на меня нашлась баба, попрекающая пьянством.

— Я вам не баба! — повысила я голос. — Тем более не ваша баба! Откуда вы знаете Космонавта?

— Что он вам дался! — воскликнул Лалит. — Дайте холодного пива! И выключите проигрыватель, Христа ради! Если вам дороги Моисей или Магомед, вырубите звук! Именем слоноподобного Ганеши вас заклинаю! По-хорошему прошу! А то напишу в Красный Крест, что вы меня пытаете на почве ненависти ко всему маленькому, но гордому индийскому народу! — При этих словах Лалит сам же хихикнул. — И вас опять посадят на нары... в Г-а-а-ге!

Последнее слово далось ему с трудом. Я прикрутила звук проигрывателя и направилась на кухню. Вытащив из холодильника огромную пластиковую бутыль с пенным напитком, изготовленным где-то в глубинах дальнего Подмосковья, я возвратилась в комнату.

— Держите, уважаемый коллега! — съязвила я. — Напиток произведен специально для приведения в чувства брахманов.

Лалит открутил пробку и прямо через горлышко одним глотком влил в себя минимум треть всего содержимого.

— Вы ангел, дорогая! Процесс над вами в Гааге отменяется! — поблагодарил и одновременно успокоил он меня. — Космонавта я знаю много лет. Он торговал в свое время всякой дешевой одеждой и обувью...

— Про куртки его серебристые я слышала...

— Правильно! Куртки и нейлоновые сапоги были китайскими. А вот мужские ботинки он одно время закупал в Индии, их шили на обувной фабрике в Агре. Плохо, надо сказать, шили. А я тогда был в Москве одним из представителей индийской торгово-промышленной палаты и помог ему часть денег вернуть. Потом с его помощью я отправлял в Россию индийский рис. Хорошо было и выгодно, пока его друзья не начали покупать этот самый рис в Таиланде на десять процентов дешевле. Тут мы с ним и расстались. Но, отмечу, расстались по-доброму, что уже само по себе в те времена было редкостью. А потом он, как мне рассказывали, сошел с ума на почве такой вот музыки. Нанимает каких-то идиотов-композиторов и тратит дикие деньги на записи, а потом насилует всеми этими какофониями приличных людей! — Индус опять приложился к бутылке. — Но пиво как-то облегчает восприятие даже этих шедевров, слава богу!

— Так вы знаете, где его найти? — При мысли об очередной нечаянной удаче сердце мое забилось в два раза чаще.

Лалит только пожал плечами.

— Он балдеет в Ришикеше. Приезжал в Дели на два дня. Мы встретились с ним в «Ле Меридиане», где вы когда-то останавливались. Начали в ресторане наверху, а закончили, извиняюсь, в турецкой бане! В ней же и заночевали под его ораторию! Страшно вспомнить!

— Да уж! — только и смогла я ответить, вспоминая свой умопомрачительный визит в это славное помывочное учреждение. — Так где он в этом Ришикеше остановился?

— Думаю, в каком-нибудь, извиняюсь, притоне — на коврике возле кальяна! — Лалит брезгливо поморщился. — Если реально потребуется, мы его, конечно, найдем, но...

— Что — но?

— Во-первых, он собирался мне через пару недель позвонить сам...

— Две недели — это очень долго! А что во-вторых?

— А во-вторых, зачем он, извините, вообще нужен? Вы хотите у него еще этих музыкальных дисков в подарок получить?

— Нет. Но я надеюсь через него выйти на другого человека. Вы мне поможете?

— Конечно, помогу. Сегодня же позвоню домой и попрошу приятелей из полиции перетряхнуть всех музыкантов и просто наркоманов в Ришикеше.

— А если не секрет, зачем он появился у вас в Дели?

Лалит опять пожал плечами.

— Гашиш, видать, надоел! Захотелось с кем-нибудь водки выпить.

— А если серьезно?

Лалит допил остатки пива и окончательно просветлел, если так можно сказать про почти чернокожего человека.

— Он предложил мне продолжить наши занятия зерновым бизнесом. Но несколько с другой стороны. И не с рисом, а с пшеницей. Дело в том, что российская хлебопекарная пшеница ценится, и на нее есть покупатели и в Европе, и на всем Ближнем Востоке, до Ирана включительно. Пшеница и в России товар не дешевый, но здесь, и это правда, другие критерии оценки. В России качество зерна оценивается по процентному содержанию так называемой клейковины...

Я с трудом преодолевала нетерпение, но все же решила дослушать до конца пространные рассуждения уже окончательно воскресшего индуса.

— Чем выше содержание клейковины, тем выше качество и тем дороже пшеница, — продолжал он. — А в остальном мире главный показатель — белок! И прекрасно здесь то, что самая дешевая в России кормовая пшеница, имеющая очень незначительное содержание клейковины, содержит в себе большое количество белка, обеспечивающее высокую цену на мировом рынке. Прекрасная тема для экспорта. Наш с вами друг Космонавт предложил скупать высокобелковое дешевое кормовое зерно через своего приятеля Бухарцева, владеющего элеватором в Волгоградской области.

— Бухарцев?! Лалит! Вы приехали на встречу с Бухарцевым?

— Да, — кивнул брахман. — На днях мы должны встретиться или здесь, в Москве, или в Волгограде...

— Почему в Волгограде?! — воскликнула я. — Почему Волгоградская область? Мне Космонавт говорил, что этот элеватор в Саратовской области.

— Да он все перепутал! — раздраженно отмахнулся Лалит. — Мне он вначале тоже говорил про Саратовскую область. А потом мы сели с картой и увидели, что все хозяйство этого Вити Бухарцева именно на левобережье Волгоградской области. Просто из Саратова туда в два с лишним раза ближе ехать! Космонавт к нему через Саратов как-то добирался и вбил себе этот Саратов в голову! А вам, дорогая, господин Космонавт знаком откуда?

— От верблюда! — Я обняла потрясенного брахмана Лалита Чатурвэди и, вдохнув полной грудью исходящее от него амбре, состоящее из смеси пивного и водочного перегара, поняла, что удача от меня пока еще не отвернулась!

АЛИ-ХАССАН
и не только

К приезду Али-Хассана я уже успела привести в окончательный порядок своих гостей и накормить их завтраком, после чего они на некоторое время меня покинули. Анита Хулиевна повезла Лалита на «Юго-Западную» — вновь излучающий солидность и благообразие индус хотел разложить свои вещи и приготовиться к предстоящей работе. Он клятвенно пообещал мне держать себя в кристальной трезвости и позвонить немедленно, как только созвонится с Виктором Бухарцевым и договорится с ним о встрече. С Анитой мы договорились встретиться вечером и обсудить, под каким предлогом она съездит в свой прежний и мой нынешний дом, чтобы забрать оставшийся там ее заграничный паспорт. Судя по всему, она действительно поверила, что именно индийская медицина излечит ее от страшной болезни.

Звонок в дверь раздался ровно в тринадцать ноль-ноль. Почему-то именно такой точности я и ожидала от звонившего мне вчера мужчины. Облик нового визитера был строг и элегантен. Мы направились в гостиную. Перед тем как сесть в кресло, гость протянул мне красно-сине-белую визитку и представился:

— Всегда ваш покорный слуга Али-Хассан Култыгов!

Я взяла в руки визитку и прочла, что работает этот человек в Министерстве иностранных дел Российской Федерации и занимает там должность руководителя департамента.

— Извините, пожалуйста, господин Култыгов...

— Для вас просто Али, можно даже — Алик! Но я, извиняюсь, конечно, буду обращаться на «вы». Профессиональная привычка — ничего не поделаешь!

— Спасибо, Али! Так скажите, если это возможно, каким департаментом МИДа вы руководите?

— А вы хорошо знакомы со структурой Министерства иностранных дел Российской Федерации? — Улыбка на его холеном располагающем лице становилась все шире и шире.

— Нет. Просто интересно. Если вы руководитель департамента, то чем-то этот департамент занимается... наверное...

— Наверное, занимается, но, извините, это не совсем моя проблема.

— А что совсем ваша проблема?

— Вы, например! Точнее, в настоящий момент — только вы!

— Я, конечно, очень благодарна...

— Пока благодарить не за что! Но просьба Большого Тао для меня важнее любого приказа... Скажем так: почти любого...

— Ценю вашу честность!

Али-Хассан рассмеялся.

— Тем не менее я, с вашего позволения, продолжу.

Я кивнула, и он действительно продолжил:

— Несмотря на то что формально я состою на службе в Министерстве иностранных дел Российской Федерации и являюсь профессиональным дипломатом, в настоящий момент мои дипломатические усилия направлены, с позволения сказать, вовнутрь нашего... гм... непростого отечества. Поясню. Вам, как и всем нашим соотечественникам, известна прискорбная ситуация, сложившаяся в последнее время на Северном Кавказе?

— Разумеется.

— Так вот, я, будучи профессиональным дипломатом, осуществляю свою дипломатическую деятельность внутри нашей страны. Моя задача — отслеживать ситуацию в местах, где велика вероятность возникновения межнациональных и этнических конфликтов. В идеале я должен достичь каких-то договоренностей о том, чтобы конфликты не перерастали в кровопролитие.

— Извините, уважаемый Али. А вы дипломат в каком поколении? — Все же я не удержалась и обратилась к нему с лишним, в общем-то, вопросом. — Услышав ваш голос по телефону, я подумала, что вы, наверное, из профессорской семьи...

— Польщен! Весьма польщен! — с удовольствием отозвался Али-Хассан. — Но... я деревенский. До семи лет не то что не говорил по-русски — не слышал его никогда!

— Тогда вы меня еще больше потрясли!

Вдруг я осознала, что веду себя совсем не так, как следует гостеприимной хозяйке.

— Прошу прощения, Али-Хассан, но я еще раз вас перебью. Я забыла предложить вам чай, кофе... любые другие напитки.

— Пока не надо! Благодарю, — отказался гость. — Мы с вами, наоборот, должны будем сейчас уехать.

— Куда?

— В милицию, дорогая моя, в милицию! Куда же еще я могу пригласить вечером такую роскошную даму!

Я понимала, что речь идет о чем-то очень серьезном, но не смогла сдержать улыбку.

— Зачем же мы идем в милицию, уважаемый Али-Хассан?

— Там нас с вами ждет некая, как бы поточнее выразиться, некая *другая* дама, с которой необходимо как можно скорее пообщаться.

Я, разумеется, поняла, что это кто-то из *них*.

— Это сволочь Маша?! — Меня передернуло.

Али-Хассан покачал головой.

— Нет, это гражданка Китайской Народной Республики...

— Василиса?!

Али-Хассан опять покачал головой и, заглянув в какую-то желтенькую бумажку, издал гнусавый квакающий звук.

— Нет, по-китайски ее имя звучит как... — Он «квакнул» еще раз. — А так можете ее хоть Василисой Прекрасной звать. Хотя, честно вам скажу, прекрасного в ней мало. Во всяком случае, Антон Павлович Чехов, когда говорил, что в человеке все должно быть прекрасно, со всей очевидностью имел в виду не ее.

Я уже вскочила и бросилась переодеваться, не заботясь ни о каких приличиях.

— Вы знаете, где мой сын? — крикнула я из спальни, натягивая на себя кофту.

— С ним все в порядке! Не волнуйтесь! — крикнул мне в ответ Али-Хассан. — Это вопрос одного-двух дней. Просто страна у нас большая! Просторы, знаете ли...

Я выбежала к нему одетая и тоже похвалилась своими достижениями.

— Я ведь не сидела здесь сложа руки, Али-Хассан! Я сегодня выяснила, где находится человек, считающий моего ребенка сыном, а свою любовницу его матерью. Зовут его Виктор Бухарцев. Для меня теперь нет проблем с ним встретиться. И думаю, не составит особой сложности уговорить отдать мне моего мальчика, не имеющего к нему никакого отношения. У меня достаточное количество тому доказательств.

Чело Али-Хассана неожиданно помрачнело.

— Господину Бухарцеву на сегодняшний день все ваши доказательства уже безразличны. И мой долг — сделать так, чтобы ваша встреча с Виктором Павловичем в обозримом будущем не состоялась.

Одно другого не легче.

— Может быть, вы объясните мне чуть подробнее?! Я, признаться, вас не поняла.

Мой гость засунул руку во внутренний карман пиджака и вытащил оттуда сложенную в несколько раз газету. Это было какое-то ежедневное волгоградское издание, тоненькое, убогое, на семьдесят процентов состоящее из черно-белой рекламы. Что-то осмысленное публиковалось только на первой странице, где речь шла о каких-никаких политических новостях и криминальной хронике. Первое, что мне бросилось в глаза, — нечеткое черно-белое изображение двух тел, лежащих ничком на мокром асфальте, и название статьи: «За хлебушек платим кровью!» Просмотрев материал, я с ужасом узнала, что волгоградский бизнесмен, владелец хлебозавода «Геркуланум» и главный акционер элеватора «Левобережный» Виктор Павлович Бухарцев и его законная супруга два дня назад были расстреляны неизвестными возле ресторана «Караван».

В очередной раз у меня внутри все перевернулось.

Через минуту мы выскочили за дверь. На улице нас ждала черная «Ауди» с тонированными стеклами и поднимающейся перегородкой, отделяющей водителя от пассажиров.

Не больше чем за двадцать минут мы добрались до мрачного двухэтажного здания из темно-красного кирпича, построенного лет сто назад. Никаких табличек на нем не было. Оно было огорожено железным забором, а на входе в будке сидел неприветливого вида охранник.

Машина въехала во двор, и нам навстречу вышел пожилой майор. Он проводил нас внутрь здания, и меня захлестнули свежие воспоминания о моей тюремной эпопее. Действительно, это было что-то вроде очень маленькой тюрьмы или пункта предварительного заключения. Короче, называй как хочешь, суть от этого не меняется.

Мы с Али-Хассаном разместились в небольшом помещении, похожем и на камеру, и на кабинет одновременно. Не спрашивая нашего желания, нам немедленно принесли два стакана чая в металлических «железнодорожных» подстаканниках и поставили перед нами блюдце с печеньем.

Чай оказался, надо сказать, к месту. Мы прождали минут десять, пока, предварительно постучав, не вошли два милиционера — молодые, абсолютно одинаковые сержанты без какого бы то ни было выражения на лицах. Между ними, глядя прямо перед собой, шла... Василиса, из глаз которой буквально сыпались искры ненависти к улыбающемуся Али-Хассану, милиционерам, всем вокруг. Но когда китаянка увидела меня, ненависть в ее взгляде сменилась неподдельным ужасом и животным страхом. Любая самка знает, что ее ждет за то, что она похитила детеныша у другой самки!

Али-Хассан, судя по всему, уже разговаривал с Василисой еще до встречи со мной, первые его слова прозвучали продолжением уже начавшейся беседы:

— Еще раз повторяю: вас никто не тронет, никто не будет бить и тем более убивать, несмотря на то что вы это заслужили! Мы все заинтересованы в том, чтобы вы вышли из этого дома на своих ногах, и вы выйдете отсюда сами. Только от вас зависит, направитесь вы в аэропорт, чтобы отбыть в недавно покинутый вами Таиланд, или же без всякой поддержки с нашей стороны двинетесь сами на все четыре стороны. И я не уверен, что вас не заберут на улице первые попавшиеся стражи правопорядка. А что в этом случае будет дальше, я не знаю, да и знать не хочу. Но поверьте, российскую милицию будет интересовать все: и подлинность вашего паспорта, и происхождение вашей визы, и подлинность документов, на основании которых вы ее получали. И вообще, их будет интересовать очень-очень многое! А хотеть они будут денег, которых... у вас нет.

Китаянка в ответ вякнула что-то невнятное и отвернулась. Али-Хассан пожал плечами:

— Ну что ж, если вы так хотите, повторяю в последний раз по-китайски. На мандарине, — уточнил он и повторил свою спокойную до полной монотонности речь на родном для Василисы языке.

«Способнейший человек — этот Али-Хассан Култыгов!» — подумала я.

ВАСИЛИСА
и не только

Василиса действительно сама ушла из кирпичного дома. Ни разу она не взглянула мне в глаза и даже не посмотрела в мою сторону. Она не притворялась, что вовсе не знает русского языка, а просто сказала, что не желает на нем говорить. Василиса потеряла все, что могла потерять, и сама понимала, что должна быть наказана. Она надеялась, что подлая по отношению ко всем прочим Маша Тупицына по достоинству оценит ее готовность помогать ей во всем, включая не только бытовую подлость, но и откровенный криминал. Так часто ошибаются даже многоопытные и очень хитрые люди. Находясь рядом с подлецом и предателем, его приятель, жена, любовница считают почему-то, что сами никогда от него не пострадают. Это ошибка! Всегда ошибка!

Вначале Василиса потеряла доктора Чена, задержанного в Бангкоке из-за проблем с паспортом. Затем она вместе с Машей и младенцем оказалась в доме Машиной матери. Главное, что я узнала от нее, — то, что мой мальчик никак не пострадал от тяжелой дороги. Он спал и ел, пока они добирались от Кануя до Бангкока, и ни разу не заплакал в самолете, десять часов летевшем до Москвы. Из Москвы до Ртищева они ехали на скором поезде втроем в четырехместном купе. Измучились все, кроме Маленького Тао. Слава богу, Маша действительно оказалась дойной коровой, и недостатка в молоке у ребенка не было. Эта информация чуть успокоила меня, но не укротила кипящую внутри ярость. Мне пришлось сдерживаться изо всех сил, чтобы не броситься на китаянку и не порвать ее в клочья.

Маша не рискнула сразу поехать к своему Виктору, побоялась, что не сможет объяснить, почему так быстро сорвалась после родов в Россию. Требовалась хотя бы неделя, чтобы прийти в себя. Без телефонных переговоров можно было легко обойтись, тем более что Виктор не особенно-то любил говорить с любовницей ни с работы, ни уж тем более из дома. Маша собиралась соврать ему, что специально приехала через неделю после родов, чтобы как можно скорее сделать этот долгожданный сюрприз.

Поселились они все в двухкомнатной квартире Машиных родителей. Квартира находилась на пятом этаже ветхой хрущевки, построенной между вокзалом и военным городком. Машина мать всю жизнь работала продавщицей мясного отдела, а отец служил прапорщиком в учебном авиационном полку и промышлял воровством запасных частей к самолетам. Вырученные за ворованное имущество деньги он подчистую пропивал. Машина сестра Лида жила в областной столице Саратове.

Когда-то именно Лида жила с Виктором Бухарцевым, но потом ушла от него к какому-то начальнику из Управления по борьбе с экономическими преступлениями. «Борец» с экономической преступностью был гораздо богаче бизнесмена-зерновика. Не иначе как на скромную милицейскую зарплату он купил Лиде шикарную квартиру на саратовском «Арбате» — улице Кирова и сделал евроремонт. При этом убэповец больше самой смерти боялся встречи Лиды с собственной женой, и поэтому квартира эта почти всегда пустовала — Лида жила на Ривьере, куда раз в месяц-другой «борец» прилетал, чтобы получить порцию ласки в обмен на немалую порцию денег, оторванных от семьи.

Брошенный Бухарцев получил от бывшей любовницы компенсацию в виде ее более юной, но туповатой сестры. Впрочем, интеллектуальные способности новой подруги его не особо волновали. Куда важнее были совсем юный возраст, кукольная мордашка и роскошное упругое вымя подруги.

Эту трогательную «семейную историю» Василиса узнала еще на Кануе. Все то время, что не было занято сериалами, Маша молола языком. Знала Василиса и про «приключение» с негритенком, а потому была готова к тому, что в итоге и произошло. Именно ей пришел в голову план сделать со мной и Маленькой Линей то, что они впоследствии исполнили, воспользовавшись случайной встречей с доктором Ченом. Али-Хассан даже переспросил ее на родном китайском языке, на что они рассчитывали, когда планировали свое преступление — неужели на то, что я сдамся и смирюсь с обстоятельствами? Неужто у женщины, приехавшей рожать в Таиланд, снимающей дом на Кануе, не достанет сил и средств, чтобы оказать сопротивление и отобрать и вернуть своего ребенка? На этот вопрос Василиса так и не смогла ничего ответить. Воистину, прав был великий Дейл Карнеги, когда призывал нас не пытаться искать логику там, куда мы ее не клали!

Жизнь в доме Тупицыных с первого момента была ужасной. Маша с ребенком заняла ту единственную комнату в доме, которую условно можно было назвать спальней. Родители спали в завешанной пыльными коврами гостиной, а Василису выгнали ночевать на раскладушку в коридор. Каждую ночь на нее валился с проклятиями пьяный Александр Харитонович, а Фарида Маратовна, Машина мать, просто ненавидела китаянку уже только за один разрез ее глаз. В России у Маши не было надобности в помощнице, и она просто не видела ее в упор, даже не задумываясь о том, что китаянка знает всю историю их преступления и они, по сути, подельницы. Даже если Маша и осознавала, что Василиса теоретически может ее сдать, то была все же уверена, что узкоглазой иностранке никто не поверит. Она даже не позаботилась о том, чтобы выпроводить ту из России, дав ей минимальных денег на дорогу. Уже на третью ночь Василису без копейки выгнали из дома. Китаянка попробовала заночевать на ртищевском железнодорожном вокзале, где и была задержана милицейским патрулем.

Али-Хассан, получивший указания от Большого Тао, еще до встречи со мной направил своих подчиненных по адресу, полученному нами от вице-консула Назарченкова. Однако в квартире Тупицыных был обнаружен только один в дрезину пьяный глава семейства. Он понятия не имел, куда делись жена, дочь и младенец. Сотрудник господина Култыгова связался с местными властями, прочесал весь город и в итоге нашел в КПЗ Василису. Китаянку незамедлительно этапировали в Москву, в тот самый кирпичный дом, где мы и встретились.

Увы, Василиса практически ничего не знала о дальнейшей судьбе моего мальчика и его главной похитительницы. Единственная польза от нее заключалась в том, что она сообщила особую примету моего ребенка: на лобике прямо над переносицей у Маленького Тао есть маленькое родимое пятнышко правильной круглой формы. Делать с Василисой было больше нечего. Мне страшно хотелось придушить эту тварь, но вместо этого я дала ей семьсот долларов, чтобы она поскорее покинула Россию.

— В следующий раз, — сказала я, протягивая ей деньги, — если увижу тебя — убью!

Схватив доллары, Василиса повалилась на колени и попыталась схватить мою руку, чтобы облобызать ее. Но я вырвала руку и оттолкнула китаянку. Видимо, по всем

Василисиным представлениям, она не должна была выжить уже при этой встрече со мной. Кстати, я тоже так думала!..

Впервые за то время, что я увидела Большого Тао возле своей кровати в клинике, на меня навалился страх. Я не знала, почему исчезла из своего дома Маша, и снова не имела никакого представления о местопребывании своего сына.

Али-Хассан направился куда-то за новой информацией, а я вернулась в квартиру. Меня знобило. Вначале я подумала, что это следствие потрясения и нервного перенапряжения, но потом стало понятно, что дело довольно серьезное. Я вдруг осознала, что грудь моя затвердела и сильно болит. За диагнозом к доктору можно было не ходить — у меня начался мастит. Действительно, я совершенно упустила из виду свое «кормящее» положение и уже почти сутки не сцеживала молоко. Но на размышления о моем плачевном физическом состоянии пока не было времени. Я быстро набрала городской телефонный номер Лалита. Трубку взяла Анита, которая поведала, что индус отправился на встречу с кем-то из своих бывших сотрудников и вернется только вечером. Мобильник он с собой не взял — то ли забыл, то ли не хотел, чтобы ему помешали расслабиться по полной программе. Мне, собственно, нечего было на это ответить, и я только попросила Аниту передать господину Чатурведи, что если он еще не в курсе, то пусть знает, что наш с ним волгоградский зерноторговец убит и планы, судя по всему, придется изрядно корректировать.

В дверь позвонили. Я удивилась — обычно без звонка ко мне приходили только самые близкие люди. Тем не менее, не без труда поднявшись с кресла, я открыла дверь. Каково же было мое потрясение, когда я увидела на пороге своей квартиры Ирину.

— Может быть, вы меня все же пустите в дом? — улыбнулась она как ни в чем не бывало.

Я, ни слова не говоря, пропустила свою, видимо, уже бывшую подчиненную внутрь. Ирина никогда еще не бывала у меня. Может быть, поэтому перед тем, как пройти в гостиную, она внимательно осмотрелась.

— Нам нужно поговорить. — Она без приглашения села на диван, еще сохранивший контуры брахманского тела.

— Ты пришла по поручению Черткова?! — Я скорее утверждала, чем задавала вопрос.

— Игорь Борисович запретил мне лично общаться с вами, так что я сейчас прямо нарушаю полученные мной инструкции. — Улыбка постепенно сходила с ее лица.

— Зачем? — честно говоря, я ей не верила.

— Вы не верите в любовь?

— Нет! — отрезала я. — Не верю! А особенно я не верю в женскую дружбу...

— В женскую дружбу правильно, что не верите! И в мужскую не верьте! Во-первых, дружбы не существует! А во-вторых...

— Что во-вторых?

— А во-вторых, дружба штука бесполая! Впрочем, и любовь — тоже!

— Да, да! — усмехнулась я. — Про отвислую красную мошонку я отлично помню!

Ирина захохотала.

— Вы молодец! Но тем не менее я здесь потому, что вы мне нравитесь.

— Так о чем ты хочешь поговорить со мной? Или ты здесь для того, чтобы предложить еще раз сходить вместе в турецкую баню?

— А что? Неплохая идея! Но не сейчас! У меня, я извиняюсь, критические дни. А тампаксы я не люблю.

Мне было уже совсем нехорошо, и, развалившись в кресле, я на несколько секунд прикрыла глаза.

— Вы устали, — продолжила Ирина. — Но я тем не менее выполню то, зачем пришла. Я расскажу вам, что происходит, и постараюсь, чем могу, помочь ...

— Ты, я вижу, просто само бескорыстие!

— Не совсем! Я надеюсь, что когда-нибудь и вы мне поможете.

— Я слушаю!

— На фирме все изменилось, как вы уже могли заметить. Егерева пригрели в правительстве. Причины этого мне до конца не известны. По-видимому, там, наверху, шибко умные как раз и не нужны. Егереву поручили заниматься тем же, что он делал, на государственном уровне. Теперь в каждой африканской или азиатской стране его прямо в аэропорту встречает российский посол, а его контракты гарантируются Российским государством. Думаю, те деньги, что лежат у него на счету, принадлежат не только ему, но и... — Ирина потыкала тонким и ухоженным указательным пальцем правой руки куда-то вверх. — Господин Чертков стал его преданным заместителем. Он перестал предлагать Арсению Натановичу регулярно менять памперсы и усердно нюхать срамные части тела высокого начальства. Теперь сам Игорь Борисович не только норовит лизнуть шефа в грязную жопу, но и сильно в том лизании преуспевает. Таким образом, вы им больше не нужны. Для сокрытия украденных денег организованы новые офшоры, хотя пока и в них особой надобности не имеется. Те, кто забирает пришедшие из-за границы средства, по понятным причинам ни перед кем не отчитываются. Фирма наша не закрыта. Формально не закрыта. Но она спит. А в нашем офисе располагается руководство той самой госкорпорации, что ведает распродажей вооружений. Персонажи, как я уже сказала, те же. В вашем кабинете теперь сидит Чертков. Его приемную занял сам Арсений Натанович Егерев. Вас в природе не существует, как и бывшего партнера Шимона. Деньги ваши вам никто не вернет. Просто незачем делиться, если можно украсть все! Чайный бизнес тоже весь переписан на Черткова и его жену. Я там оставлена на хозяйстве. Не то чтобы мне доверяли, но недосуг Черткову вникать во все эти чаи да специи! — Она недолго помолчала, ожидая, что я что-нибудь скажу на все это. Но мне сказать было нечего. — Надеюсь, у вас осталось хоть что-то на личном счету в Женеве? — спросила Ирина осторожно.

— Увы, не много! — вздохнула я.

— Лучше бы осталось много! — усмехнулась моя бывшая секретарша. — Но ничего! Деньги — дело наживное! Не все довольны происходящим. Гупта, например, понял, что если товар пойдет в индийские структуры через новую фирму Егерева под государственным напором, то ни ему, ни его друзьям никаких комиссионных не дождаться, поэтому он затеял целую программу по дискредитации даже самого имени Арсения Натановича. Отсюда и скандал с рекламациями, который вас некоторым образом коснулся. Чертков понимает, что не только индийское направление, но и часть других, вместо того чтобы укрепиться, могут, наоборот, зачахнуть. Поэтому, не переставая с утра до вечера облизывать вонючие дряблые гениталии господина Егерева...

— Какой же гадкий образ вы опять рисуете! — меня передернуло.

— Зато чрезвычайно реалистический! — парировала Ирина. — Так вот, Чертков готовит себе почву для того, чтобы при первом удобном случае свалить хоть в аппарат правительства, хоть в Думу, хоть куда. Самым выгодным бизнесом сегодня становятся политика и государственная служба. Реальной коммерцией он не занимается. Великий и могучий Лалит Чатурвэди ему тоже теперь ни к чему. И проблемы Лалита ему сейчас тоже глубоко безразличны.

Я хотела было высказаться по этому поводу, но все же предусмотрительно прикусила язык.

Ирина продолжила:

— Кроме того, насколько мне известно, вас сдали!

— Что это значит?

— В плане какого-то очередного замирения с горцами Чертков намекнул кому следует, что знает, кто истинный виновник и организатор разгрома банды Иссы. Надеюсь, конечно, что вайнахи не очень-то поверили. Но все равно стоит быть осторожной и забрать свое семейство от греха подальше. Что касается вашего мальчика, то мне все же удалось узнать, что эта его... то есть ваша... б... прописана у родителей в Ртищеве. Вначале она туда приехала, но сейчас ее там точно нет. Я по своим каналам проверила. Наверное, выждала и помчалась к любовнику. По поводу самого господина Бухарцева я все же разобралась и выяснила, что этот владелец семенного фонда живет и работает не в Саратовской, а в соседней с ней Волгоградской области. Уже завтра мы сможем с ним связаться...

— Не сможем.

— Почему?

— Потому что, надеюсь, мы завтра будем по-прежнему живы, а он, увы, по-прежнему нет...

Ирина громко присвистнула.

— Чья работа?

— Не моя!

Моя собеседница задумалась.

— У меня там, в Волгоградской области, парень знакомый служит, Кирилл. Он офицер в ФСБ. Мы вместе учились. Кстати, служит он, по-моему, именно в том самом районе, где стяжал господин Бухарцев. Проверю вечером.

Температура у меня поднялась, я думаю, градусов до тридцати восьми. Грудь совсем окаменела и еще сильнее болела. Ирина только теперь заметила, что я не в порядке.

— Что с вами? — Она вскочила с дивана и с неподдельным беспокойством бросилась ко мне.

Я объяснила.

— А ну раздевайтесь!

— Это еще зачем? — запротестовала я.

— Я после восьмого класса школы в медицинское училище поступила. Хотела потом на врача учиться. Но... сложилось по-другому. Зато теперь я профессиональная медсестра. Маститы — моя основная специализация. У вас футболка старая есть?

Ирина скинула с себя рабочий костюм и напялила мою старую хлопковую футболку, найденную в недрах платяного шкафа.

— Ножницы маникюрные дайте.

Ножницы были в ванной. Ирина, не раздумывая ни минуты, обрезала свои роскошные длинные ногти с перламутровым маникюром.

— Приготовьтесь — будет больно!

Больно было! Но, похоже, именно Ирина спасла и меня, и мою несчастную грудь!

АЛИ-ХАССАН
и не только

Перед уходом Ирина сделала мне какой-то особый компресс и, оставив лежать на диване, вернулась в офис. Она рассчитывала отыскать координаты своего однокашника и попробовать связаться с ним. Дело шло к вечеру, а Лалит так и не проявился. Мне стало уже совершенно очевидно, что он опять пьет. У меня в голове совершенно не укладывалось, как человек такого интеллектуального уровня и социального положения, как Лалит, умудряется сочетать свое «брахманство» с порой абсолютно брутальным поведением.

А вообще-то я просто дергалась, осознавая, что вновь мой удел — ожидание, которое я ненавижу всеми фибрами своей души.

Около восьми часов вечера вновь пришел Али-Хассан Култыгов. Он был в приподнятом настроении и с самого порога заявил, что все мои проблемы практически решены.

— У меня нет слов, Али-Хассан! — отреагировала я на его слова. — Правда, вы с самого начала породили во мне чувство уверенности!

— Спасибо! Вы меня захвалите. Но давайте все-таки перейдем к конкретике. Скажу вам честно — ситуация сложилась таким образом, что все, что произошло с вами, оказалось связано и с моими непосредственными служебными обязанностями.

— То есть?

— В Волгоградской области снова начались неприятности. Боюсь, убийство Бухарцева с женой — только начало.

— Эти события могут сказаться на мне и моем мальчике?

— Слава Аллаху!.. Или слава богу, если вам так приятнее, но они уже никак не могут на нем сказаться. Ваш мальчик цел и невредим. Он ждет нас с вами. Послезавтра утром мы с вами вылетим в Волгоград, вы заберете своего ребенка и отправитесь с ним вместе, куда вы захотите.

— Я должна лететь сегодня! — подскочила я. — Спасибо вам, но ждать двое суток немыслимо!

— Сутки с небольшим! Осталось ждать всего сутки с небольшим! Умоляю вас — не беспокойтесь! Раньше мы просто технически не сможем туда попасть. Руководство Волгоградского аэропорта затеяло конфликт с авиаперевозчиком. Мы летим с вами спецрейсом на самолете МЧС. Послезавтра ранним утром он будет ждать нас на Чкаловском аэродроме.

— Я поеду сейчас на машине! — Я бросилась переодеваться в спальню. — Я не могу ждать!

Али-Хассан все же остановил меня. Он объяснил, что дорога на машине займет не меньше времени, и рассказал и про отвратительное качество многих участков дороги, и про напряженную обстановку на левобережье Волги. Мой мальчик, по его словам, уже находится в районном отделении ФСБ того самого района, где располагался элеватор, принадлежавший Виктору Бухарцеву. Ребенка отобрали у арестованной за подлог документов Маши и приставили к нему кормилицу-казашку, а ухаживает за ним старшая медсестра районной больницы.

Али-Хассан, как мог подробно, рассказал мне о происходящих в Волгоградской области событиях.

Обстановка в этом районе уже давно складывалась весьма тревожная.

Несколько лет назад Витя Бухарцев, объединившись с бандой некоего Мурада Чигириева, развернул свой зерновой бизнес на левобережье Волги. Обязанности, разумеется, распределились стандартным образом. Бухарцев скупал зерно у хлеборобов и сдавал его оптовикам и хлебозаводам. Чеченцы же весь бизнес крышевали. Они регулировали закупочные цены на зерно и монопольно продавали крестьянам солярку. Кроме того, Бухарцев с компаньонами активно занимались выкупом акций подчиненных им элеваторов у мелких акционеров — фермеров, рабочих и пенсионеров. Покупали их, разумеется, за копейки. Можно себе представить, насколько местное население полюбило пришедшее к власти интернациональное объединение! А местная власть, включая милицию, ни во что не вмешивалась — жить хотелось, да и кое-что перепадало.

На каком-то этапе бандиты решили, что часть прибыли от них утаивается. На все должности, мало-мальски связанные с учетом денег, зерна, топлива и запасных частей, они начали пропихивать своих родственников и соплеменников. А учитывая, что на левобережье ринулся поток беженцев из Чечни, недостатка в этой послушной, дешевой и абсолютно неквалифицированной рабочей силе не было. Бывшие пастухи и шоферы не были виноваты в том, что их назначали менеджерами по закупкам и начальниками цехов. Но их бандитствующие родственники ощущали себя благодетелями. Кроме того, их души переполняла гордость от того, что они в процессе решения «кадровых» вопросов избавлялись от сильно пьющих славян и тем самым, по сути, одерживали победы на «втором фронте» чеченской войны.

Среди местного населения, и так последовательно разоренного советской властью, перестройкой и приватизацией, усиливалась безработица. А тут еще время от времени начали приходить похоронки на парней, которых судьба забросила в мясорубку Северного Кавказа. А те, кому повезло выжить и вернуться домой, были потрясены, увидев столь знакомых им по военной службе новых соседей, занимающих к тому же рабочие места их родителей.

Кто убил Бухарцева, Али-Хассан не знал. Убийцы могли быть наняты и ненавидящими его компаньонами, и ищущими справедливости фермерами, и даже представителями местной власти. Но стало известно, что свои акции незадолго до гибели он перевел на других людей. Одними из крупнейших акционеров неожиданно для самих себя стали Маша Тупицына и ее мать. Впрочем, сами они узнали об этом только тогда, когда два черных «Лендкрузера» поздним вечером остановились возле их дома в Ртищеве. Пять небритых головорезов, не церемонясь, высадили входную дверь и велели обеим взять с собой паспорта, самые необходимые вещи и спуститься во двор. Перепуганная Маша еще не знала о гибели любовника и попыталась сказать, что у нее есть защита, но ее даже не слушали. Их с Маленьким Тао затолкали в одну «Тойоту», а мать — в другую. Отец в это время был на работе, а вернулся настолько пьяным, что отсутствия жены, дочери и внука попросту не заметил. К утру следующего дня Тупицыных привезли в Волгоград. В сопровождении самого господина Чигириева и его подручных они вошли в операционный зал организации, ведущей учет акций коммерческих предприятий областного значения. Им предстояло переоформить свои акции на дальних родственников Мурада Эмеддиновича.

Мурад Чигириев был когда-то обычным школьным учителем физкультуры. В молодости он занимался классической, или, как теперь ее стали называть, греко-римской, борьбой. Особых успехов в спорте он не добился и, окончив среднее педагогическое училище, стал работать в школе. Перестройка взбудоражила молодого еще «педагога». В самом начале девяностых он бросил учительствовать, сколотил отряд из нескольких десятков бывших борцов и принял живейшее участие в абхазской войне. Там он прославился как садист и убийца. Весь мир обошла фотография, запечатлевшая его, торжествующего, с отрубленной головой грузинского подростка в руках. Но к власти в родной республике его не допустили — тейпом своим не вышел. Во главе ичкерийского отечества оказались «политики» из других родов. И пошел Мурад Чигириев в бизнес. В своей коммерческой деятельности этот «педагог» использовал все те же понятные ему методы.

Итак, Машу с матерью бывшие ученики господина Чигириева усадили рядом с будущими владельцами элеватора. Как поведал мне Али-Хассан, тех было трое: два белобородых беззубых старика-инвалида, потерявших здоровье и рассудок еще в годы сталинской депортации, и одна пожилая вдова, лишившаяся во время недавнего артобстрела села и мужа, и дома, и всего своего убогого имущества. Акции с матери и дочери Тупицыных переписывались в обмен на смехотворную номинальную сумму и еще... на жизнь, сохранить которую «благодетель» им пообещал.

Однако местное управление ФСБ знало о предстоящей сделке и соответствующим образом подготовилось. Информация дошла до них из разных источников. Когда дрожащая от страха Фарида Маратовна протянула свой паспорт сидящему напротив молодому человеку, тот поинтересовался, где сейчас находится уважаемый супруг желающего продать свою долю акционера. Оказалось, что люди Чигириева не учли, что законный супруг владельца пакета акций также должен поставить свою подпись под договором. Еще хуже оказались дела у Маши. Едва заглянув в ее паспорт, ей объявили, что она разыскивается по подозрению в мошенничестве, подделке документов и... хищении ребенка. То, что Маша арестована, объявил уже другой молодой человек в штатском, подошедший к столу «регистратора».

— Что ж поделаешь, уважаемые! — обратился регистратор к собравшимся возле его стола «покупателям» и «сопровождающим их лицам». — Придется вам подождать с приобретением акций до полного выяснения обстоятельств!

На стоящего в некотором отдалении Мурада Чигириева никто даже не посмотрел. Он не был участником сорвавшейся сделки и мог только скрежетать зубами. Поняв, что делать ему тут более нечего, бандит спустился, сел в свой «Мерседес» и помчался в сторону Староднепровского райцентра. Он знал, что никто его не остановит...

Итак, Машу посадили в КПЗ. Маленького Тао оставили под присмотром ждать меня в областной детской больнице. Фарида Тупицына исчезла. Возможно, она убежала и спряталась где-то в Волгограде, а возможно, ее уже везли назад в Ртищево, чтобы забрать оттуда оказавшегося столь необходимым ее супруга.

Господин Култыгов должен был ехать в эти края не только по моим делам. Обстановка становилась столь взрывоопасной, что, по мнению компетентных организаций, вот-вот мог наступить взрыв. Центральная власть кровопролития в Волгоградской области не желала, а местная опасалась, что контролировать обстановку уже не сможет. Задача Али-Хассана состояла в том, чтобы в одном лице стать представителем власти для одних, соплеменником и даже в какой-то степени родственником для других и, главное, оставаться при этом дипломатом.

— Но основная моя задача, — сообщил он перед тем, как меня покинуть, — вернуться живым и здоровым к жене и детям. Это непросто! Но обычно я справляюсь. Вам же, уважаемая, напрягаться для этого не придется. Вы обернетесь туда и обратно за полдня. Из Волгограда вам уже куплен билет на регулярный рейс. Я не успею еще добраться до первого в моем списке райцентра, а вы уже будете купать малыша в своей ванночке.

«Кстати! А где у меня ванночка-то?» — подумала я, закрывая дверь за обаятельным дипломатом.

И вдруг я осознала, что уже послезавтра все мои беды кончатся. Я не буду таиться и помчусь с моим Маленьким Тао уже не сюда, в квартиру, а в свой новый дом. Я увижу Дашу и маму! Я покажу им свою гордость — сына, с которым столько разговаривала там, на берегу Индийского океана, и которого сама ни разу не видела, даже в тот момент, когда его вытащили из моего чрева. Я обниму их всех, моих самых родных и любимых! Как я мечтала об этом! А потом уже мы будем решать, что делать с работой и деньгами, где и как жить. Все на свете — такая ерунда, если мы окажемся все вместе!

«ЧАЙ ОБЫЧНЫЙ»
и не только

На следующий день Ирина приходила ко мне дважды — утром и вечером. Практически безо всяких лекарств ей удалось привести меня в порядок. Мастит был побежден, и я надеялась, что уже с завтрашнего дня смогу сама кормить моего мальчика.

Я сама из дома не выходила, но к одиннадцати утра Анита привезла чрезвычайно взволнованного Лалита. Еще вчера, по возвращении с «гулянки», индус узнал от нее о гибели своего несостоявшегося партнера, отчего моментально протрезвел. Практически всю ночь он провел за телефонными переговорами, и в том числе общался с нашим общим другом и партнером Семеном. На встречу с ним индус решил вылететь следующим утром. Семен ждал в Женеве. Лалит сказал, что Семен не только передал мне огромный привет, но и высказал пожелание увидеться всем вместе. Лалит объяснил ему, что это, увы, невозможно, так как я занята решением важнейшей для меня проблемы и к тому же мне требуется какое-то время для получения швейцарской визы. Семен пообещал, что позвонит мне вечером и обсудит время и место нашей встречи, которая, как он надеется, все равно должна произойти в самое ближайшее время.

Я в очередной раз была потрясена и тронута заботой этого человека. По большому счету, я являлась для него исключительно обузой. Они могли с Лалитом спокойно продолжать работать и без меня. Наличие моего офшора, и даже его названия, не было столь принципиальным. Однако Семен зарегистрировал имя нашей фирмы как торговую марку и обратился ко мне с предложением сместить Егерева, занимающего формально должность генерального директора, с его поста. Сделать это не составляло никаких проблем, учитывая то, что у меня был контрольный пакет акций. Мы договорились уволить Егерева немедленно после того, как я вывезу свое семейство из Москвы и мы все почувствуем себя в безопасности.

Лалит сообщил мне, что он, разумеется, закрывает тему экспорта зерна из России, так как осознает, что и этот бизнес тоже является здесь бандитским и неуправляемым. А учитывая изменения, произошедшие в нашей компании, он вообще прекращает отныне здесь все свои дела и приложит дополнительные усилия к тому, чтобы перед Егеревым закрылся индийский рынок.

— И чай свой пусть берут в Цейлоне, на Шри-Ланке, — сказал он, вглядываясь в стоящую у меня на полке «Чалму Сингха».

И тут у меня появилась идея:

— Лалит! У меня есть для вас работа!

— Работа для меня у всех есть, уважаемая! А будет ли за эту работу оплата? Вот в чем вопрос! — засмеялся брахман.

— А зарплату таким, как вы, уважаемый господин Чатурведи, пьющим брахманам лично не выдают. Деньги вручают женам...

— Горько плачущим возле проходной завода! — поддержала меня Анита.

— Ладно вам!.. Тоже мне, профсоюзный комитет! — парировал Лалит. — Излагайте, уважаемая, вашу светлую идею.

— Предлагаю вам, Лалит, пока вы думаете, как нормализовать ваш постоянный бизнес, зарегистрировать торговую марку «Чай обычный». Думаю, это название пока не занято, и вы не столкнетесь с особыми сложностями.

— Допустим.

— Мы с вами купим несколько центнеров самого лучшего чая и расфасуем их в роскошные пачки с голографической надписью «Чай обычный», после чего ввезем этот чай в Россию и продадим его без всякой рекламы по дешевке себе в убыток!

— И?! — хором спросили Анита и Лалит.

Они оба, как мне показалось, уже начали догадываться, что я предложу дальше.

— Мы подадим в суд на владельцев марки «Чалма Сингха» за антирекламу и потребуем экспертизы качества!

— Российские эксперты-дегустаторы за деньги выпьют настой лошадиного говна и подтвердят под присягой, что это лучше, чем бесценный «Императорский чай»! — усмехнулась Анита.

— Это, конечно, так... — задумался Лалит. — Но! Но мы найдем способ разбираться с ними не в Российской Федерации, а совсем в другом месте! Тем более что «Чай обычный» будет не российским, а мировым брендом — гордостью Гималаев и... окрестностей!

Тем не менее пачка с изображением нашего маленького ворсистого друга Манго Сингха была вскрыта. Чай, кстати, оказался по-прежнему вполне терпимым, и мы продолжили под него нашу интересную беседу.

— Что вы собираетесь делать после того, как...

— Заберу ребенка?

— Именно! — Лалит с явным отвращением отхлебнул горячего безалкогольного напитка.

— Свалю отсюда на неопределенное время вместе со всеми моими родными. Поеду к Большому Тао. Лене я больше не нужна, так что в Израиле меня никто не ждет. Россию я боюсь. Ключи от всего жилья вот — Аните отдам.

Та усмехнулась:

— Да, я привыкла занимать твое место...

— В тюрьме, — вздохнула я. — А я заняла твой дом на воле.

— Расслабься! Главное, попробуй найти мой загранпаспорт. Мне к Лалиту нужно ехать лечиться.

— Мы сейчас придумаем, как тебе сегодня вечером туда съездить и как объяснять маме, что тебе понадобилось лезть в мой рабочий стол.

— Так позвони ей сама! — пожала плечами Анита.

— Во-первых, там стоит определитель номера, и мама может увидеть, что я звоню из Москвы, а во-вторых...

— Что во-вторых?

— Мама по голосу поймет, что что-то не так...

— Ладно! Не к спеху! Чего мы вообще суетимся?! Ты же завтра утром улетишь, а вечером уже вернешься. Послезавтра вместе поедем — найдем!

— Надеюсь! — отозвалась я. — А нет, так новый паспорт сделаем! Добрые люди помогут!

В этот момент Лалит раздраженно опустил чашку в блюдце:

— Нет! Не могу я это пить! Никогда брахманы чая не пили и пить его не должны! Это все от проклятых англичан пошло! Привезли эту заразу из Китая и заставили нас, безропотных, растить эту ерунду! Если вам так уж необходимо пить что-то горячее, то будем варить грог!

— А рецепт грога, конечно, брахманы из Бхагават-Гиты вычитали! И пьют его со времен «Рамаяны»! — прыснула ему в лицо Анита.

Она встала, схватила Лалита Чатурвэди за уши, прижала к своей обширной груди и поцеловала в седую шевелюру.

— Алкаш ты мой родной! Чудо ты мое брахманское!

Анита повернулась в мою сторону. В глазах ее стояли слезы.

— Счастливая ты! У тебя есть семья: мама, дочка...

— Две дочки и сын!

— Тебе есть за что бороться и для чего жить! А у меня никого, кроме этой старой неруси, не осталось! — И Анита еще сильнее прижала к себе Лалита. Тот не сопротивлялся.

Перед тем как они ушли, я отдала им второй комплект ключей от своей квартиры. Дома у Лалита отключили горячую воду, и Анита попросила разрешения после того, как вернется из аэропорта, помыть у меня дома голову.

— Это твой ключ, и это твоя квартира, — ответила я на эту просьбу. — Во сколько рейс?

— Вылет в семь тридцать утра, — ответила Анита. — Мы приедем в аэропорт за два часа до вылета. То есть в полседьмого-семь я буду уже мыть голову здесь под душем, раз ты мне позволяешь...

— Отлично! — я показала ей большой палец. — Отправляешь в Женеву господина Чатурвэди, приезжаешь сюда, делаешь что хочешь и ждешь меня. К вечеру я вернусь из Волгограда, и мы еще как следует пообщаемся!

ВОЛГОГРАД
и не только

Господин Култыгов прибыл за мной на министерском «Мерседесе» ровно в шесть часов утра. Москва только начинала просыпаться, пробок не было, и за сорок минут мы домчались до подмосковного военного аэродрома. Истребителей я не увидела, зато повсюду громоздились тяжелые транспортные громады. Из бездонного брюха одного из «Илов» солдатики выгружали резную мебель красного дерева. Другой самолет привез китайские игрушки.

Переделанный под VIP-салон «Ту-134» Министерства по чрезвычайным ситуациям стоял на отдельной площадке в дальнем углу стоянки. Нас с Али-Хассаном подвезли прямо к трапу. Через десять минут самолет уже был в воздухе.

Али-Хассан сегодня был то ли очень озабочен, то ли просто не в духе. Он продолжал лучезарно улыбаться, был вежлив и предупредителен, но в отличие от первой встречи молчалив. В машине мы вообще не обмолвились и десятью словами. Сразу после взлета длинноногая блондинка в потрясающем синем костюме сервировала нам прекрасный завтрак с икрой и шампанским.

— Это не МИД! — улыбнулся Али-Хассан, чокаясь со мной ледяным «Родерером». — Это МЧС!

Подавая подогретые тосты и разливая кофе, сексапильная стюардесса, словно нарочно, то справа, то слева нависала над элегантным дипломатом своим роскошным тяжелым бюстом. Он в ее сторону даже не смотрел. Думал все время о чем-то своем. Когда дело дошло до кофе, он откинулся с чашкой в руках в просторном кожаном кресле и внезапно задал мне вопрос:

— Утомили вас, наверное, мои соплеменники?

— Я не делю людей по национальностям, — по инерции отреагировала я.

Я вообще не поняла, зачем он полез в эту скользкую тему. И так, кажется, всем все понятно!

— История каждой нации, — вздохнул Али-Хассан, — это история преступления и позора! Те, кто гордится делами своих предков, либо дураки, либо политики! Если верить исторической науке любой страны, каждый народ или благородно защищал свою исконную землю, или столь же благородно присоединял к своим владениям что-то там еще, неся при этом, разумеется, свет цивилизации. К чему вообще нужен прогресс, если прошлое настолько хорошо, что им следует гордиться?

Вопрос был явно риторический, и я на него отвечать не стала.

— А вот мой народ пас баранов и грабил на большой дороге. До ислама грабил просто так, а приняв новую веру, грабил уже во имя Аллаха! И сильно в том преуспел! Рассказать вам сказочку, уважаемая моя спутница?

— Время у нас есть, — кивнула я. Мне действительно стало интересно, что расскажет этот обаятельный чабан-международник.

— На историческую достоверность, кстати, сказочка эта не претендует. Она, как говаривал классик, — ложь!

— Но в ней намек! — отозвалась я.

— Правильно — добру молодцу урок! — Он допил кофе, поставил на столик чашку и продолжил: — Много-много лет назад поселились люди в самом сердце Аравийского полуострова. Это были те, кто не хотел, чтобы их узнавали и находили. И наверное, были у них на то причины, потому что иначе зачем селиться там, где нет воды и так мрачно и тоскливо, что даже верблюд тоскует, не находя для себя и колючек вдоволь. Там не росли колосья злаков. Там не было никаких полезных животных. Даже скорпионам было неуютно в этой пустыне всех пустынь. А люди там жили — жили тем, что забирали лишнее у купцов, идущих с караванами к Красному морю или обратно в Персию. А иногда они приходили на оазисы и брали там то, что им нужно было для себя. Другие арабы ненавидели их, называли бандитами и пугали рассказами о них своих непослушных детей. Каждый мулла в мечети проклинал их именем пророка. Но родился среди них великий человек. Звали его Ваххаб. Еще молодым он ушел из пустыни посмотреть другой мир и увидел базары и дворцы Персии и Турции, Греции и Передней Азии. Увидел он роскошь правителей и сонное довольство народов. И святой огонь ненависти поселился в его сердце. Он вернулся к своему народу и во имя Аллаха и Магомета, пророка его, благословил верующих на борьбу. Сказал он, что если в мире будет хоть один иудей, или христианин, или буддист, имеющий в достатке больше, чем беднейший из правоверных, то не должно погаснуть пламя беспощадной войны с неверными. И не на базаре, и не в духане место раба Корана, а в борьбе святой. И пусть горит земля под ногами неверных и рушатся жилища их. А тот мусульманин, что откажет братьям Ваххаба в чем-либо, не будет готов отдать на святое дело все, что у него есть, он хуже язычника и должен быть истреблен, как последняя собака! И теперь ни один мулла нигде в мире не посмеет назвать ваххабитов бандитами и ворами, но, наоборот, тайно или явно потребует от верующих помощи для воинов ислама!

Когда-то казалось, что весь мир трепещет при произнесении имен Ленина и Сталина. Но их время прошло!

Ленин и Сталин предали народную веру в себя. Не тем, разумеется, предали, что убивали людей миллионами, а тем, что сами померли. В первый раз, когда Ильич Первый, как называли его диссидентствующие интеллектуалы, двинул кони, народ еще простил. Но вот потом, когда еще и Иосиф Грозный откинул копыта, бедный плебс потерял свою веру. А Аллах, есть он или нет его, все равно бессмертен! Власть его имени надежнее, чем была когда-либо власть Кремля.

— Да, веселая сказочка! Оптимистическая!

— А чего вы хотите?! Очень тяжело для думающего человека быть частью своего народа и состоять на государевой службе одновременно! Чувство стыда изнуряет!

— Не могу вам ничем помочь, уважаемый Али! — ответила я. — Вы человек обстоятельный и масштабный! Чувство стыда я могу испытывать только за саму себя и самых близких... Даже, пожалуй, не за всех близких, а только за одного человека — отца!

— У моего народа считается, что власть отца в семье абсолютна. Но реально семья — это мать!

— Слишком сложно для меня. Я не из вашего народа... слава богу... Простите меня, конечно! Но отец был для меня всем. Он знал, как я к нему отношусь. Но это знание не помешало ему умереть в моей душе задолго до своей физической смерти.

Али-Хассан жестом подозвал стюардессу.

— Простите, любезнейшая, а куда вы убрали наше шампанское?

Наклонившаяся к нему девушка ослепительно улыбнулась:

— Я просто не даю ему нагреться, господин Култыгов. Бокалы тоже держатся в холоде. Что подать к шампанскому вам и... вашей спутнице? — Меня тоже одарили белозубой улыбкой.

— Мне — только вино, — ответил Али-Хассан.

— И мне тоже, — поддержала я своего спутника.

— Кстати, — обратился он ко мне, — я, как вы понимаете, работал в российском посольстве в Таиланде, когда познакомился с господином Тао. Думаю, что многие из моих коллег продолжают там работать. Кто-то из них вам помог?

— Помог, — усмехнулась я. — Но не по своей воле. До встречи с Большим Тао он за скромное вознаграждение, — я изобразила пальцами международный жест, обозначающий денежную подачку, — помог украсть моего ребенка.

— Вот это стыд! — вздохнул Али-Хассан. — Наверное, кто-то из консульского отдела?

— Вице-консул.

— Кто же там сейчас вице-консул? — мой спутник поморщил лоб. — Этот, наверное, светловолосый такой, интеллектуально ущербный, я бы сказал...

Я рассмеялась.

— Александр Петрович его звали...

— Да, да! Назарченков — помню! Засиделся... Я ведь только в прошлом году из Бангкока уехал. Занимал в российском посольстве должность пресс-атташе. Тогда жизнь с господином Тао меня и свела. Он здорово мне помогал, когда наши туристы на Кануе мне создавали проблемы. Я должник господина Тао. А от Назарченкова чего можно было ожидать? Ничего! В смысле интеллекта он не Спиноза, конечно, не Спиноза... И с нравственными нормами у него тоже не очень, помнится! Не мать Тереза и не доктор Швейцер!

— Недаром вы, Али, в дипломаты подались!

— Да уж! Как это сказал поэт: «Скажи-ка, дядя, ведь недаром...» Впрочем, это — совсем про другое. А как же с нашим дорогим Александром Петровичем? Извините за любопытство, но подозреваю, что господин Тао провел с ним некоторую воспитательную работу, не так ли?

— О да!

— Не будете ли так любезны рассказать мне. Во-первых, надеюсь, развеселите меня немного. А во-вторых, мне, как члену комиссии по этике, следует перенимать передовой опыт воспитания наших сотрудников.

— Боюсь, для вас, уважаемый Али, данный опыт будет неприменим! — предположила я.

Дипломат задумался.

— Что, прямо так серьезно? — спросил он после минуты размышления. — И наркотики?

— Увы!

— В присутствии свидетелей?

Я кивнула.

— Несовершеннолетняя девочка?

— Не совсем...

— Ladyboy?

Я кивнула.

— И видеозапись у Большого Тао осталась?

Я снова кивнула.

— Лишнее говорил?

— Разумеется!

— И кто-то еще хочет, чтобы мы с такими кадрами укрепляли позиции Российской Федерации на международной арене, способствовали мирному политическому процессу и противостояли экстремистской идеологии!

— Аминь! — подвела я итог его словам.

Самолет, перед тем как приземлиться, пролетел над городом и даже пересек Волгу. Потом он развернулся, и мы увидели вдали справа гигантскую фигуру Родины-матери на Мамаевом кургане. И вот мы наконец приземлились на аэродроме, расположенном посередине плоской, как блин, степи. Я просто умирала от нетерпения. Пульс у меня зашкаливал при мысли о том, что я пролетаю сейчас, наверное, над моим мальчиком. Скорее, скорее к нему! Наша «тушка» подрулила к стоянке, где в это время шла посадка в самолет украинской авиакомпании. По периметру украинский «Як-42» окружали пограничники и таможенники. Теперь это называлось — международный рейс! В груди моей что-то кольнуло, когда я увидела мужчину, бережно вносящего в самолет младенца в конверте. Я видела этого человека со спины, но ростом, осанкой и цветом волос он напомнил мне моего... нет, наверное, уже совсем не моего Леню.

«Интересно, а где его жена, молодая мамаша?» — спросила я сама себя. Но потом поняла: «Конечно же, она первой прошла внутрь, чтобы взять у стюардесс люльку и поскорее установить ее!» И я вдруг представила себе эту женщину, наверное, такую же, как я, — здоровую, грудастую тетку. Только в отличие от меня она, конечно, очень счастлива, ведь у нее есть мужчина, муж, который всегда рядом с ней и без ума от радости, что она родила ему малыша.

Джип МЧС ждал нас у самого трапа. Но перед тем как усадить нас внутрь, сидящий за рулем майор отозвал Али-Хассана, и они о чем-то говорили минуты три. Я с трудом сдерживалась, чтобы не подбежать к ним, не одернуть и не загнать обоих в машину. «Скорее к нему, к моему Маленькому Тао!» — хотелось мне кричать изо всех сил.

Однако их тайный разговор был достаточно недолгим. Правда, после него мой спутник стал чрезвычайно мрачен.

— Что случилось? — спросила я его, когда мы выехали с аэродрома.

— Увидим! — Он что-то скрывал, и меня затошнило от дурных предчувствий.

Через пятнадцать минут мы были возле областной детской больницы. У главного входа лечебного учреждения стояли две милицейские машины. Их проблесковые маячки переливались красным и синим цветами. Несколько милиционеров с озабоченными лицами стояли у дверей и, похоже, никого не пропускали. Перед нами с Али-Хассаном они расступились, и мы буквально вбежали внутрь.

— Второй этаж и там направо, — крикнул один из них.

Мы молниеносно взлетели наверх и, следуя полученному указанию, оказались в просторной палате. Скорее всего, это была палата, специально предназначенная для отпрысков особо важных персон.

Посреди нее стояло кресло с прикрепленной к нему капельницей, в нем полулежала пожилая женщина с разбитым в кровь лицом. Захлебываясь слезами, она отвечала что-то взбешенному генералу, сидящему на заброшенной скомканными простынями кровати. Тот не задавал вопросы, а буквально изрыгал их из себя. По углам стояли несколько милиционеров и медицинских работников. Перед моими глазами все плыло, и я даже не обратила внимания, сколько всего человек находилось в палате.

С первых слов мне стало ясно, что моего сына в больнице нет и никто не знает, жив ли он вообще. Я не могу описать, что творилось внутри меня. Я очень крепкая баба, но вынести то, что я перенесла за последние несколько недель, не сдохнуть от инфаркта и остаться в своем уме было практически нереально.

Я не упала в обморок, не зашлась в истерике. Я просто почувствовала, что это уже не я и чувства уже не мои. И в не моей груди билось уже не мое сердце.

Пострадавшая была старшей медсестрой, которая присматривала за моим ребенком. В три часа ночи в отделение ворвались вооруженные люди. На входе им преградил путь пожилой охранник, и они несколько раз так ударили его по голове, что пенсионер через два часа скончался. Откуда-то они точно знали, где находится мой ребенок, и, избив дежурившую возле него медсестру, забрали его с собой.

Генерал орал на избитую женщину и чего-то от нее требовал. Милиционеры пытались влезть с какими-то пояснениями, но начальник посылал их грубо и прямо. Старенький главврач пытался защитить беднягу от генеральского гнева, но его вообще никто не слушал.

Я же просто не понимала, о чем они все говорят.

У Култыгова зазвонил телефон. Приложив трубку к уху, он вышел в больничный коридор. Я последовала за ним. Примерно полминуты он крайне напряженно с кем-то переговаривался на своем родном языке, потом прервал эту беседу:

— Я включаю громкую связь, и говорить будем по-русски.

— Как хочешь, — прохрипел сквозь помехи его собеседник. — Она говорит, что она мать ребенка?

— Не она говорит, а я тебе говорю, Мурад! Она — мать младенца!

В трубке раздался хриплый смех.

— Это невозможно, Али! Тебя обманули, господин Култыгов! Обманули и подставили! Его мать уже час как мертва! Мы его на всякий случай забрали, чтобы эту стерву выманить. Перестраховались. С ней все кончено. — За этим последовало несколько слов на непонятном мне языке.

Судя по выражению на лице Али-Хассана, ему было сказано что-то оскорбительное. Он прорычал:

— Отдай ребенка!

Меня трясло так, что даже зубы стучали.

— Зачем? Кому?

— Отдай его матери! Если ты хочешь, чтобы я помог решить твои дела миром!

— Мне мир не нужен! Мы сильнее! Зачем нам мир?! Но если какая-то дура считает себя его матерью, пусть платит! Мир х...ня! Нам нужны деньги! У нас целые деревни в горах голодают. Им деньги нужны, хотя бы на хлеб и чай.

— Какой, на х..., чай! Ты новый «Мерседес» себе купишь и груду стволов!

— А ты продавай нам стволы дешевле и «мерсы» ми́довские нам сам подгоняй, чтобы люди на угон не отвлекались!

— Отдай ребенка!

— Миллион долларов!

— Ты сдурел?

Я хотела крикнуть, что согласна на все, но Али-Хассан в мгновение ока заткнул мне рот на удивление сильной, большой ладонью. Тем не менее Мурад услышал исходивший от меня звук.

— Ты не один? Что там за женщина рядом с тобой?

Али-Хассан отпустил меня и покрутил пальцем у виска. Но я все равно ответила:

— Я — мать мальчика!

Ответом мне был смех.

— Пусть приезжает сюда, в Полыньковскую. Не знаю, на кой ей этот ребенок сдался. Ее дело. Привезут деньги — отпущу их обоих. Сейчас к больнице подъедет Магомед на своей «БМВ»-«пятерке». Он Аслана вечером в аэропорт отвозил, а сейчас его встретит и рванет назад. Пусть она с ними едет.

— Мальчик уже у тебя? — спросил Али-Хассан.

Но той стороне возникла пауза. Очевидно, Мурад решал, стоит врать или нет. Решил, что врать ни к чему.

— Усман Надиев его везет, задержался где-то. По своим делам, наверное, в Волгограде у б... какой-нибудь застрял. Ничего! Скоро приедет.

— Позвони Усману и узнай, где они!

— Ага! Ты же с этим разъе...м в школе учился! Знаешь его! Он свою мобилу позавчера по пьяни в толчке утопил — мусульманин х...!

Мурад помолчал. Потом мрачно прохрипел в трубку:

— Только без глупостей, Али! У меня здесь все население в руках! Порвем на хрен! Всех порвем! И концов никто даже искать не будет. А баба эта пусть приезжает. В гостях поживет. Деньги пришлют — отпустим! Мы с детьми не воюем. Мы — люди чистые!

В трубке щелкнуло, и звонок прервался.

— Вам ехать нельзя! — с трудом проговорил Али-Хассан.

— Мне нельзя?! — заорала на него я.

— Да, нельзя! Я не понимаю, почему они не верят, что вы мать мальчика?

— Мне плевать, что они думают, — я отдам им миллион! Если у меня его уже нет — продам дом!

— Вы согласитесь на миллион — они затребуют два! Я знаю этих людей.

— Знаю, что знаете! Слышала! В школу вместе ходили со всякими уродами!

— Да, ходил! — Голос Али-Хассана оставался спокойным. — Да, ходил! С ними, с этими уродами! И с другими уродами тоже учился! С такими же, как они! А где мне было еще учиться?! У нас на три деревни одна школа была, и та — восьмилетка. Все туда ходили. И такие, как я, и такие, как они.

— Небось и в родне у вас, господин Култыгов, тоже сплошные бандиты?!

— Сплошные, — кивнул он. — А были бы не сплошные, так меня давно уже в колбасу порезали бы! И поэтому я хоть что-то сделать могу, спасти или вытащить кого-то... Этому Мураду, ублюдку, было бы проще меня пришить — и все! Он же сильным себя считает! Не понимает, что вся сила только до поры до времени. Но он не трогает меня, потому что не хочет кое-кому кровником стать!

— Кому же, интересно?!

Култыгов оставил мой вопрос без ответа.

— Так и что мне, по-вашему, делать? — спросила я спустя минуту.

— Почему у вас мужа нет? — непонятно к чему по-интересовался он.

— Не ваше дело!

— Ясно, что не мое... В общем, так. Ехать вам нельзя. Остаемся здесь. Будем с ними вести переговоры и тянуть резину. Им ваш мальчик ни к чему. И! — Он поднял палец. — Если бы вы не вылезли со своим согласием заплатить деньги, мы бы его додавили и забрали ребенка просто так! А теперь у него уже море баксов перед глазами!

— Конечно! Теперь я во всем виновата!

— И еще... — Али-Хассан еще сильнее наморщил свой лоб. — Почему он не верит, что вы мать?

— Еще раз повторяю — на это мне плевать! Я еду! У меня выхода нет!

— Подумайте об остальных членах семьи!

— Уважаемый господин Али-Хассан Култыгов! — Я впилась взглядом в его сощуренные глаза.

— Да... — отозвался он.

— А идите вы прямиком к е... матери! Поняли?!

ЭТА ЖИЗНЬ — МОЯ,
и только моя!

Я развернулась на каблуках и буквально слетела с лестницы. Миновав скучающих у входа ментов, я выскочила на улицу. Али-Хассан следом за мной не пошел, и я несколько минут простояла, прислонясь к железной решетке ограды. Довольно скоро ко мне подъехала старая «пятьсот тридцатая» «БМВ». Машине было минимум лет семь, она была бита-перебита, много раз неряшливо перекрашивалась, и, судя по всему, техническое ее состояние оставляло желать лучшего. Тем не менее хозяева не поскупились на убогий внешний апгрейд рыдвана. На чадящие сизым дымом сдвоенные выхлопные трубы были надеты наконечники из нержавейки. Над бампером красовались пародийно-огромные желтые противотуманные фары. К покореженной черной крышке багажника крепился покрашенный в отвратительный желтый цвет спойлер. Внутри маячила небритая рожа. Судя по всему, это и был тот самый Магомед, с которым мне предстояло проехать триста километров до полыньковского элеватора.

Водительское окошко со скрипом открылось, и к моим ногам упал выброшенный из машины окурок.

— Ты, что ли, к Мураду?

— Догадался? — спросила я, садясь на заднее сиденье. — Вычислил в толпе?

В переулке, кроме меня, все равно не было ни одного человека. Догадаться, что именно я их жду, было нетрудно.

— Умную из себя не строй! — процедил сквозь зубы водитель. Я стиснула зубы и не стала отвечать. Я даже не подумала сесть спереди и разместилась на заднем сиденье. В машине воняло горелым табаком. Обивка во многих местах была прожжена окурками. На зеркальце заднего вида болтались дешевые четки с прикрепленной к ним прямоугольной пластинкой, покрытой зеленой эмалью. На пластинке арабской вязью было выведено, видимо, что-то благочестивое из Корана. Я отвернулась к окошку, чтобы не видеть ни это убожество, ни обсыпанную перхотью засаленную шевелюру водителя.

Через тридцать пять минут мы подъехали к аэропорту. Прошло меньше двух часов с того момента, как здесь приземлилась наша эмчеэсовская «тушка».

— Жди в машине, — приказал Магомед сквозь зубы, заглушил мотор и, оставив машину на стоянке, отправился к зоне прилета.

За то время, что мы ехали, у меня затекла нога. В кармане переднего сиденья лежала жестяная коробка из-под датского печенья, которая больно давила на колено и не давала вытянуть ноги. Воспользовавшись остановкой, я переместилась немного вдоль дивана и приняла более-менее приемлемое для долгой поездки положение. Пристраивая ноги поудобнее, я сильно задела коробку, и в ней грохнуло что-то железное и, судя по всему, тяжелое. Осмотревшись и убедившись, что рядом никого нет, я вытащила ее и открыла. Внутри лежал завернутый в кухонное полотенце пистолет «макаров» с полным магазином патронов. Там же были две полные запасные обоймы и одна пустая. Серийный номер на пистолете отсутствовал — был спилен или сточен. Пустой магазин я оставила в коробке вместе с тряпьем, а все остальное распихала по карманам своей куртки. Когда я занималась в стрелковой секции, мы стреляли из малокалиберного «марголина», но для порядка изучали и прочее стрелковое оружие. Как говорил наш тренер, «макаров» пригоден в основном для того, чтобы застрелиться самому. Вспомнив это высказывание, я усмехнулась — это не про меня! «Мы пойдем другим путем!» — так, по-моему, утешал Ильич свою мать после того, как повесили брата Сашу. Впрочем, в отличие от классика марксизма-ленинизма, мне предстоящий путь был неведом. Так что я для верности сняла пистолет с предохранителя и дослала патрон в патронник. Мало ли что!

Аслан оказался здоровенным длинноволосым детиной лет двадцати пяти от роду. В отличие от мрачного Магомеда он весело поздоровался со мной и даже спросил, удобно ли мне сидеть сзади. Я не стала говорить ему, что неплохо было бы подвинуть его сиденье вперед, — боялась, что они вспомнят про коробку и обнаружат пропажу ствола.

— Все нормально! — ответила я ему. — Не так уж долго нам ехать!

Магомед что-то сказал Аслану — я думаю, какую-нибудь гадость обо мне, завел мотор, и мы помчались. Магомед был самый отвратительный водитель из всех, кого я когда-либо знала. С правилами движения он, может быть, когда-то и ознакомился, но презирал их, а заодно и всех, кто оказывался одновременно с ним на дороге. Он, как мог, гадил другим водителям: подрезал, ослеплял дальним светом, не прекращая гудел. Больше всего ему нравилось пристроиться к кому-нибудь сзади, буквально в полуметре, и сигналить всеми доступными ему способами, при этом осыпая жертву отборными проклятиями. О том, что это именно проклятия, а не что-нибудь иное, догадаться было нетрудно. Вся речь моих спутников процентов на двадцать-тридцать состояла из русских слов, причем в бранных выражениях этот процент сильно повышался.

Через полторы сотни километров от города нам пришлось остановиться. Дорога была перегорожена двумя милицейскими «Жигулями», а большой дорожный кран, отмеченный знаком все того же МЧС, вытаскивал из лесозаградительной полосы обгоревшие остатки какого-то легкового автомобиля. Тот еще дымился. Мы простояли минут пятнадцать, пока кран не поставил бывший автомобиль на обочину и, убрав телескопическую стрелу, освободил одну из полос для движения. Мои спутники отреагировали на происходящее как-то очень нервно. Внимательно приглядываясь к горелой груде железа, они тихо что-то обсуждали.

— Знакомая машина? — спросила я.

Магомед вообще никак не отреагировал на мой вопрос, словно и не слышал его.

— Не волнуйся! Тебя это в любом случае не касается! — осклабился в мою сторону Аслан.

Он вообще периодически оборачивался и пристально меня осматривал. Признаться, мне было совершенно не до того, чтобы оценить, какого рода эта заинтересованность.

После того как мы отъехали с места происшествия, Магомед и Аслан пытались по очереди куда-то позвонить по телефону. Судя по всему, они хотели соединиться со своим хозяином Мурадом, но сотовая связь в этой зоне не работала. Посмотрев на экран своего телефона, я убедилась, что он тоже мертв.

Мы мчались по узкой, но довольно гладкой дороге, соединяющей областной центр с северо-восточными районами. Я никогда и нигде не видела более плоского места на суше. Унылая то ли полупустыня, то ли полустепь расстилалась на многие километры вокруг. И если в нескольких десятках километрах слева от нас несла свои воды река Волга, то направо путника не ожидало ничего — вначале российское ничего, потом столь же бес-

крайнее ничего казахское. Устав разговаривать, Магомед с Асланом попытались включить магнитолу, но ее
заело при первых же звуках лихого вайнахского танца.
Кассета застряла внутри, и единственное, что им оставалось, — слушать радио. Мне казалось, что за всю свою
жизнь я не прослушала столько дряни, как во время этой
дороги. Каждая новая песня была еще ублюдочнее предыдущей. Все они слились у меня в ушах в единый вопль
спутавшихся в клубок онанистов, педерастов и малолетних слабоумных б... . Даже тупая реклама, прерывавшая
эту визготню раз в десять-пятнадцать минут, была приятнее. Криминальным же новостям я и вовсе обрадовалась,
как родным. Аслан с Магомедом тоже очень заинтересо-
вались сообщениям с фронтов всероссийского беспредела. После информации о подрыве речного трамвайчика с
армянской свадьбой в Ростове диктор перешел к новостям московского криминала. Мне сразу резануло ухо
название моей улицы. Совпал и номер дома. Далее сооб-
щили, что на пороге своей квартиры была убита тремя
выстрелами из пистолета... я сама! Я даже не сразу сообразила, что произошло. Аслан издал победный крик. Магомед тоже воскликнул что-то и победно пожал руку Аслану.

— Красивая девка была! — повернулся ко мне Аслан. — На тебя даже похожа! Она, с-сука, моего брата с
дядей под русских бандюков положила! Если бы не знал,
убивать было б жалко!

— Так ей и надо! — прорычал Магомед. — Исса в
три деревни денег присылал! На хлеб, на чай старикам...

«Вот почему Мурад не верил Али, что это я! Они вы-
следили и убили Аниту! Значит, Ира не зря меня преду-
преждала! Какой ужас! Анита! За что ты от меня это все
приняла!» Целый вихрь мыслей пронесся в моей голове.
Стиснув зубы, чтобы ни звука не вырвалось наружу, я не
понимала не только что делать, но и как контролировать

себя. Я находилась в одной машине с человеком, который убил Аниту... почти меня саму... нет — меня саму. И мы ехали в неизвестность, где в лучшем случае мне придется заплатить огромные деньги за своего сына, скрывая, что я — это я! И рядом нет никого! Ничего не знающий Семен встречает в Женеве ничего не знающего Лалита. Ничего не знающий старый таец ждет меня на далеком острове с темненькой девочкой, уже забывшей вкус моего молока. Ничего не знающая мама в нашем подмосковном доме, наверное, уже сходит с ума без моих звонков. А про «великого дипломата» Култыгова я не хочу даже думать. Он почти все знает, но почти ничего не может!

Мы въехали в задрипанную станицу. Ее незатейливое название — Полыньковская — красовалось на ржавой дорожной табличке. Буквы «л» и «ы» были перечеркнуты, а наверху коряво подписано «ебе». Мы проехали мимо красно-белой антенны сотовой связи. Я только подумала проверить, есть ли сигнал, как мой телефон ожил, зазвонил и завибрировал в глубине кармана. Номер звонившего мне был неизвестен и начинался на 380 — Украина.

— Я слушаю, — отозвалась я, уверенная, что это ошибка.

— Здравствуй!

Это был голос Лени! Моего Лени! Глядя на сидящих впереди меня подонков, я не могла вымолвить ни слова.

— Номер отобразился? — спросил Леня.

— Да...

— Срочно прилетай в Киев! Мы с мальчиком... с нашим ребенком уже здесь! Сообщи номер рейса...

— Я в Полынь...

Магомед резко повернулся ко мне и правой рукой вырвал трубку. От неожиданности я даже не попыталась ее удержать. Мой телефон полетел в бардачок.

— Все! Отговорила, хватит! — проговорил Магомед.

— Я что, пленница?

— Заткнись!

Мы выехали на круглую, засыпанную щебнем площадь, ровно в центре которой стоял старый, ржавый и очень грязный тракторный прицеп. Я так и не поняла, то ли он случайно был здесь оставлен безвестным трактористом, то ли его установили специально по указанию свыше, дабы он символизировал прогресс в районной зерновой индустрии. Напротив ворот располагался двухэтажный конторский домик, позади громоздилась грязно-серая бетонная громада зернохранилища, за которую сейчас заходило солнце. Вокруг не было ни души. Рабочий день уже закончился, а ближайшие жилые дома стояли примерно в километре от здания элеватора. Полыньковская еще в дни горбачевской перестройки практически полностью обезлюдела, а совсем недавно стала заселяться самыми нищими из чеченских беженцев, в основном овдовевшими женщинами с детьми и стариками. Те беженцы, у кого имелись хоть какие-то средства, предпочитали селиться в Старой Днепровке, где хотя бы была нормальная питьевая вода в домах, работали медпункт и два магазина.

Магомед остановил машину, но вместо того чтобы сразу заглушить мотор и выйти, позвонил куда-то по своему мобильному телефону. Разговаривал он минут пять, судя по всему, с Мурадом. В разговоре, как мне показалось, он несколько раз произнес имя «Усман». Все это время Аслан, повернувшись назад, в упор смотрел на меня. Мне страшно было поверить, что этот парень, внешне похожий на нормального человека, еще утром так же смотрел на Аниту, а потом хладнокровно убил ее в полной уверенности, что убивает меня. Мне было невыносимо смотреть на эту рожу, и я попыталась выйти из машины, но только теперь заметила, что ручки открывания у задних дверей выломаны. Бояться я перестала. Сунув правую руку в карман, я сжала холодную рукоятку — «макарову» недолго уже оставалось лежать в кармане без дела. Для меня существовал только один вопрос: «Когда?»

Наконец Магомед вышел из машины и открыл мне дверь:

— Пошли!

— Куда? — Мне нетрудно было изображать испуганную дуру.

Он схватил меня за локоть и выдернул наружу. Я едва не упала, так как продолжала держать правую руку в кармане.

— Пошли, говорю. — Он подтолкнул меня в сторону конторского здания.

— Я приехала к Мураду Чигириеву, — дернулась я, — и буду с ним общаться только после того, как мне отдадут моего ребенка!

— Делай, что тебе говорят, сука! — прорычал Магомед. — Чего захотела! С Мурадом говорить?! Да кто ты такая вообще, чтобы с ним говорить?! Нет Мурада. Он занят. На свадьбе сейчас. Все мужчины на свадьбе. Мы с Асланом тоже скоро на свадьбу поедем. Но вначале с тобой разберемся!

Мы вошли в сумрачное здание и, не включая света, поднялись на второй этаж. Магомед направился прямо в директорскую приемную. Он первым сел за длинный ободранный стол и указал мне на скамейку, стоящую напротив стола, возле батареи парового отопления. Вошедший вслед за нами Аслан показался мне еще более огромным, чем раньше. Перед тем как опуститься на стул возле меня, он щелкнул выключателем, и над нами заморгала пыльная флуоресцентная трубка. Я уже поняла, что никакой Мурад со мной встречаться не планирует, зато два мои спутника явно хотят со мной каким-то образом разобраться.

Магомед играл карандашом и ждал, когда Аслан начнет, и тот не заставил себя долго ждать.

— Ты кто? — спросил он меня.

Я назвала себя, и лицо его от напряжения стало багрово-красным.

— Кто убил Усмана?

— А! Его убили! — Я никогда не видела этого Усмана, но все равно не могла сдержать своей радости по поводу безвременной кончины очередного выродка.

— Ты видела на дороге сгоревшую машину, сука! Усман, мой двоюродный брат, в этой машине сгорел! Кто его убил?!

— Мне известно только, кто убьет тебя. — Я сказала это, как могла, спокойно и, не вынимая руки из кармана, осторожно положила палец на курок.

— И кто, б... ?! Кто же меня убьет? — Он изобразил на своем мерзком, жестоком лице вызывающую содрогание улыбку.

— Я, разумеется! — Я плавно нажала на спусковой крючок, направив дуло притаившегося в кармане «ПМ» прямо в эту улыбку!

Выстрел грохнул так, что показалось, будто рушится здание. Пуля выбила Аслану правый глаз и раздробила височную кость. Он, к моему ужасу, успел еще с ревом вскочить со стула. Я выстрелила еще раз и теперь попала под подбородок. Кровавый фонтан из разорванной артерии ударил вначале в стену надо мной, а потом мне в лицо — сердце Аслана успело сделать несколько бессмысленных ударов, перед тем как тяжелое тело обрушилось вперед и вбок. Магомед понял, что случилось, даже быстрее, чем я сама. Аслан еще не распростерся на полу, когда тот, толкнув на меня стоящий перед ним стол, бросился прочь из кабинета.

Понимая, что нельзя дать ему уйти, я побежала вслед. Но те доли секунды, что я потеряла, делая второй выстрел, оказались фатальными. Добежав до первого этажа, Магомед одним движением оборвал провода в силовой коробке. Он мчался по темному коридору, обрушивая железные бочки и ржавый инвентарь. Ушибив ногу о какую-то железку, я выбежала наружу, когда он уже успел влететь в машину и выхватить из кармашка сиденья ту самую жестяную коробку из-под печенья. По весу он сразу же понял, что она пуста, и ему стало ясно, откуда у меня оружие.

Я дернулась, чтобы вытащить «макарова» из обгорелого кармана, но дуло зацепилось за подкладку. Я опять выстрелила через карман, но расстояние для такой стрельбы теперь было слишком велико. Пули пробили крышку багажника, оторвали крепление спойлера и разбили заднее стекло. Патроны в магазине закончились. Магомед выехал из ворот и умчался в направлении Старой Днепровки. Через некоторое время он вернется с подмогой. Я наконец высвободила ствол и вытащила пистолет наружу. От правой полы куртки мало чего осталось, но я не стала стаскивать ее с себя и выбрасывать. Было холодно и вообще не до красоты. Я знала, что до Старой Днепровки около шестидесяти километров. Если там гуляют и телефоны выключены, то по такой дороге потребуется час-полтора, чтобы приехать с подмогой и убить меня. Прятаться здесь негде. На самом элеваторе меня заметят и поймают еще быстрее, чем здесь. Убогая деревня населена только несчастными соплеменниками моих врагов. Голодные и затравленные, они не будут ради меня навлекать гнев своих «благодетелей». Вокруг на многие, многие километры — погружающаяся в ночную тьму пустынная степь. Я решила запереться в конторском здании и попытаться позвонить всем, чьи телефоны помнила наизусть. Мой телефон уехал в бардачке Магомедовой машины, и мне пришлось, содрогаясь от омерзения, обыскать карманы Аслана, чтобы завладеть его мобильни-

ком. Сделав это, я увидела, что связь отсутствует, а значит, шансов успешно побороться за свое выживание у
меня, похоже, нет вовсе. В качестве позиции самым удоб-
ным мне показался директорский кабинет, однако пре-
бывание в нем вместе с трупом Анитиного убийцы было
для моей психики невыносимо. Мне казалось, что Аслан
еще больше возненавидел меня после того, как я завла-
дела его сотовым телефоном! Вот-вот прямо сейчас он
встанет, страшный, одноглазый, с раздробленным чере-
пом, болтающимся на кровавых жилах. Поднявшись с
пола, он пойдет прямо на меня. Как в жутком 3D-трил-
лере... Наверное, это даже 4D: имелось еще одно ужасное измерение — жуткий, тошнотворный запах осты-
вающей крови. Чтобы избавиться от кошмара, я не без
усилия поставила стол на место, затем встала на него,
сдвинула верхние щеколды оконной рамы, распахнула
настежь окно и, подтянув к нему покойника, напрягла
все свои силы и перевалила стокилограммовую тушу через подоконник. Аслан рухнул во мглу. Вначале послышалось, как тело тяжело шлепнулось о твердое, потом
грохнула покатившаяся по бетонным ступеням, опроки-
нутая железная урна. И все стихло. Я осталась в конторе
совсем одна.

Часть 2

ЗООПАРК
и не только

Невеселая это участь — быть наследницей. Наследство — это не подарок, полученный из теплых рук любящего или, по крайней мере, симпатизирующего тебе человека. Это, увы, нечто совсем другое.

В свое время мне очень не понравился фильм Тарковского «Жертвоприношение». Он, как и большинство поздних фильмов этого легендарного режиссера, выводил меня из себя заумным и самодовольным занудством, однако мысль, положенная в основу фильма, показалась мне интересной и необычной: подарок — это жертвоприношение. А жертвоприношение, чтобы быть принятым, должно быть дорогим и важным для самого дарителя, «оторванным от сердца», если хотите. Иначе оно бессмысленно и не будет оценено ни божеством, ни человеком, если оно предназначено смертному. Отписанное наследство почти всегда передается наследнику потому, что самому владельцу оно уже не нужно. Не пригодится оно ему в горних высях! Такое наследство в свое время я получила от отца. Бывает, правда, еще один вид наследования: покидающий этот мир человек очень хочет, чтобы кто-то достойный продолжил заботиться о том, что ему было дорого при жизни. Так порой оставляют в наследство дом или сад. Часто речь идет о кошке или собаке, на свою беду пережившей хозяина. В этом случае наследник получает обязанности, связанные с исполнением воли усопшего.

Свое второе в жизни наследство я получила от Большого Тао. Старик оставил практически все, что у него было, Маленькому Тао и Лине, моим детям, которых он считал своими то ли детьми, то ли внуками. Во всяком случае, то короткое время, что они пребывали рядом с ним, он называл временем своего счастья. Мне в наследство остался необычайный зоопарк Большого Тао и обязанность следить и заботиться о тех нескольких людях и семьях, что раньше работали на него. Среди них и Мики, и брат-повар, и то ли племянник, то ли племянница Дайана. Старик не велел давать им много денег сразу. Большой Тао считал, что помимо собственной воли способствовал тому, что племянник стал трансвеститом. Ничто не могло его разубедить в том, что мальчик решил стать девочкой исключительно от безделья, вызванного колоссальными подачками собственного дяди.

Но главное, о чем я должна заботиться согласно завещанию, — благополучие зоопарка, созданного Большим Тао. Я отвечаю за жизнь его питомцев, ветеринаров и смотрителей. Этот зоопарк одновременно и самый прекрасный, и самый страшный в мире — здесь нет ни одного здорового животного. Слепой тигр, несколько обезьянок, оставшихся без одной из конечностей, одна маленькая мартышка без обеих кистей на ручках. Здесь есть даже совсем обычные собаки и кошки, попавшие под колеса. Конечно, среди питомцев попадаются и жертвы междоусобных звериных разборок, но в основном здешние животные пострадали от человеческой жестокости. Слава богу, у представителей животного мира нет комплексов неполноценности: если безрукая обезьянка не чувствует боли, приспособилась передвигаться и принимать пищу и если, наконец, ее не дают в обиду, она счастлива ничуть не меньше, чем нормальная полноценная зверушка. Звери не стесняются своей ущербности!

Еще школьницей я еле дождалась, пока смогу по возрасту записаться в стрелковую секцию. Уже к десяти годам я прочитала уйму книжек о животных и природе, обожала Джеральда Даррелла, Сеттона Томпсона, рыдала над потрясающими книгами Фарли Моуэта «Не кричи — волки!» и «Кит на заклание». Не отрываясь смотрела каждую неделю телевизионную передачу «В мире животных». Я мечтала научиться хорошо стрелять, вырасти и надолго уходить в лес, где благодаря нашим бесконечным походам с отцом чувствовала себя как дома. Я представляла себе, как буду очень осторожно и совершенно бесшумно выслеживать каждую свою жертву. Вот на лужайку выскакивает заяц, и сразу в кустах напротив что-то осторожно шевелится. Но я первая! Я раньше нажимаю на спусковой крючок своего оружия, и... самодовольный охотник-спортсмен падает своей откормленной красной рожей в липкую черную грязь. А зайчик, хотя и испуганный грохотом моего выстрела, но живой, уносится в спасительную чащу. Нет, я не пошла этим путем и не стала грозой ублюдочного охотничьего племени. Детские мечты остались мечтами. Зато сейчас передо мной живая коллекция, собранная добрым стариком Тао. Я не знаю, сколь безупречной могла быть жизнь хозяина острова — Дракон Тао не был безгрешен, но за это ему отвечать не передо мной. А мне, моим детям, моим самым родным людям он приносил только одно добро, и моя обязанность выполнить его последнюю волю — сохранить этот зоопарк и продолжить дело его создателя. Большой Тао сделал так, что после его смерти я не буду нуждаться в деньгах, даже если у меня ничего не останется от заработанного и полученного в прошлой жизни. Я должна добиться того, чтобы этот зоопарк не только существовал, но и рекламировал себя, чтобы он стал доступен для экскурсантов, чтобы по всему миру начали открывать подобные ему. Старик, оставляя мне все, что собрал за долгую и не вполне, мягко скажем, праведную жизнь, не захотел напрямую потребовать, чтобы я прекратила работать. Но он все же сказал мне из последних сил, что оставляет мне деньги на жизнь всей моей семьи и на содержание зверинца со всем его персоналом, потому что сомневается, что у меня хватит времени на дела, а точнее, на «коммерческую грязь». Именно так умирающий старик назвал то, что я привыкла называть бизнесом.

Не знаю, как буду жить завтра, но хоть какое-то время попробую наслаждаться покоем. Я обхожу по очереди всех своих питомцев. В отдельном вольере меня ждет Гунька — та самая обезьянка, что попала в капкан обеими лапами. Гунька — на самом деле мальчик. У него нынче немножко грустный день — вчера от него отселили двух более мелких сородичей. Я часто подсаживаю к нему всяких детенышей, которые порой у нас рождаются и в отличие от взрослых животных здоровы. Но когда они подрастают и шалят уже не вполне по-детски, приходится их от Гуньки отделять, он себя защитить совсем не может. Я кормлю Гуньку и расчесываю ему шерсть — нет-нет, а заскочит к нему какая-нибудь вредная блоха, и без моей или чьей-нибудь еще помощи он не справится.

Дом Тао остался за Мики. То есть, по идее, Мики только присматривает за главным строением и тремя маленькими домиками вокруг озера, а жить там должны родные и близкие Большого Тао. Но им там селиться незачем, поэтому живет там только сам Мики с молодой женой, маленьким сынишкой и той самой пожилой тайкой, что помогала мне управиться с Линей после выхода из клиники доктора Харикумара. А в домиках иногда ночует кто-то из ветеринаров, когда ситуация в зоопарке не позволяет вернуться на ночь домой. Такое случается нередко — ведь контингент у нас специфический.

К половине восьмого утра я окончила утренний осмотр своих питомцев и направилась домой. Наш дом — это соединенные в единое целое два бунгало, купленные вместе с землей у несчастного влюбленного немца Леонарда. Я немало заплатила архитектору и строителям, чтобы получился именно такой дом, который я хотела. Так появилось уютное и просторное жилище, состоящее из двух абсолютно симметричных частей. Мы соединили их между собой зеленым коридором, накрытым сверху пропускающей свет крышей из трубчатого пластика — полигаля. До берега отсюда не больше пятидесяти метров. У меня есть свой катер и куча лучшего оборудования для подводного плавания. Я пристрастила к дайвингу все свое семейство, от мала до велика.

В конце пляжа уже виднеются ворота того самого поселка, где так же, как и раньше, стоит коттедж, который я снимала, вынашивая Маленького Тао, но никакого желания подходить к нему у меня нет. Меня до сих пор тошнит при воспоминании о том, как я чуть не потеряла навсегда столь желанного ребенка, и о том, чего мне стоило это последнее, я надеюсь, подобное приключение в моей жизни. Перед тем как зайти внутрь, я опять посмотрела в океанскую даль, и от бесконечной синевы мне стало хорошо и спокойно. Как это все-таки здорово, что через четыре дня Новый год! Новый, две тысячи пятый, год! Я рада, что в последние дни декабря меня окружают не голые продрогшие деревья, а вечнозеленые кокосовые пальмы. И нет под ногами фирменного московского «новогоднего коктейля» из мокрого снега, песка и соли, и не смолкает плеск ласковых и кротких волн!

Впрочем, в этом году мы решили все же справить Новый год среди снежных сугробов и выбрали для этой цели Финляндию. Дети уже несколько лет мечтали посетить родину Деда Мороза. Они улетели позавчера вечером, и я осталась на двое суток здесь одна, чтобы не оставлять надолго мое хлопотное хозяйство. Мой рейс с острова сегодня в полдень, а третьего января мне уже предстоит возвращаться. Больше, чем на неделю, я зоопарк на Мики не оставляю. Ведь именно я, и никто другой, отвечаю за свое наследство перед памятью Большого Тао.

ПОГРОМ
и не только

Говорят, человек, побывавший однажды на самом краю пропасти, успевший проститься с жизнью и, несмотря ни на что, уцелевший, проживет долго. Если это правда, то жить мне до ста двадцати лет. Я не погибла в Полынь-ковской. Машины, примчавшиеся в деревню, привезли не тех, кто планировал меня убить. Это тоже была озверевшая толпа, но состояла она из тех, кто решил расправиться с чеченскими беженцами. Та социальная бомба, которой так опасался господин Култыгов, взорвалась. Во время чеченской свадьбы в Старой Днепровке вайнахи затеяли драку с местными жителями, славянами и казахами. От ножей быстро перешли к огнестрельному оружию. Удравший от меня Магомед на свадьбу не попал. Не добрался он и до своего хозяина Мурада. Один из фермеров, проезжая мимо антенны сотовой связи, увидел, как чеченец выскочил из своей «бэхи» и монтировкой разбил распределительный щит. Видимо, Магомед боялся, что я, завладев телефоном Аслана, вызову подмогу. Поэтому он лишил сотовой связи сотни людей в округе. Оказавшийся случайным свидетелем хлебороб не рискнул в одиночку разбираться с озверевшим вайнахом, но по рации передал эту информацию своим, поэтому Маго-меда в Старой Днепровке ждали особо. Его вытащили из машины на центральной площади районного центра и буквально разорвали на части прямо перед зданием клуба.

Никто не пришел ему на помощь. Как только свадебное торжество переросло в поножовщину и перестрелку, «герой» абхазской войны Мурад Чигириев усадил в машину старшего сына и умчался в направлении своей исторической родины. Убегая, он бросил на произвол судьбы не только всех соплеменников, но и собственную жену с тремя младшими детьми.

Тем временем в соседних селах Староднепровского района собралось несколько десятков человек, вооруженных охотничьими ружьями. Они, разместившись в нескольких легковых автомобилях и в «уазике», прозванном в народе «батоном», ринулись в Полыньковскую освобождать элеватор. Их предводитель, инвалид афганской еще войны, первым влетел в Полыньковскую на своем старом мотоцикле «Урал». Уже через пять минут после того, как машины въехали в поселок, я поняла, что происходит совсем не то, чего я ожидала. К моему отдельно стоящему зданию никто не подъехал, зато со всех сторон слышались крики и нарастал нестройный вой. В самом центре вспыхнул желтым трескучим пламенем первый деревянный дом. За ним последовали еще два. Неожиданно зажглось несколько фонарей, а на крыше одного из складских зданий включился мощный прожектор. И тут я увидела, что в мою сторону бежит толпа, а присмотревшись, поняла, что это женщины, дети и старики. Погромщики пока не преследовали их, расправляясь с убогими жилищами и скудным имуществом, но страшный жизненный опыт несчастных говорил о том, что надо спасать свою жизнь. Единственным местом, где они рассчитывали получить хоть какую-то защиту, был элеватор, а точнее, административное здание, ставшее моим укрытием — как я думала тогда, последним.

Я находилась в директорском кабинете на втором этаже, когда во входную дверь начали с воплями ломиться обезумевшие от страха женщины. Толпа в несколько десятков человек стонала и рвалась внутрь. Я видела, что наряду с замотанными в тряпье тетками там были маленькие дети и подростки. Старики и старухи не могли бежать. Они плелись позади через засыпанную щебнем площадь. Было ясно, что взбесившиеся погромщики, запалив жилье, бросятся и на людей.

Не понимая еще, спасена ли я сама, или же, наоборот, именно теперь меня ожидает что-то ужасное, я бросилась вниз открывать засов. Толпа ломилась внутрь с неистовой силой отчаяния. Я не знала, что сделать, чтобы не быть раздавленной, и как сдержать этот напор ради них же самих. Совсем недавно я, как могла тщательно, завалила темный входной коридор бочками, ржавыми панцирными сетками и еще какой-то дрянью, чтобы помешать тем, кто придет расправиться со мной. Теперь эти баррикады могут переломать кости тем, кто ищет здесь спасения. Но выхода у меня не было. Прежде чем распахнуть дверь, я, как могла громко, закричала: «Всем стоять!» — и выстрелила в гулкую тьму коридора. Услышав, что гомон и вой на улице стихли, я сорвала засов и с силой толкнула от себя дверь. Передо мной была сплошная неразличимая масса напирающих друг на друга тел. Внезапно промелькнула мысль: «А кто бы из них готов был спасти меня?!» На дальнейшие размышления времени не было. Я еще раз выстрелила в воздух и проорала, что внутри тесно и много железа.

— Входить медленно! Осторожно! По одному!

Разумеется, эффекта мои слова не возымели. Едва опомнившись от звука моих выстрелов, они рванулись внутрь, спотыкаясь, падая и давя друг друга. Но сама я успела отскочить от входа. Быть раздавленной мне уже не грозило. Я обогнула рвущуюся к зданию толпу и оказалась на середине площади. На моих глазах в ворота въехал «батон», и из него выскочили двое с охотничьими ружьями. Автомобильные фары осветили спины убегающих. Погромщики приготовились стрелять, но я их опередила.

— Стоять! Ни с места! — крикнула я первое, что пришло в голову, и двумя выстрелами из своего «ПМ» погасила свет фар.

В свете луны блеснули два черных ствола, и я поняла, что сейчас получу свою порцию дроби. И получу ее за то, что не даю расправиться с родичами тех, кто убил мою Аниту, желая убить меня, кто похитил моего ребенка! Я бросилась на землю и, перевернувшись через голову, нырнула за брошенный прямо посередине площади тракторный прицеп. Грохнул выстрел. Крупная дробь хлестко ударила в щебень и борта прицепа. Рвущаяся в здание толпа завыла. О, как мне не хотелось стрелять! Но я понимала, что двое охотников не успокоятся, пока не нашпигуют меня свинцовыми шариками, а сделав это, бросятся палить дробью по затравленной толпе.

Внезапный рев сирены остановил всех. И толпа, и стрелки замерли, обратив взгляды к железнодорожному переезду, откуда мчались, переливаясь сине-красными огнями, две легковые машины. За ними в поселок въехали два бортовых армейских грузовика и ярко-красный пожарный «ЗИЛ». К этому моменту горело уже не меньше семи домов. Точнее я смогла бы определить, только находясь наверху административного корпуса, а не на острой щебенке под ржавым прицепом.

Я не сразу сообразила, что мои несчастья подошли к концу. Дальше все происходило нереально быстро, словно это было кино, снятое бездарным режиссером по затасканному и сто раз переписанному сценарию.

Из-за прицепа меня вытащили два молодых парня. Одеты они были в штатское, но на ремнях у них болталось по «калашникову». Один из них, называя меня по имени, пытался что-то объяснить, оправдывался за опоздание, но я не в состоянии была вникнуть в его сбивчивый рассказ о том, как трудно собрать бойцов спецназа из увольнительных, о разряженных аккумуляторах и о спущенном переднем баллоне. Еще он говорил что-то про мою Ирину. Значит, это и есть тот самый ее приятель, Кирилл, которого она и впрямь попросила помочь мне. Я так и не поняла, почему они все появились так поздно, что только чудом застали здесь меня саму, а не мое бездыханное тело. Стрелявшие в меня «охотники» теперь лежали, уткнувшись лицами в щебень. Руки каждого из них сжимали застегнутые за спиной наручники. Судя по крикам и автоматным очередям, в поселке теперь шла охота на поджигателей. Среди прибывших на место фээсбэшников, милиционеров и пожарных оказался и Али-Хассан Култыгов. Он был мрачен, но все же нашел в себе силы подойти ко мне и признать, что виноват и передо мной, и перед господином Тао, хотя задержка произошла не по его непосредственной вине. Только осознав, что спасена, я вдруг поняла, что мне теперь в очередной раз придется отвечать за бандита, убитого мной из «неучтенного ствола», который до сих пор находился буквально в моих руках. Не отрывая взгляда от разбредающейся толпы, я попыталась объяснить людям в штатском, как все происходило. Мы подошли к распростертому на бетонном крыльце телу. На то, что я до сих пор так и не выпустила из рук «ПМ», никто не обращал внимания. Иринин приятель Кирилл присел на корточки, включил карманный фонарик и, брезгливо поморщившись, осмотрел покойника. С неимоверным усилием я всмотрелась в обезображенное мертвое лицо.

— Что меня ждет за это? — спросила я.

Мне не ответили. Через минуту к нам подошел Култыгов в сопровождении двух милиционеров. Он бережно вел под руку ветхого старика, тяжело опирающегося на кривую суковатую палку. Руки у него тряслись — видимо, «привет» от Паркинсона. Али-Хассан вынул из кармана платок, забрал у меня «ПМ», тщательно протер его платком и протянул старику. Тот, не переставая трястись всем телом, переложил палку в левую руку и изо всех сил вцепился в пистолет. Али-Хассан сказал что-то на родном языке. Старик быстро закивал и направил ствол на тело Аслана. Рука старика дрожала, и Култыгову пришлось помочь ему держать «ПМ» в направлении лба покойника. Грянуло подряд два выстрела, и лицо мертвого бандита окончательно превратилось в месиво. Стоящие за спиной старика милиционеры схватили его под локти и потащили к своей машине. Старик издал клокочущий звук, отдаленно напомнивший смех, попытался выкрикнуть «Аллах акбар!», но зашелся кашлем и безвольно повис на руках милиционеров.

— Проблем больше нет, — проговорил Али-Хассан совершенно спокойно. — Ни у вас, ни у него!

Он бросил платок себе под ноги и втер его ботинками в кровавую грязь.

— Как вы могли! — закричала я. — Я не хочу, чтобы этот старик отвечал за меня! Я готова все объяснить в суде! Я защищалась! Я могу доказать!

Али-Хассан молча повернулся ко мне спиной и неспешно направился в сторону толпы соотечественников, воющей пред видом пылающих жилищ.

— Вы ничего не поняли, — проговорил молодой фэ-эсбэшник. — Он не вас выручал. Култыгов спасал этого старика и всю его семью, состоящую из старух, вдовых баб и детей.

— От чего? — не поняла я.

— Он только что спас их род от позора. Убитый вами ублюдок несколько лет назад зарезал в драке ножом единственного сына старика. Все вокруг знали это, но никто не дал показаний, и доказать ничего не удалось. Старик остался единственным взрослым мужчиной в своем ослабевшем роду. Он должен был отомстить. У них такой закон. Иначе позор будет лежать даже на правнуках. Теперь старика задержат. Он с радостью подтвердит, что лично убил убийцу своего сына в присутствии сотрудников МВД. Надеюсь, вам не придет в голову выставить несчастного деда лжецом?! Нет?!

— Но он же еле жив! — воскликнула я. — О каком суде, каком заключении может идти речь! Он не доживет до суда!

— Вы правильно заметили, он стар, болен и до суда, скорее всего, действительно не доживет. Но умрет он счастливым и гордым. Все вокруг будут знать, что его сын отмщен. А как было на самом деле, никто никогда не узнает. Не правда ли?!

Я не знала, как отвечать.

— До нашего приезда здесь была паника, и в темноте наверняка никто не заметил этого тела и уж тем более не опознал его. А их Аллах простит нам, неверным, эту маленькую ложь! Правда ведь?! — Парень похлопал меня по плечу, улыбнулся и направился к машине.

В Старой Днепровке шел настоящий бой. Там уже не дети и старики, а молодые и здоровые горские бандиты, захватившие здание клуба, били из автоматов по фермерам, механизаторам и колхозникам, вооруженным охотничьими ружьями.

Уже в Москве я с ужасом узнала от Иры, что этот бой стал для милого паренька Кирилла последним. У него остались двадцатилетняя жена и годовалая дочурка.

Мое возвращение в Москву было кошмарным. Аниту похоронили на маленьком, никому не известном кладбище, расположенном в тридцати километрах от города по

Киевскому шоссе. На похоронах нас было только трое: я, Лалит и Ирина, которая по моей просьбе организовала похороны. Она же привезла нас на своей машине вначале в криминальный морг шестьдесят девятой московской больницы, а потом и на кладбище. Седой и еще больше почерневший от печали Лалит Чатурвэди нес гроб от «пазика»-катафалка до могилы вместе с тремя местными работягами. Могильщики были столь же черны, как сам индус, — то ли от въевшейся в кожу земли, то ли от беспробудного пьянства. Брахман был молчалив, мрачен и абсолютно трезв. Он прилетел из Швейцарии ночью специально, чтобы проводить в последний путь внучку своих друзей. С гибелью Аниты прервались сразу два таких непохожих рода: профессора Шаховского и бандита-коммуниста Вердагера. Меня же, по понятным причинам, вообще не покидало ощущение, что я присутствую на собственных похоронах. Анита второй и последний раз приняла на себя удар, направленный на меня!

Прямо с кладбища Ирина отвезла нас с Лалитом в аэропорт: он улетал в Индию, а я в Киев. На прощание моя бывшая сотрудница еще раз подтвердила, что остается в структуре Егерева и Черткова только для того, чтобы работать на нас.

Леня с ребенком ждали меня в столице «незалежной Украины». Мы не стали рисковать и не повезли Маленького Тао в Россию. С нас было довольно! Пройдя предполетный досмотр, я наконец позвонила маме и Даше. Наврала, разумеется, что звоню по-прежнему с острова и передаю им пламенный привет от внучка и братика. Теперь, уже без всяких отсрочек, я велела им готовиться к отъезду.

Самолет Лалита улетал всего на пятнадцать минут раньше, чем мой, и мы опять оказались за тем же столиком, за которым выпивали в день нашего знакомства, когда Манго Сингх представил нас друг другу. Сегодня Лалит пил только воду.

— Готовитесь к встрече с родителями? — спросила я его, удивившись выбору напитка.

— Я не буду пить, пока не разберусь с Чертковым.

— Почему с Чертковым? — пожала я плечами. — Того, кто стрелял в Аниту, уже нет.

— Ты молодец! — кивнул Лалит и сжал мою руку на подлокотнике кресла. — Но сдал ее... тебя... нас... именно Чертков! И ты это знаешь!

— И Семен это знает, — добавила я.

— Вот мы с Семеном и поработаем над всеми вопросами! А ты... Ради бога! Ты отдыхай! Займись своими детьми! Ты через два часа уже встретишься с собственным сыном! Забудь обо всем! Забери отсюда мать с Дашей и Ромой и уезжайте на этот Кануй! Умоляю, чтобы здесь, во всяком случае в Москве, духу твоего не было! И в Израиле не появляйся — слишком маленькая страна для твоих неприятностей.

— Боюсь, мне там нечего делать, пока мое дело окончательно не закрыли. Его же там пока только пересматривают!

— Оставь! На Кануй! На Кануй! — С этими словами Лалит поднялся и направился к своим воротам на посадку.

В киевской гостинице любимый мой Леня рассказал о своих приключениях. Я опять недооценила этого человека! Я считала, что он бежал и бросил меня. Но это был бы не он! Получив объяснения от доктора Харикумара, Леня помчался в Россию. Ему быстро повезло. Он отыскал в Саратовской области некоего Гошу Фомина, с которым познакомился во время «химической отсидки». Гоша, бывший борец-тяжеловес, был Лениным соседом по комнате в общежитии, и Леня помогал ему заочно до-учиваться в сельскохозяйственной академии — с очного отделения Гошу отчислили за драку на дискотеке. Из-за этой же драки его и посадили. На свободу они вышли в один день, и Гоша, когда они разъезжались по домам, ве-лел Лене обращаться к нему в случае необходимости в любое время. С тех пор Гоша стал Георгием Степановичем и являлся, как это принято теперь называть, авторитетным и уважаемым человеком в области. Он был одновременно и бизнесменом, и членом областного законодательного собрания. Его фирма занималась недвижимостью, зем-лей, водкой и в том числе зерном. Как выяснилось, у гос-подина Фомина имелись свои счеты с «чехами». Воз-можно, еще и поэтому он сдержал свое слово, данное много лет назад, и помог вызволить нашего ребенка. Трое сотрудников его собственной службы безопасности при-мчались в соседний областной центр за три часа до нас с господином Култыговым. Узнав, что произошло, они по своим каналам обнаружили Усмана с ребенком еще на окраине Волгограда и «вели» его до того самого места, где мне позднее довелось увидеть погрузку обгоревше-го усмановского автомобиля силами дорожных служб и МЧС. Трое сотрудников Георгия Степановича Фомина и Леня следовали на черном мерседесовском джипе в пя-тидесяти метрах за Усманом. На заднем сиденье бандит-ской машины лежал самый дорогой в мире сверток — наш с Леней сынок по имени Тао. На перекрестке Усма-на остановил молодой капитан-гаишник в бронежилете с «калашом» на шее. Весело подмигнув бандиту, он попро-сил предъявить документы. Пока Усман рылся в карма-нах, тот заметил, что ребенок лежит на заднем сиденье и спокойно спит. Капитан подал успокаивающий сигнал стоящим на обочине двум коллегам и подъезжающей сзади машине, в которой сидел и мой Леня.

Усман нарыл наконец лопатник с документами и, насупившись, протянул их инспектору.

— Да ладно! — засмеялся тот. — Уже не надо!

— Почему не надо? — удивился Усман.

— Не надо, и все! — ответил гаишник и лениво направил висящий на шее автомат на грудь чеченца.

— Эй ты, осторожнее тут! — забеспокоился Усман.

— А я всегда очень осторожный! — рассмеялся капитан и нажал на спусковой крючок.

Леня выскочил из своей машины и бросился вперед. Он испугался, что какая-нибудь из выпущенных пуль может срикошетить в малыша. Но все обошлось, если не считать того, что от грохота выстрелов Маленький Тао проснулся и испуганно заплакал.

— Ай-ай-ай! — воскликнул, не прекращая улыбаться, милиционер. Он помог Лене вытащить ребенка с заднего сиденья. — Не плачь, маленький! Прости глупого дядьку! Дядька больше так не будет — в следующий раз он глушитель прицепит!

Прижимая мальчика к себе, Леня побежал назад к той машине, в которой сюда приехал. Через час я увидела их обоих из иллюминатора эмчеэсовской «тушки». Они поднимались по трапу в самолет, направляющийся на Украину...

Кстати, из вечерних криминальных новостей того дня телезрители узнали, что некий житель Северного Кавказа, не имевший при себе документов, не справился с управлением автомобилем на ровном участке шоссе. Вылетев с полотна в лесозащитную полосу, незадачливый водитель сгорел там вместе со своим транспортным средством. Позднее кто-то из дотошных журналистов донес до общественности тот факт, что грудная клетка покойного бандита была разворочена автоматной очередью. Однако следственные органы авторитетно заявили, что эта незначащая деталь никак не меняет общей картины происшествия, имя которому — «несчастный случай».

Вот так Маленький Тао еще до моего прилета в Волгоград оказался у своего отца. Выписанные на ребенка документы были, по заверению Гошиного юриста, мордатого татарина с золотыми зубами, самые что ни на есть настоящие, и даже «еще лучше». Несколько раз я пыталась себе представить, как развивались бы события, пойми я тогда, едва приземлившись в Волгограде, что мужчина с ребенком на руках — Леня.

Мы с Леней сидели друг напротив друга в номере киевского отеля «Лебедь». Наш мальчик безмятежно спал на середине огромной двуспальной кровати, наевшись разведенной «Матерны». Увы, это было единственное, что я смогла ему предложить. Мы с Леней опять были вдвоем и... опять не знали, кто мы все-таки друг другу. Мне казалось, что он должен проклинать тот день, когда на свою голову открыл дверь уфимской комендатуры и столкнулся с готовой вот-вот описаться юной девицей. Я не знаю, почему так получилось, но именно после этого на него навалились сразу все неприятности: суд, «химия», репатриация, автомобильная катастрофа, бандиты... Да и моя жизнь тоже оказалась совсем не такой, какую я могла себе пожелать или хотя бы представить. Мы оба перенесли столько всего, что любые объяснения в нежных чувствах стали бы пошлостью. Проблема была не в том, чтобы понять, любим ли мы друг друга. Мы знали только, что принадлежим друг другу, как принадлежим этому существу, спящему сейчас между нами. А я принадлежу еще Даше, маме, Лине и, черт его побери, Роме. И Леня принадлежит сестре Оле и своей маме. И к тому же мы друг друга совсем не знаем. Сутки на уфимском вокзале, ночь в больнице, две минуты в машине перед трагедией на израильском шоссе и непонятно сколько часов в избе у целителя — вот и все! Те несколько дней, когда я видела еле живого Леню в гостинице «Украина», не в счет. Это был не он... И это была не я... Когда я впервые встретила его, то вообразила, что остаток жизни проведу смеясь и держа его за руку. Ведь у меня с этим человеком все общее — даже день рождения! Я верила и в то, что нам никогда не наскучит говорить друг с другом, шутить и смеяться. И вот, спустя годы, мы, усталые и молчаливые, сидели напротив друг друга, нахмурив лбы. Казалось бы, столько всего позади, и мы, вопреки всему, победили, но... не было ощущения счастья и покоя.

— Ну что, Леня, мой дорогой, как жить теперь будем? — выдавила я из себя нелепый вопрос.

Что он мог ответить? Он теперь вообще почти все время молчал.

На несколько секунд наступила тягостная тишина, которую прервал Маленький Тао.

Он приоткрыл почему-то только один глаз, сморщил нос и громко чихнул. Леня посмотрел на ребенка и улыбнулся — именно так, как тогда, много лет назад, стоя на платформе возле присланного им чудо-вагона. Тогда, провожая меня из Уфы в Москву, он был уверен, что скоро мы будем вместе. Скоро, совсем скоро... И вот, неужели это «скоро» наконец настало?! Маленький Тао снова чихнул и открыл второй глаз. Леня засмеялся, наклонился над ребенком, нежно поцеловал его, и я поняла, что снова живу!

КЛЮЧ ОТ ГОЛОВЫ
и не только

Несколько недель я, как безумная, носилась по миру. Вначале я прилетела с Леней и нашим сыном на Кануй, но пробыла там только три дня. Этого хватило, чтобы обустроить Леню, маленьких Тао и Линю, а также приготовить все для приезда мамы, Даши и Ромы. Лене на время досталась роль няни, домработницы и кормящей матери одновременно.

Большой Тао встретил меня так, будто ничего не происходило. Он не стал слушать никаких благодарностей за все, что сделал для меня и моих детей и здесь, и в России. Сказал только, что очень огорчен — он явно переоценил реальные возможности господина Али-Хассана Култыгова. Меня же, несмотря на всю тяжесть пережитого, волновал лишь счастливый итог, и «разбор полетов» был ни к чему.

Припахав Леню, я опять бросилась в Москву, чтобы забрать оставшуюся часть своего семейства. Даша с Ромой уже совсем оправились от своих детских болячек, зато мама была не в лучшем виде. Несмотря на радость по поводу нашей встречи и рождения внука со странным именем Тао, она была все равно грустной и явно чего-то недоговаривала. На мой прямой вопрос о ее самочувствии она ответила только, что у нее от усталости и на нервной почве обострился давнишний гастрит. Я решила проверить, правду ли она говорит. Разъяснил ситуацию Евпатий. Выбрав момент, он оторвал меня от лихорадочных сборов и под предлогом необходимости обсудить какой-то хозяйственный вопрос попросил пройти с ним в теплицу, где и поведал, что за то время, пока меня не было, у мамы обнаружили рак поджелудочной железы.

Не говоря маме ни слова, я обратилась к нашему лечащему врачу, и тот с печалью подтвердил, что положение, увы, безнадежно. По его словам, маме предстояло угаснуть не позднее чем через полгода. Судьба не прекращала проверять меня на прочность. С моего прилета в Москву прошло двое суток. Через два дня мы должны были улетать в Таиланд, но я объявила маме, что мы завтра должны совершить еще одну поездку по моим делам и вся семья будет меня сопровождать.

Евпатия я тоже попросила к нам присоединиться. Поехали к Архипушке и Даша с Ромой. С дочерью я теперь не расставалась, а дебильноватого, приторможенного Рому оставить было не на кого. Я так и не рассказала маме, что мне известно истинное положение дел. Не стала объяснять ей и причину нашей срочной поездки в деревенскую глушь. Я и сама себе боялась признаться, что еду за очередным чудом. Честно говоря, я еще надеялась, что мне все же удастся в этот раз уговорить Архипушку с Егоровной переехать в мой пустеющий дом. Тогда и остающемуся на хозяйстве Евпатию будет веселее, думала я. Даже Козулю я по-прежнему готова была кормить одними ананасами, лишь бы целитель согласился таким образом облегчить свою жизнь и хоть немного утолить мое чувство благодарности.

Выехали мы с рассветом и к середине дня уже оказались в Крюковище. Я сразу поняла, что чудес больше не будет. В прошлый раз, когда мы приезжали с Леней и Ольгой, от деревни оставалось фактически только два дома: Архипушкин и его соседки Егоровны. Теперь и вместо этих двух домов громоздились лишь обгорелые бревна, доски и битое стекло. Пахло смертью и тлением. Мы все вышли из машины. Мама и Даша осматривались в полном недоумении, так и не поняв, зачем я привезла их в эту тоскливую глушь. Рома бродил вместе со мной и Евпатием по заросшему бурьяном двору Архипушки и бормотал что-то невнятное себе под нос. Что здесь произошло, мы с Евпатием так до конца и не поняли. Куда делись старики и Козуля, не ясно. Спросить было не у кого. Но несколько разбитых бутылок из-под водки и какой-то крепленой дряни, валяющихся на земле, усугубили мои мрачные ощущения. Старики не пили, значит, здесь явно побывали чужие. Только когда эта пьянь сюда приходила? Непонятно даже, как нам узнать, живы ли вообще Архипушка и его соседка.

Рома нагнулся и подобрал с земли ржавый ключ от навесного амбарного замка.

— Брось эту гадость! — велела я.

Но он, не послушав меня, внимательно посмотрел на ключ и покрутил им возле своего виска — жест, вполне достойный умственно неполноценного.

— Кьюч от го-овы! — промямлил сводный братишка и сунул ржавую находку в карман штанов.

Я махнула рукой — черт с ним! Загадит одежду этим ржавым куском железа — ну и плевать! Это мамина забота. Тут я вздрогнула. «Мамина забота! Какая теперь у мамы вообще может быть забота?!» Я осознала, что на сей раз потерпела жестокое поражение. «Ладно, приедем в Таиланд — пойдем к доктору Харикумару. Пусть ищет специалистов. Я готова на любые усилия, и меня не остановят никакие деньги. Без борьбы я не сдамся! И вообще не сдамся!» — решила я про себя. Мама, разумеется, уже догадалась и о цели нашей внезапной поездки, и о той неудаче, что нас постигла. Она поняла и то, от кого я узнала об истинном положении дел. Повернувшись к Евпатию, она укоризненно покачала головой, в ответ он покраснел и развел руками. Перед тем как сесть в машину, мама увидела что-то в траве и наклонилась за маленькой бумажной иконкой — такие за копейки можно купить в любой православной церквушке. Кусок картона намок и испачкался, и перед тем, как положить иконку в карман, мама завернула ее в платок. Я не стала вмешиваться и спрашивать, зачем ей это понадобилось. Уже много лет я не обсуждаю с мамой ничего, что хоть как-то связано с ее религиозными убеждениями. Погрузившись в машину, мы двинулись в обратный путь.

Уже перед самым вылетом из Москвы мне удалось поймать в Женином театре Леонарда. От телевизионного успеха в сериале «Третий не лишний» Женя окончательно обезумела. Роль спившейся девственницы, ищущей себя не пойми в чем, захватила ее целиком, и выйти из нее она уже не могла. Какую бы роль ей ни давали в родном театре, она находилась все время только в одном и том же полюбившемся ей образе. В тот вечер, когда я отправилась в театр, шел спектакль «Мастер с приветом» — якобы по роману Булгакова «Мастер и Маргарита». Женя играла там и Геллу, и Маргариту, и Понтия Пилата — видимо, так здесь экономили на зарплатах актеров. На реквизите, наверное, тоже экономили, поэтому все эти роли Женя исполняла абсолютно голой. Получилось омерзительно, но в зале не было свободных мест. Народ так и валил, чтобы увидеть «девственную» героиню сериала во всем великолепии. Разумеется, возле ее артистической уборной дежурил верный Леонард. Я без особого труда уговорила его продать мне все оставшиеся у него на Кануе бунгало. Доверенность, включающую право на продажу, он оставил мне перед отъездом с острова, так что мне требовалось только получить его словесное согласие и узнать, сколько я ему буду должна и куда перевести деньги. Проблему мы решили за время антракта, и, передав горячий привет блестящей служительнице Мельпомены, я откланялась.

На следующее утро мы все улетели из Москвы.

ТОЛЬКО ПОКОЙ, БЕЗБРЕЖНЫЙ И БЕСКОНЕЧНЫЙ

На остров мы с мамой, Дашей и Ромой прилетели поздно вечером и прямо из аэропорта направились во владения Большого Тао. В первом домике у озера нас ждали Леня с младшими детьми. Соседний домик был приготовлен для остальных членов моей семьи. В доме самого хозяина света не было. Я не стала туда ломиться — пусть Большой Тао спит.

Мама с Дашей и Рома буквально валились с ног, но это не помешало им собрать последние силы и пойти знакомиться с Маленьким Тао и с Леней. То, что у меня есть еще черненькая Линя, я скрывала до последнего момента. До самого приезда на Кануй мама не знала и о том, что со мной произошло за последнее время. Честно говоря, я даже не представляла себе, как смогу обо всем этом им с Дашей рассказать. Я не спала всю ночь. И это, наверное, была моя самая счастливая ночь за все последние годы. Мы были вчетвером в комнате: я, мой любимый человек и Тао с Линей, которые спокойно спали в своих маленьких кроватках. А рядом, в соседнем домике, — мама и Даша. Ну и Рома, бедный слабоумный Рома, разумеется! И главное, ни мне, ни моим близким больше ничего не угрожало! Нет... Я не права, конечно!

Маме угрожало! Все говорило за то, что рак поджелудочной железы — это не диагноз, а приговор!

Утром, когда все еще спали, мы с мамой поехали к доктору Харикумару. Лене я рассказала, в чем дело, еще ночью, когда мама ушла спать. Перед тем как я вышла из домика, он обнял меня, пожелал удачи и внезапно сказал:

— Когда закончите и вернетесь, сразу иди к Большому Тао. Он очень ждет тебя.

— Что-то случилось?

— Нет... Он сам сказал, ничего особенного...

— Может, прямо сейчас зайти к нему? — заволновалась я.

— Нет... Пожалуй, сейчас не надо. Но потом зайди сразу.

Мы молниеносно домчались до клиники доктора Харикумара, и прямо с порога, едва поздоровавшись, я вывалила ему на стол мамины анализы и снимки. То, что было написано по-русски, я, как могла, ему переводила.

— Я не специалист в этой области! — сказал индус. — Но... ваша мама понимает по-английски?

— Практически нет...

— Насколько я понимаю, — он как мог оптимистично посмотрел маме в глаза, — все очень плохо!

— Неужели? — Я тоже заставила себя улыбнуться, словно услышала от врача нечто очень обнадеживающее.

— Нужно отправить вашу маму в клинику в Бангкок, там у меня неплохие знакомства. Пусть все перепроверят. Послушаем их рекомендации... Больше я ничего не могу предложить... Увы...

— Когда мама сможет туда поехать?

— Если вы подождете полчаса, не больше, я позвоню и договорюсь.

Через пятнадцать минут мы уже знали, что послезавтра маму ждут в Бангкоке, в небольшой частной клинике, которая сотрудничает с лучшими онкологами и лабораториями. Там за несколько дней смогут провести все исследования и определить, насколько точен российский диагноз и что имеет смысл делать дальше... И имеет ли... Я решила, что попрошу Леню съездить с мамой, чтобы помочь с переводом и вообще, чтобы она не была одна. Я ехать не могла — мне нужно было обустраивать семью, детей, срочно начинать переоформление Леонардовых бунгало и решать вопрос об их перестройке.

Я поблагодарила доктора, и мы уже собирались выйти к машине, но на пороге своего кабинета доктор Харикумар остановил меня.

— Вы уже были у господина Тао?

— Я сейчас еду к нему!

— Не задерживайтесь! Я тоже скоро приеду. Он велел мне приехать через два часа после вас.

— Может быть, хоть вы объясните мне, что случилось?

— Большой Тао умирает... Он сказал, что ждет только вас.

— Как?! От чего он умирает?

Доктор Харикумар пожал плечами.

— Я не знаю. Он не дает ни мне, ни другим врачам прикасаться к себе. Три дня назад он слег в постель, вызвал своего адвоката и нотариуса. Сообщил, что жизнь его подошла к концу, что после них с женой здесь остаются Маленький Тао и Маленькая Линя, а ему пора уходить к предкам. — Доктор Харикумар помолчал чуть-чуть и, зачем-то оглядевшись, добавил шепотом: — Извините, но, по-моему, господин Тао немного сошел с ума. Он ведь ничем не болел, насколько мне известно!

Я впервые оказалась в комнате Большого Тао, являвшейся одновременно спальней и кабинетом. Большое светлое помещение было обставлено лишь скромной мебелью из неокрашенного ротанга. Все было сделано из легкого плетеного дерева: стулья, кресло, кровать и даже письменный стол. Старик лежал, он казался очень бледным и действительно обрадовался, увидев меня. Несмотря на очевидную слабость, Большой Тао улыбнулся и с напускной строгостью приказал:

— Не смей плакать! Я ухожу к тем, кто меня любил и кого любил я! Я знаю, что меня... там... ждет суд... Я, конечно, боюсь немного, но надеюсь на снисхождение. Как ты думаешь, я заслужил снисхождения к моим грехам?

Я закивала. Говорить я не могла — меня душили слезы.

— Что с вами, господин Тао? Харикумар сказал, что вы не даете врачам до себя дотронуться. Почему?

— Потому что знаю, что это бесполезно. У меня сейчас нет времени на врачей. Я не болен, я совсем здоров... Просто я умираю. Три дня назад я проснулся утром и понял, что пришло мое время. Так ушли и мой отец, и мой дед. Я давно должен был уйти, но только теперь после нас с женой останутся на земле Маленький Тао и Маленькая Линя. Благодаря тебе. Спасибо тебе за это! Спасибо! В конце моей жизни я получил то, о чем мечтал. Я ухожу счастливым! А теперь перейдем к делам!

Адвокат и нотариус еще до моего прихода находились в комнате старика. Не зная ни слова по-русски, во время нашей беседы с Большим Тао они сидели в креслах возле окна и вежливо молчали.

Доктор Харикумар, как и обещал, вошел в комнату ровно через два часа после меня. Но душа Большого Тао к этому моменту уже покинула хлипкие стены его земного жилища.

Старик успел предупредить о своем уходе тех немногих, кого считал друзьями. Али-Хассан Култыгов только передал с прибывшим на похороны посольским работником, что очень скорбит, но приехать не может, и выразил соболезнования родным и близким. Кому эти соболезнования были адресованы, так и осталось непонятным. Мне? Именно мне? А может быть, маленьким Тао и Лине?

Сам сотрудник российского посольства был огромен, мрачен и немногословен. Соответствовал обстоятельствам. Перед отлетом в Бангкок он еще раз передал мне персональный привет от Али-Хассана и его извинения за то, как все произошло.

— Больше такого не повторится, будьте уверены! — сказал он мне на прощание.

— Что вы! Я только благодарна господину Култыгову за все, что он для моей семьи сделал! — ответила я. — К тому же, надеюсь, и мне вас беспокоить будет незачем!

— И мы надеемся, но кто знает?! — Могучий человек осторожно пожал мою руку. — Да! И мы, разумеется, передадим от вас привет Мураду Чигириеву!

Я почти забыла имя этого человека, но теперь, когда оно было вслух упомянуто, волна бешенства и ненависти накатила на меня. Я с трудом сдержалась от возгласа проклятия.

— Не волнуйтесь! Мы ничего не забыли!

И они действительно не забыли. Недавно я получила по почте вырезку из одной из московских газет о том, что известный предприниматель, политический деятель и к тому же, непонятно за какие заслуги, Герой России Мурад Чигириев по неосторожности убил себя во время охоты в одном из подмосковных лесов. По чистой неосторожности он четыре раза выстрелил себе в голову и, уже падая, дважды напоролся на большой охотничий нож. Впрочем, некоторые корреспонденты предположили, что на самом деле это был не несчастный случай, а самое настоящее... самоубийство, вызванное многолетней депрессией.

Мама с Леней съездили в клинику, куда направил нас доктор Харикумар. Они пробыли в Бангкоке три дня, и мама вернулась абсолютно потрясенная. Врачи не нашли у нее ничего серьезного, кроме остаточных явлений гастрита и легкого панкреатита. У них вызвали сомнения и результаты исследований, проведенных их коллегами в Москве. Впрочем, разбираться в любом случае было уже не в чем! Главный врач клиники поздравил маму и, разведя руками, сказал, что, скорее всего, никакого рака не было, хотя ему известно и то, что в одном из нескольких десятков тысяч случаев самая настоящая опухоль саморазрушается и болезнь излечивается без медицинского вмешательства. Никакой закономерности подобного явления до сих пор установить не удалось. Я не люблю слово «чудо», но мама жива, здорова. При этом она никогда не расстается с той мятой иконкой, которую подобрала на развалинах в Крюковище.

И еще одна вещь, найденная на том пепелище, стала талисманом нашей семьи — железный ключ от старого висячего замка. Рома, еще в младенчестве признанный врачами олигофреном, в пятнадцать лет поступил в Гарвард. Он и сейчас немного странный, замкнутый молодой человек, но при этом у него репутация компьютерного гения. У меня нет рационального объяснения произошедшим с ним переменам. Впрочем, с диагнозом «олигофрения» в свое время тоже не все обследовавшие Рому врачи соглашались. Один весьма уважаемый профессор говорил маме, что не исключает, что у Ромы лишь временная задержка в развитии и, вполне возможно, к началу полового созревания возникнут благотворные изменения.

Как бы там ни было, Рома никогда не снимает со своей шеи шнурок от ботинок, на котором подвешен найденный в Архипушкином дворе старый ключ от амбарного замка. «Это — ключ от моих мозгов!» — объясняет он смысл своего «амулета». И честно говоря, я не знаю, шутит он или нет.

Впрочем, Эйнштейна в детстве тоже считали дурачком. И Эйнштейн, как и Рома, с годами немного «выправился».

Даша стала уже совсем взрослой девицей. Я не понимаю почему, но внешне она очень похожа на Леню, которого обожает. Ко мне же у нее вечные претензии: дескать, в детстве я не уделяла ей должного внимания, бросила ее на бабушку, а сама занималась своими делами. Я не обижаюсь — во многом Даша права.

Леня переехал на Кануй и остался жить с нами. Я не стала выходить за него замуж. Во всяком случае пока. Он сделал предложение влюбившейся в него с первого взгляда юной девушке, а получил меня спустя годы с кучей детей и проблем. Я не чувствовала себя вправе ловить его на слове и попросила остаться свободным. Но, похоже, отсутствие брачного свидетельства волнует его не больше, чем меня его наличие. Леня руководит школой, построенной Большим Тао за несколько месяцев до смерти рядом с тем самым поселком, где я снимала когда-то коттедж. Леня не только нашел и привез сюда нескольких блестящих учителей, оказавшихся в России и в Израиле не у дел, но и сам взял на себя преподавание точных дисциплин. Деньги на эту школу выделил в своем завещании Большой Тао. Впрочем, надо сказать, что много средств не потребовалось. Обитатели «европейской деревни» готовы платить немалые деньги за то, чтобы их дети получали здесь образование. Тайские дети учатся бесплатно, но, разумеется, Леня отбирает самых способных из них.

Не только Даша, Тао и Линя обожают Леню — все дети и взрослые в округе полюбили его. Только мне сложно. Позорные, нелепые связи и потерянное время мешают мне чувствовать себя с любимым человеком свободно и раскованно. Более того, спим мы в разных комнатах. Мне нестерпимо стыдно за свое прошлое, а ему явно мешает то, что я слишком много знаю о его проблемах. До сих пор ни один из нас не попытался сломать «стену» между нашими спальнями, и наша ночь любви на сеновале в Крюковище и поныне остается первой и последней. Друг друга мы не хотим, а никто другой нам не нужен!

Я долгое время завидовала Лениной сестре Ольге, у которой таких проблем не было. Она вышла замуж по большой любви и чувствовала себя уверенно и спокойно, а через год развелась. При ближайшем рассмотрении ее избранник оказался законченной мразью, злобной и жадной. Мы с Олей никогда не обсуждали ее брак и не возвращались к нашему разговору, начатому еще в тюрьме Ха'Шарон. Оля со своей мамой и дочкой приезжают к нам каждую зиму. В этот раз они присоединились к общей новогодней поездке, но потом, после финских морозов, как обычно, приедут погреться на Кануй. В Израиле в декабре бывает промозгло и противно, в такую погоду Олина дочка Рашель постоянно болеет бронхитом.

Доктор Харикумар и его клиника процветают. Индус вынужден был расширить практику, пригласил на работу еще двух врачей. Один из них русский, другой — китаец. Слава богу, доктор Ли ничем не похож на кастрировавшего себя доктора Чена.

Космонавт вернулся с гор на Кануй всего полгода назад. Вселился он в свое родное бунгало уже в совершенно новом и неожиданном качестве — стал отцом семейства. Прибыл Космонавт на Кануй совершенно обескураженный и в первый же вечер позвал нас с мамой и с Леней в гости. Мы стали первыми, кого он решился познакомить с темно-коричневым маленьким тихим существом, плотно замотанным во что-то длинное и пыльное на вид. Существо звали Манешей, и было оно, судя по всему, женского пола. К самой Манеше прилагался крупный толстощекий младенец в таком же гималайском свертке. Туповато-сосредоточенное выражение на смуглом личике не оставляло никаких сомнений в отцовстве Космонавта. Молодой отец ощущал и ответственность, и неловкость одновременно. Почему-то он посчитал совершенно необходимым поведать нам незатейливые подробности своего «романа».

— Она, — он потыкал пальцем в мать своего ребенка, — сама не местная. В смысле, не из Ришекеша. Она из маленького городка. Они там этих... буйволов доят!

— Буйволиц, наверное, все-таки! — поправила его мама.

— Да кто их там знает, кого они доят!.. И яйца тоже приносят... Куриные яйца. То есть, повторяю, не буйволиные, не дай бог, а курьи яйца... Они их продают. Вот только я забыл, как город-то этот их называется. Ну, и бог с ним! У нас с ней, с Манешей то есть... В общем, как бы это правильно сказать... Не знаю даже, как выразить правильно. В общем, если по-научному, то она воспользовалась неразборчивостью моей пьяной эрекции! Так всегда это называет Аркадий Аркадьевич... Ну Шевчук, в смысле... И теперь мы... вот так... Вот!.. — Космонавт вздохнул и сделал младенцу «козу». Тот недоуменно моргнул. В глазах молодого отца испуганно промелькнула нежность. — А это Авраам! — почти шепотом произнес он.

— Почему же именно Авраам? — спросили хором мама с Леней.

— А как же еще? — затравленно отозвался Космонавт. — Не Навуходоносором же его называть! Не выговорит никто! Языки сломают!

— И то верно, — полностью согласился с ним Леня. — Авраам лучше, чем Навуходоносор!

Мама тоже согласно закивала. Я давилась от смеха и потому адекватно реагировать не могла.

— И я то же всем говорю! — просиял Алексей. — Авраам — лучше! Хоть кто-то наконец меня понял.

Авраам хрипло взвыл, и его поволокли кормиться. Судя по откормленности младенца, маленькая Манеша являлась просто ходячей емкостью, заполненной молоком. Я впервые слышала, чтобы грудной младенец ел с таким утробным чавканьем и хрюканьем одновременно. У Космонавта эти энергичные звуки вызывали нескрываемую гордость:

— Как жрет, паразит! Здорово! Прям бетономешалка какая-то!

У Леонарда окончательно сорвало крышу на почве неразделенной страсти к Жене, которая, как поведал мне спустившийся с Гималаев Космонавт, вернулась к мужу, Виктору. Тот, правда, ее не ждал и возвращению не радовался, но принял. Последнюю юную подругу свою он выгнал после того, как та подарила своему очередному восемнадцатилетнему хахалю любимую Витину гитару Fender. А бывшая жена Женя гитар никому не дарила, с малолетками не спала. Она просто тупо обкуривалась каждый вечер с приблудившимся немцем. Тот, в свою очередь, купил на полученные от меня за бунгало деньги двухкомнатную квартиру в Одинцове — ближайшем западном пригороде Москвы. В своей дыре он появлялся, только когда Виктор напивался и вышвыривал его из дома. Впрочем, делал это Виктор не часто — Леонард был единственным человеком в их, с позволения сказать, семье, который мог хоть как-то поддерживать порядок и чистоту. Когда кто-то из бывших супругов появлялся дома, его ждал чистый накрытый стол, вареные сосиски с горчицей и ледяное пиво. Иногда Леонард даже стирал белье и скатерти.

Евпатий продолжает хранить мой подмосковный дом. Я исправно плачу ему зарплату, а он, судя по всему, продолжает свои «сельскохозяйственные опыты». Я разрешила ему переехать в дом, а во флигель перевести своего излеченного от паралича дядю. Евпатий пытается найти

Архипушку. Он не верит, что старик и его соседка ушли из этой жизни, и надеется, что они все же обосновались где-то неподалеку от Крюковища.

Лалит создал в Индии фабрику по производству и экспорту элитной марки «Чай обычный». Брахман сдержал слово, и акционерами фирмы стали и мы с Семеном-Шимоном. Но главное то, что четвертым учредителем компании стараниями Лалита стал племянник одного из наиболее могущественных индийских министров. И именно этот племянник, назначенный учредителями на должность генерального менеджера, обратился к формальному владельцу и генеральному директору «Чалмы Сингха» господину Черткову с вежливым предложением прекратить злостную антирекламу, лживо утверждающую, что «Чай обычный» хуже «Чалмы Сингха». Чертков, как и планировал, использовал свою чайную компанию преимущественно для отмывания средств, получаемых от экспорта оружия. А к чайному бизнесу как таковому Игорь Борисович относился пренебрежительно. На полученное от производителей «Чая обычного» письмо он ответил отказом в самой категорической и оскорбительной форме. Ирина, разумеется, не предупредила ненавистного шефа о том, кого именно он послал подальше. Зато Лалит отлично все подготовил для арбитражного суда и... не только для него. Министру было очень выгодно обидеться за своего племянника! Вначале было арестовано имущество компании Черткова сразу в нескольких странах, а затем и моего бывшего коллегу задержали в одном из дальневосточных государств по требованию властей США. Его обвинили и в контрабанде оружия террористическим организациям, и в отмывании грязных денег. Испуганный Чертков через адвоката сообщил своим московским покровителям, что если они его срочно не спасут, то он выдаст имена своих московских покровителей. Его спасли — через три дня он скончался в камере от сердечного приступа. В это время Лалит Чатурвэди как раз гостил у меня на Кануе. Узнав о случившемся, он попросил меня зайти к нему. Когда я пришла, он поставил на стол портрет Аниты Вердагер и откупорил литровую бутыль русской водки. У нас было три граненых стакана и один застарелый ржаной сухарь. Сухарь мы положили на стакан Аниты. Пили, не закусывая. Через два часа появился Леня и уволок меня домой спать. Лалит остался один. Всю ночь седой брахман плакал, уткнувшись черным лицом в ладони.

Придурка Егерева хозяева в итоге отстранили от оружейного бизнеса и отправили в Израиль, чтобы он там с помощью своих денег пробился к вершинам власти. Но в качестве высокопоставленного «агента влияния» он так и не состоялся. Идиот — он и есть идиот! Начал он с благотворительности, чем, разумеется, быстро создал себе доброе имя. Но затем, вообразив, что он мессия, достиг того же, что и всегда, — купил спортивный клуб и довел его до полного разложения, потом пытался влезть в торговый бизнес, где потерял кучу денег. И наконец решил куда-то там баллотироваться в качестве независимого кандидата. Потерпев поражение, он бежал в Москву, так как по всему миру его уже разыскивали за старые оружейные дела. К тому же его имя несколько раз всплывало в связи с мутным делом Черткова и его странной кончиной.

Семен, он же Шимон, судя по всему, приложил руку к шумному краху «блистательной политической карьеры» Арсения Натановича в Израиле, хотя в целом он отошел от дел. И еще он развелся с женой, о которой я так ничего и не узнала за все время нашей дружбы. Лалит сказал, что у них остались хорошие дружеские отношения, а двое взрослых детей просто души не чают в своем отце. В качестве основного места жительства Шимон выбрал Эфиопию, где основал плантацию по разведению роз. Он счастливо женился на молодой выпускнице Аддис-абебского университета. Мир странно устроен — его дочка Херут, которая на два года младше моей Лини, безумно на нее похожа. Если судить по фотографии, разумеется. Ведь мы давно не виделись, и с семьей Семена я все еще не знакома.

Али-Хассан Култыгов окончательно ушел из Министерства иностранных дел и занял какой-то важный пост в правящей партии. Несколько раз я натыкалась в Интернете на его весьма подобострастные выступления в адрес высшего начальства.

Вице-консул Александр Петрович Назарченков так и не нашел в себе силы изменить образ жизни. Однажды он проявил непростительную неосторожность, развлекаясь в Паттайе в квартале красных фонарей. В результате теперь он ВИЧ-инфицирован и доживает, как может, в Москве.

Судьба Лининой биологической матери Маши Тупицыной мне неизвестна и меня совершенно не интересует. Я ее даже не ненавижу. Также мне ничего не известно ни про доктора Чена, ни про Василису. Думаю, что все они живут той жизнью, что заслужили, или умерли той смертью, которой достойны.

Ирина теперь директор представительства фирмы «Чай обычный» в России. У нее все в порядке, кроме личной жизни. Причина понятна. Хочет ко мне в гости. Пусть приезжает, хотя... Нет — пусть приезжает!

Линю я люблю как родную дочь. Да, собственно, она моя дочь и есть!

Маленький Тао — это вся моя жизнь. Я начала разговаривать с ним, когда он еще находился в моем животе, и я надеюсь, разговор этот не закончится никогда... Пока я жива! Да и потом тоже!

На часах восемь пятнадцать утра. Сейчас я позавтракаю и начну паковать не собранный до сих пор чемодан с зимними вещами. Я готовлю себе завтрак китайских рыбаков. Чтобы приготовить это незатейливое и очень вкусное блюдо, требуются варенный с кокосовым молоком или имбирем рис, обжаренный арахис, жгучий перец чили, соевый соус и сушеная рыба (мелкая — анчоусы или накрошенная спинка более крупной вяленой рыбины, типа воблы или леща). Теплый рис кладется в тарелку, посыпается сверху рыбой и арахисом. После этого остается только полить все сверху соевым соусом, смешанным с мелко порубленным жгучим перцем, и взять в руки китайские палочки. Образующееся во рту пламя замечательно гасится зеленым чаем.

Перед тем как зайти в дом, я еще раз полюбуюсь изумрудной водной гладью. Какое счастье, что я и не в России с ее бандитскими разборками, и не в Израиле, сидящем на пороховой бочке, и не в каком-то другом месте, где каждый день — это борьба и страх за своих детей!

В моей жизни все же настало время полной безопасности и покоя! Покоя безбрежного и бесконечного!

ТОЛЬКО ЖДАТЬ
И ТОЛЬКО НАДЕЯТЬСЯ...

(Вместо эпилога)

Из сообщений информационных агентств 30 декабря 2004 года:

Стихийное бедствие, обрушившееся 27 декабря 2004 года на страны Южно-Азиатского региона, уже сейчас оценивается как одна из самых страшных катастроф за всю историю сейсмографических наблюдений. Цунами высотой до семи метров смыло деревни и пляжные курорты сразу в семи странах, омываемых северо-восточной частью Индийского океана. Сила подземного толчка, эпицентром которого стал район океана в непосредственной близости от северной оконечности индонезийского острова Суматра, была равна 8,9 балла по шкале Рихтера.

Землетрясение сразу же породило в океане несколько гигантских волн — цунами, которые начали распространяться во все стороны.

К 8.20 по местному времени цунами достигло Таиланда и в течение последующих 30 минут нанесло колоссальные разрушения по всему побережью коро-

левства. В особенности пострадали многочислен-
ные острова, являющиеся, как правило, курортны-
ми зонами.

На территории Таиланда цунами привело к мно-
гочисленным человеческим жертвам как среди местных жителей, так и среди иностранцев. Среди по-
страдавших имеются и российские граждане. Есть
погибшие. Несколько десятков человек числятся
пропавшими без вести. Посольство Российской Федерации в Таиланде в сотрудничестве с местными
властями ведет активную работу по поиску и спасению пропавших соотечественников, а также по
опознанию тел погибших.

Десятки тысяч семей по всему миру с волнением
ждут новостей из пострадавшего региона.